毒砂掌

冤冤相報何時了，不報此生不能笑

失去的元首，必須要拿活著的人頭賠償！

獅林觀三鳥找峨眉七雄尋仇；
峨眉七雄找飛刀談五尋仇，牽連到華風樓；
華風樓也找峨眉七雄，七雄也思索華風樓……

白羽 著

目錄

目錄

洞房談寶劍

江南鎮江碼頭，泊著兩艘官船，新任江北五河總兵官，姓陶字紆青，新由吳淞口副將，調署本鎮，乃是升缺。陶鎮臺攜帶眷屬，循水道北上赴任，路經鎮江，停舟拜客。少年壯士玉幡桿楊華偏巧在那天到碼頭上訪問朋友，和陶府舊僕相遇。陶鎮臺和楊華之父本是通家至好，交誼素篤，據陶僕說：老爺時常惦念楊少爺哩。楊華便寫了一份年家子世愚姪的名帖，匆匆備禮，去到行轅修謁道賀。

陶總兵立即接見，快談良久，又把楊華引到妻女面前給介紹了。陶總兵笑對陶夫人說：「夫人您看，這就是楊靖侯楊大哥的哲嗣，十幾年沒見，他已這麼高了。」陶夫人欣然道：「你就是華少爺，我真正認不得你了。你還記得嬸子嗎？你母親可好？你今年多大了？」楊華欠身答道：「家母托您福很壯實，小姪今年虛度二十九歲了。」陶夫人道：「呟，你都二十九了，你媳婦兒不是劉知府的女兒嗎？你們有幾個小孩子？」楊華道：

「小姪的原配劉氏，數年前已經患病死去，只拋下一女，也夭折了。」陶夫人道：「哎喲，這是怎麼說的，那麼俊俏的一個人，怎麼竟會短命呢？你沒有續上嗎？」楊華道：「近來小姪剛剛續娶。」陶夫人道：「是誰家的姑娘，也是咱們紳宦人家吧？」

回答道：「娘家姓柳，是尋常百姓。」陶夫人道：「娶進門多少時候了？」答道：「秋初剛辦完事。」陶夫人又問：「是在老家辦的事嗎？新娘子人才怎麼樣，我們楊大嫂子也很喜歡吧？」楊華道：「新人也和前室差不多，小姪是在鎮江辦的事，家叔父主的婚，家母沒有出來，家母此刻還在原籍呢。」陶夫人又問：

「你這位新娘子呢？」回答道：「現時還在此地。」

陶夫人笑了笑說道：「你們兩口子大概想在外邊過吧？」楊華答道：「小姪目下正打算把新婦送回原籍。成婚之後，家母還沒有見過她呢。」這陶夫人雖是貴婦，依然絮絮叨叨，問長問短，談的話一點正事也沒有。楊華很客氣很耐煩地答對著。

陶總鎮吸著水煙，面對楊華，向夫人說道：「仲英現在還沒有做事，不夷不惠。坐令韶光虛度，不是我們簪纓人家所宜有的。我打算邀仲英到衙門去，給我幫幫忙，就便遇上保案，也可以幹父之蠱，克紹箕裘……我聽說你跟江湖上的人物結納，風塵中多有屠沽奇士，固然很好；只是這種人難免有作奸犯科的。況且目下祕密會幫很是跳梁，你們年輕人，交友不可不慎。」說得楊華躊躇起來，他現在這個繼室娘子就是江湖人物。

陶夫人從旁笑道：「那好極了，華少爺若肯跟老爺到任上去，又比純甫強多了。純甫究竟是老爺的內親，恐怕落閒言。華少爺，你現在不是沒有做事嗎？你本是蔭生，你跟我們上任，幫著你二叔，忙忙；遇上機會，把你保舉上去，憑你這樣的人才，一定是一員虎將。你不要在外頭瞎混了。」

楊華見陶總兵夫妻意氣殷勤，頗有允意。他自己也曾盤算過，年當少壯也該勵志功名，真個的在江湖上浮游一世嗎？陶鎮臺眼望著他，似要等他回答。他便欠身肅對：「既承叔父大人不棄，小姪理應遵命效勞；只是小姪還有一點私事羈身，不能立刻追隨大人赴任。我有心在半年後再去，但我想叔父大人此番榮擢，一到五河，接收整飭，處處需人，忙的時候小姪不能去；不忙的時候才趕了去，小姪心上覺得不安。小姪為此猶豫，我還能在叔父嬸母面前說客氣話嗎？」

陶鎮臺點了點頭，說道：「你是不能即刻動身……」底下的話沒容講出來，陶夫人就笑著接過去了，說道：「你有什麼私事？你別是新娶了媳婦兒戀家吧？你不會把姪媳婦也帶到任上去嗎？」說得楊華忸怩起來，連說：「不是，不是為這個。」

陶總兵也笑了，仰臉想了一回，說道：「這五河卸任的總兵跟我也是老友，預料盤交營底，點收官項，還不致有什麼麻煩，你既一時不克分身，那麼半個月以後呢？半個月還不行，那麼索性到明年春正呢？」

楊華至此再不能推託，立即站起身謝了栽培。陶紓青笑道：「我也不給你下聘書了，你也無須道謝。我有兩個缺，打算給你留著，一個是營務處幫辦，執掌軍紀軍法；一個是教練官，訓練士卒。營務處是文，教練官是武，隨你挑選。」轉顧夫人道：「還有總文案的事，胡道臺給我薦了一位紹興老夫子，聽人說他奏牘上並不怎麼樣，只會尋常的八行和檄札咨稟罷了，我還想邀純甫幫辦文案。」又談了一陣閒話，楊華告辭，陶總兵親送出行館，到了門前，楊華緊行數步，轉身拜別。陶總兵含笑拱手道：「我們明年春初再見吧。」在鎮江酢酬三兩日，陶總兵吩咐開船，過江寧拜客，又摒擋數日，即轉赴江北五河就任。

楊華回轉鎮江府城寓所內。小樓一角，上下四幢，這是楊、柳夫婦新婚的洞房。這洞房可算是玲瓏小巧的家，室中院內鋪陳一新，娘子柳葉青就在樓上，由師兄魯鎮雄撥來一僕司閽，一婢執炊。新娘子柳葉青打扮得花枝招展，滿頭珠翠，穿繡花鞋，繫百褶裙，頗有新婦的模樣了；只是說話大嗓門，走路大灑步，沒很改過來。她的嫩白的手，依然是玩慣了刀劍，不會拈針走線，她的衣紐開了綻，她依然著急。她學不會縫縫連連，做了幾個月新婦，只學會炒雞蛋。

玉幡桿楊華拜客回來，來到家門，扶梯上樓，小婢掀簾子說道：「二爺回來了。」新娘子小步走過來，立在新郎身邊，等候著接那要脫還沒脫下來的馬褂。小婢也趕過來，等著接帽子，再泡茶水。楊華自喪原配，孤蹤漫遊，自己服侍慣自己，到此日膠弦重續，再溫室家之好，又回到溫柔鄉了。新娘子努力學乖，勉主中饋，儘管上床不能剪子，下床不能鏟子，可是為妻之道，正從師嫂那裡偷學著呢。閨房之中，她居然也能賠笑說話，看丈夫眼色行事了，只是不要遇上事，遇上事一忘情，她還是情不自禁，獨斷獨行與楊華抬槓。

她服侍著丈夫脫去了長衣，等著丈夫坐下了，她也坐下來陪著，然後問道：「見過了嗎？」答道：「見過了。」問道：「這位鎮臺跟你說了些什麼，還很親近嗎？」楊華道：「當然很親近，我們本是世交，妳猜他對我說了些什麼話？」柳葉青道：「我怎麼會知道？我又……」本想說我又不是蛔蟲，覺得這話又像要抬槓，連忙噤住了。

她自出嫁以來，由上轎前半月起，她的大師嫂不知跟她說過多少回話，她的父親鐵蓮子柳兆鴻，也告誡過她許多許多話。婦人以柔順為正，姑娘應當把耍刀劍、闖江湖的習氣收一收。現在是男家就親，卻也很好，趁這機會，練習練習，將來回家，好侍候婆婆，應付妯娌，再不可照從前耍小性，動拳動劍了。做女人的要敬愛丈夫，丈夫越寵愛自己，自己更要柔和。況有現成一個情敵李映霞姑娘擺在這裡，你硬折脖頸把丈夫搬轉來，不如拿柔情蜜意拴住他。做男子的都是三天新鮮，你要自己好好修飾，處處容讓著男人，他自然沒有別的想頭了。像這些話真難為了鐵蓮子，他竟以嚴父之尊，兼作慈母之訓，屏人密語，倒像老虔婆似的嘮叨起來。若像起初，柳葉青哪裡聽得入，但她和楊華已然經過波瀾，鐵蓮子過於疼愛女兒，什麼細微的地方都教到了，就是自己無法啟口的話，他也密囑徒兒轉囑徒弟媳婦，翻開娘娘經，把柳葉青加緊教導了一回，再回，許多回。像野鳥似的柳葉青，新婚洞房中居然入了籠，頗有閨閣之風，漸汰江湖之習了。然而這話只能粗粗地看表面，山河易改，稟性難移，柳葉青當時雖然默默接受了老父的訓誡，日後免不了依然復發。

柳葉青賠著笑問道：「我真猜不出來，可是的，這位官老爺跟你說什麼來著？」

楊華道：「他要邀我到任上，給他幫忙去。」

柳葉青道：「你去不去呢？」楊華道：「去倒想去，只有一件難處……」忽然失笑了一聲道：「只是我捨不得妳。」

柳葉青臉一紅，看了小婢一眼道：「別胡說，你倒是有什麼難處？」楊華面色一整道：「難處多著呢，跟妳也商量不出來，還是請岳父來吧。妳是傻姑娘，妳出的主意比我還餿哩。」

遂命小婢傳話，教門房老張，到師兄魯鎮雄宅，去請岳父鐵蓮子柳兆鴻。

柳葉青道：「說真格的，你有什麼為難的事？我父親前些日子還說呢，你都快三十了，你又是仕宦人家，在江湖上混，未免格格不投，若是還做官，也該想法子投軍謀事去了。我父親說，他和羅思舉軍門有點淵源，打算寫一封薦信，把你薦了去。可是他老人家又說，你家本是世代武職官，你們有的是門生故吏，何必做岳父的代謀。現在果然陶鎮臺邀你去，這不是正好嗎？」

楊華道：「妳倒賢惠，妳捨得我去從軍嗎？從前有人作過一首詩：『閨中少婦不知愁，悔教夫婿覓封侯』。」柳葉青道：「你才傻呢，你出門做事去，我不會跟了你去嗎？」楊華笑道：「妳就忘了一樣，妳還能騎馬嗎？」柳葉青嗤地笑道：「你別看我現在扭著走路，我是沒法子，他們全笑話我，我不能不這麼走。」說著把腳一抬道：「我們大師嫂又故意地給我做了這小鞋穿，我做了新媳婦，人沒受夾板氣，腳先受起夾板氣了。可是遇上事，穿上我的鹿皮靴，照樣還能上房，騎馬又算什麼呢？」

楊華低頭看自己妻的腳，高底繡履，直掇起來，比平常小了一寸，又瘦又尖，真是小鞋。他忍不住笑道：「怪不得妳成天扭，妳原來踩著寸子呢。算了吧，我不嫌妳腳大，妳還是把妳那雙大鞋拿出來吧。妳不會扭，妳扭得一點也不好看。」柳葉青很不好意思地笑道：「你的嘴真損。咱們還是說正經事吧，我看你還是去好，我跟了你去，我也算是上任的官娘子了。」

楊華道：「想不到妳也是著了官迷。妳的腳能出門，可是妳的肚子呢？」

柳葉青紅著臉說：「那礙什麼事？」楊華道：「那正是要緊的事，妳有了喜了，妳自己還裝不曉得？妳想妳無緣無故地吞酸嘔吐，口味無常，妳是懷著小孩了。」柳葉青道：「你倒是老娘婆，沒有你不懂得的。我明白了，你一定是聽大師嫂說的，她是誑你的。」

夫妻閨房調笑，等候鐵蓮子。楊華又道：「老實說，我打算把妳送回老家，我再出門。母親很想見妳，妳做兒媳的也該服侍她老人家兩天，也是做子女的道理。等妳分娩了之後，我的事也許有了頭緒了，我再接妳出來。妳想我這一去，不過是幫忙，不見得準有職名，我把妳帶了去，也不方便。」

楊華這一番話，柳葉青聽了，不由一呆，半晌說道：「你把我一個人丟在家裡，你就走嗎？」楊華道：「怎麼一個人，還有母親，還有嫂嫂呢。」

柳葉青不言語了，她的心眼裡不願意，可是這也是「為婦順」之道，嫁雞隨雞，自己怎好說不願回婆家去。

楊華看著她的神氣，又道：「不然的話，妳一個人留在這裡，妳又懷著身孕，我去了也不放心。妳難道說，已然出嫁，還到大師哥家寄住嗎？況且，寄居產子，也不像話。」楊華說著，聽柳葉青的回答，柳葉青臉上紅一陣白一陣的，一個字也回答不出來了。楊華哈哈一笑道：「我明白了，我要是帶著妳回家，有我跟妳做伴，就行了吧？」柳葉青徐徐說道：「我和婆婆還沒曾見過面，你丟下我就走，我又不知道婆婆的脾氣秉性，我又不會做活做飯，又有一位寡居嫂嫂，你也替人家做女人的想想啊。我現在就好比野鳥入籠，人家已經受著罪呢，怎麼你還把我送回小籠子裡去。」楊華道：「看這意思，妳是決計不肯回我的家了。」

柳葉青忙道：「二爺，您別窘我了，我拙嘴笨舌的，我可比不上人家李映霞李姑娘。我服侍你，已然不行，驀生生的，教我一個人回家……」說著十分委屈，她就是沒哭罷了。哪知楊華是故意慪她，她越央求，楊華越慢聲慢氣地用話拿捏她。

她窘得臉通紅，就要翻腔，可是在這個時候，外面咳嗽一聲，岳父老大人鐵蓮子已經到了。

鐵蓮子長袍馬褂，手團著核桃，剛剛進門，柳葉青便搶著說道：「爹爹您來了，您瞧，仲英要到五河口鎮臺衙門做事去，他說他要把我一個人送回永城去。」

鐵蓮子微微一笑，楊華早迎著深深施禮，叫了一聲：「師父！」卻不叫岳父，側身往上首讓座，扭頭衝著柳葉青一笑。

鐵蓮子還了半揖，小婢過來獻茶，他便就座、接茶，含笑說道：「仲英！你找我有事嗎？可是你真要出門做事去嗎？」

楊華道：「是的。」他把謁見陶鎮臺的事說了，然後說道：「師父您看，我這就去好嗎？」鐵蓮子先問明去就何職，次問何時到差，末後才問到家眷怎樣安插，帶去與否。楊華道：「小婿此行，只算是幫忙，名義好像是幕府文案，實際是做親信侍衛。小婿要請師父就為商量這事可就不可就，如果可就，青妹妹跟了去方便不方便，該怎麼樣安置她？」

翁婿商量一陣，鐵蓮子認為這也是個機會，當然該就。至於柳葉青，鐵蓮子說：「還是教她跟了你去，她手底下多少還行，可以做你的內助。」楊華向柳葉青笑道：「師父你老還不知道，她此刻不便出門。」鐵蓮子問道：「怎麼呢？」楊華笑道：「青妹妹，你不用瞪我，這還能瞞著他老人家嗎？師父，您不曉得，她現在身子不方便，已經三個月了。」

鐵蓮子道：「哦！」不由欣然，便向女兒一望。彷彿見她眉毛疏疏的，肚皮雖未現形，可是聽她喘氣，打嗝，似乎真像有孕了。這老人也不由一笑，說道：「妳這孩子，這個事怎麼還瞞著我？」柳葉青道：「您別聽他胡說，這是沒影的事，他信口胡扯！」鐵蓮子柳兆鴻又回頭來，面向楊華，以目光叩問虛實。

楊華含笑一指柳葉青的懷，臉上神氣鄭重，並不似調笑。鐵蓮子又轉問女兒，柳葉青仍不承認有孕，並且說：「實在是他胡猜，那天我吃東西沒吃舒服，吐了，他就抓住這一點，一口兒說我有了……」楊華道：「但是，妳為什麼又好吃酸呢？」柳葉青笑道：「我本來就好吃酸的。」

夫妻倆一味辯論有孕無孕，鐵蓮子說道：「你們不用鬥口了，這很容易，回頭請一位郎中、一個穩婆來，診斷一下，不就省得疑猜了？若是青兒真有了身子，那麼，跟著仲英一同上任，未免不方便。若是把青兒送回永城，也不大合適。因為，仲英你不明白嗎？她雖做了新媳婦，卻是任什麼不懂，任什麼不會，那可真成了醜媳婦不敢見公婆了。何況你府上又有孀居婆母，又有一位孀居嫂嫂，我這女兒又是中饋之道一竅不通，你又不在家，她自然怕去了。」

玉幡桿楊華聽了，忙道：「青妹妹實是多慮，妳不知我母親多麼慈愛呢，我嫂嫂更是好脾氣，我敢保妯娌倆一定處得來。至於我母親，疼愛兒女的心，更不用說了。」柳葉青搖搖頭，忙要說話，鐵蓮子衝她一揮手說道：「是呀，正為這些個緣故，青兒一到你家，上有慈姑，中有賢嫂，她卻是烹調縫洗一無所能，姑嫂不肯責備，她自己卻不能不要強，她當然要擔心害怕。她難道教婆婆嫂嫂做現成的飯給她吃嗎？她自己的衣服破了，真格地找嫂嫂補縫嗎？她現下正跟魯師嫂加緊學習為婦之道。你還看不出來嗎？我們青兒是個要強好勝的人，她絕不願做笨媳婦，她可實在是個笨媳婦，所以她不敢先回婆家。她是希望著學好了做媳婦的能耐，再回你們楊家去。我說的對不對呢，青兒？」柳葉青低著頭笑了，徐徐說道：「還是爹爹知道我。」向楊華瞟了一眼道：「你就不管不顧，一點也不體諒人家的苦處，你恨不能叫我回家做癟子去，才好呢！」說得楊華也笑了，回答道：「豈有此理，青妹妳太多心，家中有的是傭婦婢女，哪裡用得著妳做生活？」鐵蓮子道：「仲英你是少爺脾氣，居家過日子，就有婢僕，你也要懂得那一套，才能支使得妥帖呢！」

楊華見鐵蓮子口氣很認真，忙改口道：「師父放心，我只不過說說笑笑，逗青妹妹玩的。我現時不送她回家，就到將來，一定是我們倆雙雙偕同回去，斷不會把她一個人擱在家裡。我請師父商量的是這個事情到底該就不該就？如果該就，青妹該怎麼辦？是同去好，還是留在這裡好？還有一節，那把寒光劍，一塵道人中毒臨歿時，親留遺囑，手遞手贈給了我。他的徒弟獅林三鳥貪圖鎮觀之寶，疑心遺囑筆跡是假，欺我人單勢孤，巧取豪奪，把我已經到手的劍先扣留，後抵盜，硬給誆騙了去。這一件事，我實在不甘心。本來我是要北上邀助，剋期賭盜，一定把劍弄回來，又趕上忙著辦喜事，把事情耽誤了。師父上次說，要邀同武林知名的人，以情誼前往索討，現在已歷多時，我們是不是現在趁著有空，就上獅林觀去一趟，把這一事先辦出結果來？現在要是不去，我到五河鎮署，一有官事羈身，可就沒工夫了。」

柳葉青立刻矍然地站起來，說：「對，我們得趕緊找獅林觀那夥子老道，把寒光劍好歹討回來，我們絕不能吃這個虧。爹爹，咱們哪天去呢？」

鐵蓮子撲哧的一聲笑了，笑得柳葉青驀地紅了臉。原來討劍之事，柳葉青最為心急，最為氣憤。只是這些天，她得意忘形，早把劍丟到腦後。她為了和難女李映霞情場爭敵，好不容易把玉幡桿楊華尋轉，奪回，立刻洞房花燭，在鎮江趕著辦完婚禮。於是，楊華和柳葉青得諧夙願，終證鴛盟。李映霞從情場敗落，變成了鐵蓮子的義女，現時隨鐵蓮子寄居在魯鎮雄家，做了客中客。女俠柳葉青可說是如願以償了。在新婚三個月期間，柳葉青和楊華曾經婚變，感情以磨難而愈增堅強，真個是男歡女愛，如鶼如鰈，把什麼事都忘了，只覺得良宵苦短，兒女情長。

直到此刻，楊華將要投效軍門，即將別妻就業，女俠柳葉青這才想起了那把得而復失的寒光劍。一想起寒光劍，女俠柳葉青的易衝的性格又發作了。她迫不及待地詢問楊華：「我說喂，你上五河總鎮衙門，得什麼時候去呀？」楊華微笑道：「什麼時候把妳安頓好了，我就什麼時候動身去。」柳葉青立刻含嗔把身子一扭道：「問你真格的，你老跟我打岔，到底你那位老世叔陶總兵他叫你什麼時候去？」楊華答道：「他本教我半個月以內去，我說辦不到，他教我明年開春去。」柳葉青道：「開春去，那好極了，我們還有好幾個月的時間耽擱。我說爹爹，我們趁這時候就上雲南獅林觀去一趟，找那什麼黃鶴、白雁、獅林三鳥，把寒光劍奪回來。跟手再到五河上任去，也還不遲。爹爹咱們哪天動身？」

鐵蓮子柳兆鴻望著女兒，不由笑了。楊華也笑起來了，說道：「青妹妹真是炮仗脾氣，慣打如意算盤，看妳這個意思，我們明天就動身才好。妳也不管妳能行不能行，也不管這路遠不遠。」鐵蓮子道：「那都是小事，最要緊的是我們不能這樣去。真格的咱們三個人一直登門到獅林觀，硬去討劍嗎？咱們自覺理直氣壯。人家獅林觀也不是泛泛之輩，人家也自然有點說處。正是公說公有理，婆說婆有理，事從兩來，莫怪一面，他們也許自覺很有一面理呢！這件事不還得託朋友先去道達一下，把咱們的理說開了，把他們的理駁倒了。然後我們趕了去，登門投帖，客客氣氣，以情以禮去討，這才是我們江湖上有名姓的人物應該走的路數。我們不能那麼冒冒失失，任著性子，一衝兒去幹。」

柳葉青很不願意地說：「您還要跟他們講理，可是他們毫不跟咱們講理。華哥平白叫他折了一下，您反倒託人情去向人家說好的去，您不嫌太懦弱嗎？」

鐵蓮子哈哈地笑起來，說道：「江湖上還沒有人敢說我鐵蓮子為人懦弱的，也只有我的女兒挑剔我罷了。獅林觀一塵道人是南荒大俠，跟我也是彼此知名、彼此欽慕的朋友。他不幸中毒死了，只許他的後輩對我的門婿無禮，卻不許我找上門欺負他的門弟子去，這是從情誼上講。若單講勢力，就憑咱們爺三個堵著人家門口硬去討劍，豈不欺人太甚？他們也栽不起，我也不願擔這個名。況且強龍不壓地頭蛇，一人不鬥二人力，我們一定要托一兩個熟人先去關照一聲。只要咱們有理，走到哪裡，也說得出去。依我的意思，這一檔事，不一定一上場就抓破了臉，我們要看事做事。我要到雲南獅林觀，邀出南方江湖上知名人士，給我們兩家評一評理，硬拿面子拘，也許把劍順順利利弄回來。這比恃強硬奪，不但面子好看，而且多少還能要得回來，教江湖上評論，也說咱們有義氣。若拿武力硬奪，那我們可就以『失而復得』為榮，他們必以『得而復失』為羞，倒擠出糾紛來，反而不好了。仲英，你說是不是？」

玉幡桿楊華連連點頭說「是」，又道：「上月師父不是說已經託過人了嗎？」鐵蓮子道：「是的，我曾經託過銅陵的駱祥麟，駱祥麟和獅林三鳥的第二鳥尹鴻圖，按交情是論爺們的，尹鴻圖還算師姪。我的辦法，原是等你們結了婚，稍為閒一閒，我就帶著仲英先找老駱，次找雲南武林人物，把事情說開了，再到獅林觀去拜訪三鳥，謝黃鶴、尹鴻圖、耿白雁。」又笑著對柳葉青說：「這卻用不著新娘子妳出馬，只由我和仲英兩個人去就夠了。還是那句話，我們拿著一塵道人臨死的遺囑，要求三鳥履行亡師遺教，退還寒光劍，認仲英為師弟。這樣有武林人士從旁做證，方才彼此不傷體面，我們就把劍要得回來了，他們也不顯著丟人。」

楊華聽了，覺得也對，柳葉青臉上帶出不悅來了。鐵蓮子柳兆鴻又道：「我本打算等你們婚後，過個三五月，就騰出工夫去辦。現在仲英你既然要從戎作幕，我們就該得前趕緊預備，趁你沒上任，先走一趟，把此事趕快辦個了結。你們夫妻倆也順氣了，也安心了，我老頭子也就可以歇歇了。姑奶奶若不挑眼，若肯依我的打算，我和仲英盡十天內，打點動身。不過，這件事情很耽誤時候。你想，雲南獅林觀距離此地夠多麼遠，託人討劍，又未必那麼順手。雖說我們決以情討，仍然預備拿武力做後盾。那麼，三個月的工夫只怕不能打來回。由咱們鎮江先上雲南，再折回來，就得兩個多月。何況邀朋友，討期會，見面接頭，未必樣樣順當，反正波折是少不了的。哼，一個弄不好，就得折騰半年。你也須防備獅林三鳥，不在本觀呀。他們此時恐怕正忙著給他們的師父尋仇報怨，未必準在獅林觀等候咱們。還有青苔關獅林下院是耿白雁的住處，也是仲英失劍的原地點，我們也得去探探，至不濟也得託人去摸摸。你看，這怎麼著也得要半年的長工夫才能專心辦這一件事，姑奶奶，妳還衝我翻眼珠不？妳只一盤算，就不會再怪妳爹爹故意磨蹭了。」

玉幡桿楊華聽完這一席話，還不怎樣，因為他深知這一番討劍，勢必大動干戈，大費口舌。那女俠柳葉青卻聽得雙蛾緊皺，很不耐煩起來，半晌才說：「真個像您說得這麼麻煩嗎？依我看，有兩三個月的工夫，足可以完結了。」

楊華笑道：「本來是麻煩事，妳嫌麻煩也不行啊。」柳葉青道：「哼，這麻煩還不是您老人家找出來的。那麼大的人，竟會上人家的當，自己還有臉說呢！爹爹若不攬在身，憑你一個人，你就乾瞪眼，挨人家的窩！你能夠邀請能人，前去討劍嗎？」玉幡桿楊華道：「是是，我本來是飯桶，若沒有師父幫忙，我一個人真不敢去。不過呢，說出來不怕妳見笑，我這個笨貨，也倒有一點笨打算。妳要知道，我上次到紅花舖，本來就是為了邀人，前去打賭盜劍。盜來盜不來，當然像我這樣的笨貨，絕不敢說有把握，但是妳不能說，我嚇破了膽，連獅林觀也不敢望一眼呀……」

楊華還要往下說，柳葉青故意用鼻孔哼了一聲道：「久仰久仰，楊二爺是好漢，可就是一遇上耿白雁，就讓人耍得像傻三似的。你也不用吹，反正爹爹若是不去，光憑你一個人，我保管那把寒光劍弄不回來。」

楊華道：「當然我弄不回來，若弄的回來，當時還丟不了呢。青姑娘不用挖苦我，現在師父要帶我前去討劍，妳敢跟我們去嗎？」

柳葉青竟站起來，說道：「我怎麼不敢跟你去？別說是獅林觀，只不過一群老道罷了，就算是龍潭虎穴，皇宮寶殿，我柳葉青只憑一口劍，一個人也敢去闖。你不用瞧不起我，你要明白『江東女俠』四個字不是憑空得來的。」

兩口子拌起嘴來，楊華堅決地說道：「好漢莫誇當年勇，咱們說現在。現在反正你不能上獅林觀！」

柳葉青道：「你不用慪我，我一定能上雲南去，我一定要上獅林觀，會一會那一群白雁呀，黃鶴呀！就算他們有九頭鳥，我也要鬥鬥他們去。」楊華道：「姑奶奶別吹，這一場反正妳去不了。」柳葉青說道：「憑什麼我去不了？」楊華道：「妳不同穆桂英，穆桂英大破天門陣，陣陣要到，妳能成嗎？」柳葉青道：「你隨便怎麼說，我也要去。我就是穆桂英，我偏陣陣要到。」楊華道：「妳比穆桂英，只怕差點兒比不上！」柳葉青道：「我偏比得上。」楊華道：「穆桂英破天門，陣前產子，末一陣把小孩生在戰場上，難道妳也要跟她比嗎？」柳葉青不由紅了臉，啐道：「你可惡！」

小兩口子鬥口，越鬥越不像話，終於楊華抓住了柳葉青的短處，呵呵笑道：「妳真夠穆桂英，妳真要懷著身子去討劍嗎？妳一廂情願，師父，你老也讓她去嗎？」

鐵蓮子把面孔一板說道：「青兒，妳鬧什麼？這用不著妳去，只由我和仲英兩個人去好了。」柳葉青噘著嘴道：「爹爹不叫我去，我也不放心。」又瞪楊華道：「你不要瞎說，我實在沒什麼，我能夠出門，你不要故意慜我。」楊華得意地笑道：「妳真是去不得，妳身子很不方便。」柳葉青道：「我去得，我身子很方便。」

這一句話把鐵蓮子也招得笑起來，說道：「傻丫頭，妳就傻吧，妳還要說什麼？」

柳葉青不言語了，但還是決計要跟了去，她不讓她父親和她丈夫二人前去。她留在家裡，實在不放心，又憋悶。她一定要親自到場，然後才能安心。她不願做春閨少婦，坐在家裡，懸懸掛慮著外面的人。夫妻倆就這麼翻來覆去地吵，吵完了「單獨不回家」，再吵「偕上獅林觀」。招得鐵蓮子發起煩來，連聲說道：「不用鬥口了，不用鬥口了，你還是叫郎中和穩婆來看一看，不就結了嘛？」

第二天，真格地由大師兄魯鎮雄陪來了一位名醫。名醫診脈，說道不是喜，乃是病，胃口上的病，故此呑酸，打嗝。

柳葉青眉飛色舞，像得了勝仗似的，嘻嘻笑道：「怎麼樣，二爺？我本來身子方便嗎。」但是第三天，大嫂嫂陪來一位出名的穩婆，這穩婆卻根據她的四十年經驗斷定柳姑娘是兩個月喜脈！

柳葉青瞪了眼，怒罵：「胡說。」玉幡桿楊華哈哈大笑說：「得……」

但是柳葉青一勁兒麻煩，教她一個人守空閨，絕不幹。作新嫁娘這幾個月，已然悶得她發慌，投奔獅林觀，打賭奪劍，決計不甘落後。於是乎她天天叮，日日央告，丈夫玉幡桿受不了，爹爹鐵蓮子也搪不清她這一味軟磨。鐵蓮子柳兆鴻憤憤地說：「妳這丫頭一個勁兒橫反胡鬧，我管不了妳了，常言道『嫁出門的女兒，潑出門的水』，妳問我女婿楊華去吧。」

楊華意思是再找個穩婆或郎中給診斷一下，而柳葉青說什麼也不幹了。她一定要以名醫的診斷非孕為憑證，作為偕赴獅林的藉口。

末後，鐵蓮子柳兆鴻另找來一位名醫，這位名醫診脈，也說非喜也，亦非病也，這位姑娘身體很好。於是乎柳葉青大喜，就此打定了父女翁婿偕同出門的準主意，江東女俠非常感激兩位名醫，痛罵穩婆混帳。

江東女俠柳葉青趕緊地打點收拾，但是她的新房小樓一角，上四幢，叫誰給看守呢？

鐵蓮子說：「就叫我的乾女兒李映霞姑娘搬來好了。」柳葉青一聽，頓時搖頭。但是鐵蓮子又說，叫李映霞住樓上，保管新房嫁妝；叫白鶴鄭捷住樓下，照應門戶。這是一個陰謀私計。柳葉青恍然大悟，當然很贊成。玉幡桿又不願意了，卻是說不出一個不字來。本來李映霞姑娘，人家是知府小姐，父死遇盜，遭了大難的，現在算是鐵蓮子的義女；而白鶴鄭捷（年已二十，尚未娶妻）是鐵蓮子的徒孫，彼此沒一點關係。一個孤男，一個少女，柳老做主，居然教他們給人家看守空房，似乎不相宜。柳老有私意，欲作撮合；李映霞依人籬下，力不能拒；那個白鶴鄭捷卻是個機靈鬼，他公然說出不願意的話來了。他背地裡告訴師父魯鎮雄和師娘，師叔楊華的家務事，別人干預不著，師祖硬要架弄我，要來個偷梁換柱，我憑什麼給人家擺布著玩呢？給師叔、師姑看家，分所應為，憑空又拉上一個李小姐，李小姐是楊師叔救出來的，彼此又都是年輕人，這如何使得，如何使得？

白鶴鄭捷很不滿意師祖鐵蓮子，鐵蓮子也自知他的私計被鄭捷看破。結果，此議作罷，只可叫李映霞帶著魯府一個老嫗，住在楊、柳二人的新房，代為看家；至於照應門戶，就交給了司閽的老張那個老頭兒了，卻囑咐魯鎮雄、鄭捷、柴本楝師徒，隨時去照看。這樣安排著，鐵蓮子柳兆鴻、玉幡桿楊華、江東女俠柳葉青，翁婿、父女、夫婦三口，就擇日上道，借訪獅林觀，專程索討那把青鏑寒光劍去了。

翁婿父女三人，挾了一張弓，一囊彈，三十六枚鐵蓮子，一把雁翎刀，一根豹尾鞭，一柄青鋒劍，騎了三匹馬，由鎮江出發，踴躍西南行，第一步直趨江南荻港，再轉赴銅陵。他們先找一個朋友，就是鐵蓮子十數年前的舊交，武師駱祥麟。這駱祥麟既和柳老為患難舊交，又與南荒大俠獅林觀主一塵道人有很深的友情。獅林三鳥的謝黃鶴、尹鴻圖、耿白雁都跟駱祥麟論長幼，而且他們又是祕幫的同道。鐵蓮子為了這把寒光劍，兩月前已託人給駱祥麟去了一封信，略略打聽獅林三鳥近來的行藏，又問駱老：一塵道長在老河口遇仇人，遭暗算，中毒慘死，兄臺是否可知詳情？隨後又告訴駱老：小女葉青已選得東床，婚後不日將攜婿南訪銅陵，拜見老友，請推屋愛，多多關照，多指教自己這位嬌客。並且還有一件要事奉煩，望勿推卻，望速賜覆，含著有邀助之意。此信發出五六十天，竟未如期獲得駱老的答覆，也不知是否洪喬有誤，也不知駱老是否此刻仍在銅陵。

等到翁婿父女決計登程，柳老先到鎮江鏢局重新探聽了一回。隨後便要把李映霞姑娘由大東門魯宅接來看家。

此時的李映霞姑娘已經是強抑悲懷，努力地博取柳老的歡心。她情知自己和楊華的私情今生已然無望。她今年剛十七歲，以知府千金，遭受著人間大變，父親被仇家所害，褫職負氣，病歿在客途；母親被仇家唆使巨賊慘殺，自身也被賊擄，幸遇楊華得救；而胞兄李步雲竟然失蹤了，至今不知存亡。自己一個弱女子，孤苦無依，淪落在鎮江魯府，成了客中客，依人籬下，念大仇未報，死既死不得，活又活得如此沒著落，好比飄萍浮舟一樣，瞻念前途，不知作何了局。她就一咬牙，打定了主意，而今而後，要隨波逐流，苟活性命，矢志報仇，甚至貞操身體，都不要顧及了。她如今就拿知府小姐的身分強賠笑臉，來買取情敵柳葉青父女的歡心。又自以為和魯府毫無瓜葛，現在平白寄生在人家，再不能把自己身世之悲流露在面上，她以為這不過徒惹人憎。她就提起精神來，做出天真爛漫的樣子，在魯府雖為女客，卻自居如侍婢。上哄著魯老夫人，中哄著魯鎮雄娘子，下哄著魯府的群婢，天天面泛笑容，嘻嘻哈哈，好像無思無慮似的，搶著給魯家做活，給使女們幫忙，一點不端客人架子。魯府上下十分憐惜她，都說難為她了，她生得非常秀美苗條，自經慘變，骨瘦一把了。現在她決計不叫自己生病，她要忘憂，她要強做排遣，她要有一個強健的體格。每逢鐵蓮子、魯鎮雄師徒聚集門弟子，習練刀劍拳腳，她就不嫌失身分，前去偷看偷學。她居然請問柳老：「乾爹，您看我也能學不？」柳老笑說：「姑娘妳歲數大點了，練不成了，妳又這麼嬌嫩，恐怕妳吃不了這種苦。」李映霞做了一個嬌笑，委婉地說：「我看他們練得很有意思，乾爹，這也有容易學的沒有？可以教給女兒一點嗎？女兒閒著悶得慌，我要借這個磨練身子，我可不敢比青姐姐，我只是拿來閒解悶！」

柳老明白她的意思了，她大概要練拳技，藉以消愁忘憂。

柳老說：「等著得閒，我教給妳一點八段錦。」李映霞說道：「我也能打鐵蓮子不？」打鐵蓮子卻須腕力。柳老笑道：「姑娘願意學暗器，可以學打彈弓。你看仲英，他的彈弓打得就不壞。」李映霞聽到楊華的名字，驀地臉兒一紅，呆了一呆，才說：「我看您和魯師兄們擺弄的那個袖箭，裝著竹筒兒的，倒不壞，估摸著總好學。」柳老說道：「妳願意學袖箭嗎？也好，等著妳青姐的事辦完了，我就沒事了，我一定成全妳，學拳技，學暗器，都行。姑娘妳等好吧，妳願意借這個磨練身子，都很好。只要你有志氣，乾爹絕不辜負你的。」李映霞要以閨秀潛心習武的意願，柳老好像也了解了。

自此，每逢到大師兄魯鎮雄傳授門徒，或者柳兆鴻指撥徒孫，李映霞就抽空偷來觀光。她果然淘換來一筒袖箭，是找魯大娘子要的，她便在沒人時，拿來打著玩。她說：「我練的能夠打鳥，就好了。」柳門幾個小徒孫，除了白鶴鄭捷，年將二十，其餘如柴本棟、羅善林之流，很有年歲不到十四五歲的，正是一群小玩童，天天在魯家花園（其實是箭圃）練把式，打鬧。李小組不惜降志屈身，向他們請教。一向她見了男子，就紅臉的，現在她不管那些了。她努力學習那八段錦，可惜她先天不好，後天又太嬌養，她如今只是勉強著去做。

現在，柳老要出門，教她給楊柳一對新人看家，直等於看新房。她乍聽了，不由一怔，她將由此失去了偷看練把式的機會。柳老的眼正望著她，她立刻喚醒自己，歡然地答應了一個「好」，並且說：「乾爹和青姐姐一塊出門嗎？」柳老答道：「是的，還有妳楊姐夫，我們爺兒三個一同去。這裡的房子不能退，姑娘妳就住在這裡，替妳姐姐照應著。」

李映霞連連說好：「乾爹和姐姐儘管去，留我在這裡看家。」又笑道：「只是乾爹您別見笑，我還不會過日子呢，最好請再撥一個媽媽來，給我做伴好。我倒不是膽小，只怕的是柴米油鹽這類的事情，女兒還不如青姐姐呢，我是一竅也不通，但是我可以學學。」

怎麼說怎麼好，看家就看家，李映霞歡歡喜喜地答應了。

鐵蓮子看著李映霞，心上淒然，不勝憐憫之情，這個十七歲的女孩子真是乖得太可憐了。柳老忙說：「姑娘放心，這幢小樓絕不叫妳一個人照應，妳一個人是照應不過來的。回頭我叫妳魯大嫂撥過一個娘姨，加上原有的使女，再有門房老張，裡外一共四個人。我再囑咐魯師兄，教他帶著徒弟們時常來看看，我想也沒有什麼不方便。」李映霞仍然是連連說好，就這麼定規了。

南訪獅林觀路逢黑少年

在柳老父女翁婿登程的前兩日，就用一乘小轎，把李小姐先接過來。柳葉青和李映霞，這時是婚後第二次見面。兩個人的容貌全改樣了；柳葉青如今是月圓花好，魚水和諧，真個是容光煥發，越發的健美，粉光脂膩，珠翠滿頭，衣妝鮮豔，穿著窄小的繡履，居然裙下尖尖，紅菱微露，頗有閨閣風光。卻是她自己知道，她的腳十分受屈，鞋太小，太弓樣了。李映霞小姐已除去雙重孝服，因為是在人家做客，只換穿著淡淡的素衣裙，十分雅素。容貌不十分憔悴，那一雙青眼圈已沒有了，臉上不施脂粉，卻自然齒白唇紅，裙下雙鉤依然那麼纖小。

柳葉青欣然迎接出來，說道：「哎呀，李妹妹來了！」一雙眸子上上下下打量，先看腳下，後看頭，還又低頭看自己的腳，自己的腳儘管穿小鞋，比不上人家那麼好。而且人家李映霞走起路來那麼風流，自己不管怎麼拿捏著走，總有些裝模作樣，既不像個娘兒們，又不像個爺兒們。她還是邁大步，把裙扯開縫，說話聲調仍然情不自禁地太高太敞。她不會文縐縐的，勉強學來，自己也覺著假；人家李映霞，天生就有小姐譜。江東女俠思想起來，簡直氣破肚皮，可是怎麼也比不上她。

兩個情敵見面，都做出歡然喜相逢的神氣，於是進了門，上了樓。賓主隨隨便便坐下，小丫鬟獻茶，兩個人就談到了「出門」，又談到「看家」，隨後說到過日子，柳葉青承認自己外行。跟著又閒扯到練武，李映霞說出很羨慕的話，問道：

「姐姐這些日子，還習練不？」所謂這些日子，自然指著「燕爾新婚」以來，意思是說，當這大喜的日子，你們夫唱婦隨，大概把功夫擱下了吧。柳葉青很冷峭地回答：「可不是擱下了，我還顧得了練武，我盡顧了……」底下的話好像要說：「盡顧了我們兩口子快樂了，未免有偏了妳老，對不起妹妹妳了。」

忽然柳葉青想起，自己在這屋是主人，爹爹又再三囑咐過，不要譏諷這李小姐。她這才一笑，改了話頭：「我這些日子，不怕妹妹見笑，盡忙著學洗衣裳、做飯了。我還練功夫呢，簡直這些天，連劍把都沒摸，妳瞧，那不是剛摘下來，還沒有擦塵土呢！」

李映霞順手一看，牆這邊掛著繡屏字畫，牆那邊原掛著柳葉青的青鋒劍和一隻裝暗器的鹿皮囊，還有玉幡桿的豹尾鞭和彈弓彈囊，此刻都摘下來，全放在條幾上。柳葉青打點行囊，剛剛取下來，還沒有顧得收拾好，就這麼亂堆著呢！李映霞忙問：「姐姐不是明後天就動身嗎，怎麼行囊、兵器全都沒有打點好？」隨說隨就站起身來，賠笑道：「姐姐做不慣這些事，待小妹替妳收拾收拾吧！」她要看看那劍，要看看那彈弓和那暗器囊。柳葉青毫不客氣，橫身攔阻，連說：「妹妹請坐吧，妳不要動了，這個回頭有人收拾，咱們先說會兒話。這一回出門，本來把這樓房門一鎖就完了，本來用不著勞煩妹妹看家。是我爹爹，他一定要給妳添麻煩。其實給人看家，是最悶氣不過的事，我就幹不慣，倒教妹妹一個人在這裡受憋悶了。」

柳葉青說著客氣話，把李映霞強攔下，李映霞面泛羞紅，重複歸座。其實柳葉青未必意含訕嘲，卻是話裡話外，無形中有刺似的。就是本來說好話，她二人舊存芥蒂，猛聽也像對方的話刺耳鑽心。柳葉青縱然自己警戒著自己，盡挑好話說，李映霞已經有點吃不住了。但是李映霞打定主意，要買取女俠柳葉青的歡心，不管女俠說什麼，她一定要涵忍，她仍然打起精神來哄女俠。劍、彈不教她摸，她就不摸，仍然賠著笑說：

「姐姐，我聽義父說，妳早就學會洗衣裳做飯了，姐姐您真是聰明人。妹子可就太笨了，這兩個月，我天天跟他們學打袖箭，天天打，天天打，您瞧，差不多快四五十天了，還是一點準頭也沒有。義父也指教過我一套八段錦，我也是學會了頭，又忘了尾，我實在太蠢了。」

女俠柳葉青一聽這話，不覺愕然，睜著水靈靈的一雙眸子，端詳李映霞，李映霞也還望著她。這一對情敵互相凝視，在女俠柳葉青心中，驟然泛起一個疑問，「哦，奇怪，奇怪，她也學打袖箭，她又練八段錦。這個丫頭電影，她不老實待著，她到底要幹什麼？她心裡頭又轉什麼軸子？」暗中犯想，一時竟忘了說話。愣了一會兒，還是李映霞打破了沉默，自己給自己解說：「姐姐，您瞧，我這簡直是瞎胡鬧。姐姐您別見笑，我左不過閒著沒事兒，胡亂擺弄著玩。我是閒散不慣的，在魯府上住著，吃了睡，睡了吃。魯大娘和魯大嫂又那麼客氣，一點活計也不教我做，盡拿我當客人似的養著，我實在悶得慌，所以就練著打袖箭……」

女俠道：「練袖箭？還練八段錦？妳跟誰一塊練？是誰教妳練的？」

李映霞答道：「教姐姐笑話了，我自己個瞎鼓搗著玩。他們練打袖箭，我也跟著湊熱鬧罷了，實在沒有人教，我也不好意思找人教。倒是那一套八段錦，有一天義父閒著沒事，指撥過我一回，還給我一本譜子。義父說我年歲大了，別的拳術恐怕學不出來，只可學學這個，操練身子骨。」李映霞是這樣答如不答地回答了，女俠不放鬆，仍然盯著問：「到底妳跟誰一塊練袖箭？」

李映霞起初不肯說，轉眼一想，忽然悟到：這位江東女俠大概又起疑心了。為了解釋疑猜，她便淡淡地微笑著說道：「我還能跟著大師兄練不成？」這話也暗指著二師兄玉幡桿楊華，接著說：「也就是跟您的那幾位小師姪們，一塊兒在箭園裡試練著玩。您知道柴本楝那個小孩嗎？我有時候跟他一塊打箭。說實在的，他還是我的師父呢！我連裝袖箭都不會，箭筒的崩簧我就不懂，是他教給我怎麼裝，怎麼放。還有羅善林，還有您那位姓鄭的師姪，他也教過我。可恨我太笨，我又沒有手勁，腳底下又沒跟，義父教的我那套八段錦，我只稍微比畫一兩個式子，我就累得慌。再練就抬不起腿來了，腳也疼，胳臂也酸，真是的，活賽個紙紮的人，哪能比得上姐姐呢，生龍活虎似的。可是的，姐姐您那麼飛簷走壁，躥高跳遠，白日練一天，到了晚上，您覺著腳疼不？腿脹不？」

柳葉青撲哧地笑了，眼看著李映霞裙下雙鉤，抿著嘴說：「教妳這一說，我也成了紙燈籠人了，妳瞧我像個怕累的人嗎？別說是練，就是真遇上歹人，跟他們一刀一劍，拚起性命來，我也不懂什麼叫累。我本來就是個粗人，哪能比妳。妳瞧妳，本來是個知府千金；妳又好俏，把腳纏得那麼小，妳還想練八段錦？妳怎麼不練彈腿呢？」

李映霞也賠著笑起來，徐徐說道：「我哪懂什麼叫七段錦、八段錦。是義父說這個好練，又有圖譜，容易著手，我就比著葫蘆畫瓢瞎練。您說練彈腿，莫非彈腿比較好練嗎？可是腿底下不穩的人，練彈腿容易些嗎？」

柳葉青咯咯地笑起來，連說：「對了，對了，像您這窄窄的三寸金蓮，練彈腿再好不過。妳可以找我爹爹教給妳。」一面說，一面還是笑。李映霞於拳腳固然外行，但她是個聰明絕頂的女子，她看女俠笑得稀奇，她就恍然省悟，這個情敵是盯上自己了。她不動聲色，把挖苦話只當好話聽，皺著眉說道：「姐姐，您還提我這腳呢。當年我的母親倒是最疼愛女兒，不肯給我狠裹。誰想我們有一位表姐，生得漂亮極了，就是腳稍大些，親戚們人人笑話她，說她醜，說她是什麼半截美人。她的沒過門的女婿，受不了『半截美人』的奚落話，竟鬧著要退婚。後來媒人出了頭，從婆家拿來一隻羊脂玉小碟子，教表姐重新裹腳，要在碟子上站得下，婆家才肯發轎娶呢。那是個四寸碟，很小很小，把表姐氣得直哭。我那時歲數還小，已經知道要強了。我看見表姐受人家嘲笑，害了一場病，我自己就央告母親，給我狠狠地往小處纏。有時候纏得我娘兒倆一塊兒哭，我是腳疼得哭，我母親是心疼得哭，這一下，到底纏成了。可是纏成這個樣，又有什麼好處呢？像個沒腳螃蟹似的，只能悶在深閨，當一個廢物，自己連自己都照應不了。倘逢災患，寸步難行，我現在後悔也遲了。」

李映霞低頭看著自己的纖小的雙足，想起了遭掠逃難的窘況，發出這樣怨恨之言。暗中也頗有順情說好話的意思，哪知柳葉青很不愛聽。現在的女俠柳葉青，正在痛恨自己的腳大，恨不得有人給她一個靈效無比的「瘦金蓮方」，送她一劑「纏足妙藥」才好。她如今收拾起英雄伎倆，當了新嫁娘，正自穿著又窄又小的繡花鞋。也和李映霞的表姐，抱著同樣心情，明明腳大，怕人說腳大；既惱恨小腳，又羨慕小腳。當下，她就哼了一聲，說：「人家還有因為腳大上吊尋死的呢！您有這麼一雙三寸金蓮，您太夠美的了。您的未過門的女婿，絕不會向您鬧退婚的了。您的未過門的女婿，見了您的腳，還不會愛煞！」

壞了，女俠柳葉青忍耐不住，把肚裡的捻酸話到底發揮出來了。而且樓上又只有她們情敵二人，連個打岔的也沒有，一剎時僵住了。

李映霞粉面泛紅，愧不可仰，自悔失言，不該談論腳大腳小。然而她能忍，她到底忍下去。臉上紅暈平淡下去，反而泛出笑容，低低說道：「姐姐您別過意小妹，小妹實在是自恨腳不跟勁，絕沒有，絕不敢……」底下的話是表示自己：絕不敢存著嘲笑大腳的意思。她沒敢完全說出來，柳葉青已經聽懂了，她也有些懊悔，藉著收拾行囊，站立起來，說道：「李妹妹，妳瞧，我們商議定當是後天一清早走，一切應拿應帶的東西，我全沒有打點出來呢，我真不像個『過家之道』。要不嫌麻煩，妹妹妳就幫著我歸置歸置。」

李映霞也是急著要打開僵局，搭訕著也站起來，說道：「好極了，我本來就想給姐姐忙活忙活。您是帶的什麼走？還有義父、姐夫，他們的東西在這裡沒有？是分包著，還是打在一塊兒？」

江東女俠笑道：「妳真行，一張嘴就有方法，他們爺倆的東西我還沒有找齊呢！若像早先，我跟爹爹遊俠的時候，我是任什麼事兒都不管，任什麼東西都不帶的。除了我的劍和我的暗器，是歸我自己個兒佩戴著，所有出門的應用東西，連替換的衣服鞋襪，都是由我爹爹給我張羅，我是只顧著走路罷了。」

李映霞讚嘆道：「姐姐是有福氣的，有義父那樣的一位老人家，豈止遮風擋雨？他老人家在您身上，真像慈母一樣。我聽魯大師嫂說，他老人家實在是您的伯父，您是過繼的。魯師嫂若不說，我再也想不到，最難得的是，您也真孝順他老，真跟親父女一點分別沒有。」

這句話驀地勾起了女俠的身世之悲，淒然嘆道：「妹妹，妳哪裡知道，妳我都是苦命人。我也跟妳一樣，從小就沒了親爹親娘，我可並不是過繼。實告訴妳吧，現在我這位繼父鐵蓮子，跟我的生身父親，乃是堂叔伯的弟兄。我的生父從小在家讀書務農，我伯父，就是您現在的這位義父，卻從小好武，到處遊俠仗義，得罪了不少仇人，連累了我的雙親。我的生身父母好端端『閉門家中坐，禍從天上來』！仇人奈何不了我伯父，竟找到我生父身上，我生父生母全被仇敵殺害，臨了還放了一把火。那年我還年歲小，恰好住在舅家，才倖免一死。我的這位伯父，一得這凶信，就瘋了似的，尋仇報仇，鬧翻了天。他自覺對不住他的堂弟，我的生父，他又受了我舅父狠狠地一頓抱怨，他就又愧又悔又怒地把我抱養過去。他拿我當親女兒，其實比親女兒還疼愛。他老覺著對不住我死去的爹娘，他親自撫養我。我自從九歲起，跟他老人家寸步不離，他由著我的性兒使，他老人家可就把我慣壞了。」

說到這裡，女俠眼圈兒紅紅的，似乎追憶起慘死的生身父母，不勝傷懷。李映霞也聽呆了，不由從五衷裡發出真的同情嘆息，半晌才說：「想不到姐姐也是這樣孤苦！但是義父他老人家對您可是無微不至，又是慈母，又是恩師，想到底比小妹我命運強多了。」

女俠柳葉青點點頭道：「若說他老人家，實在是疼我，但是光棍漢疼兒女，到底不得法，何況又是鰥父與孤女。你瞧，我這一雙腳，就是他老人家給耽誤的，始終沒人給我裹，他老把我當男孩子養活。至今我一點針線也不會，只懂得耍刀弄劍，不怨他老人家，我怨誰呢？他老人家疼愛我的心腸，按說比哪位做父母的都深厚，他在我身上總覺著抱歉似的；又因為我生父一點武術不懂，才被仇人殺害，故此他老人家把生平技業都教給了我，省得我再受歹人欺侮。可是話又說回來，我現在學會了劍，學會了拳，又能怎麼樣呢？上不得陣，當不得差，男不男，女不女，還不是沒有一點子用？真格的過家之道，女人的本分，什麼做衣裳，煮菜飯，樣樣我都弄不來。直到今天，給人家當了媳婦兒，還得趕著現學居家過日子的能耐。華哥時刻地就嘲笑我的腳，再不然就拿活計思索我，你瞧，這就是他老人家一個勁兒寵愛我，才把我害了。所以俗語說，寧教爹娘缺兒女，莫教兒女缺爹娘。又道是什麼寧要寡婦娘，不要光棍爹。老年人們的話，再不會假的。」

兩個女子一面收拾出門的衣物，一面閒談。想不到女俠柳葉青竟抱怨起繼父鐵蓮子來了。柳葉青自從做了新嫁娘，深感到過日子太外行。而她的丈夫玉幡桿楊華因為很愛她，春閨調情，有時候就嘲笑到她那穿小鞋的一雙腳。在楊華無非是調笑，在女俠天性好強護短，她真個有點著惱。她一惱到腳之不很小，活之不會做，她就沒地可怨，自然怨恨起愛她最深的繼父鐵蓮子來了。

其實她是個有口無心的直爽人，她只是信口胡談，還多少有些小女孩子口沒遮攔的勁兒。李映霞聽見了，一時竟苦於無法贊一詞；同時，她由此起了看不起女俠的心。以為鐵蓮子待她如此恩深，她還是不滿，這江東女俠可謂為女不孝。因想到義兄楊華，竟娶了這樣一個驕豪女子，而義兄楊華又是個多情的美男子。造化弄人，他二人竟成配偶，弄出許多風波，這女俠可謂為妻不賢。如此設想，不由替楊華深深扼腕。

當下兩個女子一面閒談著，一面收拾，小丫鬟給打下手。

柳葉青把丈夫楊華和自己的替換衣服找出來，拿在一邊，李映霞就替她打好了包。旋又把兵刃、暗器鼓搗過來，李映霞也給她收拾好。一切旅行應用器物，和應帶川資，都已大致備好，卻單單沒有鐵蓮子的器物，並且還缺少出門用的一兩件衣物。

李映霞問道：「姐姐和姐夫身邊的東西都有了，還沒有義父的呢，是不是還沒有拿過來？」柳葉青噘嘴道：「誰說不是！爹爹原說今天來，直到這時候，偏還不來。還有華哥，出去買雨布雨傘，也該回來了，他也磨蹭著不肯回來。還說要明天走呢，後天走就算好事！華哥說，還要找魯師兄借馬，也不知借好了沒有，魯師哥他們也不來，到底是怎的呢？」

女俠柳葉青口吐怨言，其實是沒話找話，敷衍這情敵李映霞，省得板面孔，對瞪著，彼此感覺發僵罷了。兩個人守著打好的包坐著，丫鬟又給斟了茶。柳葉青吃著茶，正說得熱鬧，門環忽聞連敲，司閽嘩啦地開了門，緊跟著樓梯噔噔地響，擁進來玉幡桿楊華、鐵蓮子柳兆鴻，還有大師兄魯鎮雄及其門徒鄭捷、柴本棟等，人人手中都拿著一點現買來的出門應用物品。魯氏師徒留在樓下客堂，楊華是宅主，頭一個登樓，掀簾入室，劈頭看見了李映霞，哦的一聲，忙又嚥回去。同時李映霞也看見楊華，款款地站起來，正容斂衽，低低叫了一聲：「姐夫！」女俠柳葉青也扭過頭來，說道：「呦，您剛回來，二爺？」不覺地也站起來了。玉幡桿趕緊說道：「剛回來，師父也來了。」卻又向李映霞說了一句話：「您請坐！」趕緊的一轉身，掀門簾，往屋裡讓人。岳父老大人兩湖大俠鐵蓮子柳兆鴻團著一對核桃，咳嗽一聲，徐徐走進來。

彼此打招呼，李映霞向鐵蓮子行禮，口呼義父。鐵蓮子說：「姑娘早來了。」柳葉青只叫了一聲：「爹爹！」過去接玉幡桿手中拿的物件，玉幡桿就手遞過去，對柳葉青說道：「大師兄也都來了，我給他們張羅茶去。」轉身就要下樓。柳葉青橫身攔住道：「嚇，你瞧二爺，又這麼多禮了。大師哥不是外人，幹嘛不請上樓來呢？」楊華道：「樓上坐不開……」說了半句話，重又下樓。柳葉青哼了一聲道：「二爺慌什麼？怎的坐不開？」鐵蓮子微然一哂道：「鎮雄和鄭捷、柴本棟，他們爺幾個全來了，樓上是坐不開。」柳葉青道：「可了不得，大師哥師徒都來了，難道還要給我們餞行嗎？」又道：「爹爹，您在這裡坐著。」女俠柳葉青說了這一句，搶先一步，越過了楊華，登登的一陣梯子響，她倒先走下樓去了。樓下是客廳，她和大師兄魯鎮雄師徒見面，把丈夫和父親全丟在樓上了。她還是這股子勁。

樓下客廳熱鬧起來，楊華也跟了下樓去，小丫鬟送了茶來。樓上只剩鐵蓮子和李映霞。柳葉青道：「你們瞧，把爹爹一人丟在樓上！我說二爺，這有什麼相干，索性請魯師哥上樓，不就結了？湊在一塊兒，也好說話。」大師兄魯鎮雄笑道：「師妹還是這麼直爽。」柳葉青道：「怎麼著，嫁了人，就該裝乖？走吧，咱們一起上樓去吧。」鄭捷道：「師姑，樓上有別人沒有？」柳葉青道：「沒有別人，別人誰敢上我這裡來。」鄭捷道：「沒有別人，師父，咱們爺幾個全上樓得了。」白鶴鄭捷和小師弟柴本棟全都站起身來。

玉幡桿楊華忍不住了，輕聲說道：「樓上只有師父和李家小姐。」此言一出，鄭捷徘徊不肯上樓，柴本棟也停住了。女俠柳葉青大為不快，睜著一雙星眸，想要說什麼，又不好說出來。半晌才衝著楊華發作道：「都是你多嘴，師兄也不肯上樓了，你說怎麼辦？還是把爹爹請下來，還是把人家李小姐請出來？真是的，多這麼一位知府千金，倒弄得我這個做主人的左右為難了。我是在樓下招待好，還是在樓上招待好？你說教我顧哪一頭？」

白鶴鄭捷連忙插言道：「哎呀，師姑，我們是來侍候您出門的，我們師徒可不是來做客人的。」柳葉青道：「我知道你不是客，人家李小姐才是客呢！」說得柴本棟直向著楊華扮鬼臉，魯鎮雄不由地笑了，楊華也只得搭訕著笑了。女俠柳葉青看見眾人的神情，自己忍不住也笑起來了。到底大家還是上了樓，彼此見禮，落座敘談。李映霞傍著柳葉青，也坐在一邊。魯鎮雄師徒一齊動手，也幫著把行囊收拾俐落，隨後叫來酒席，特給師父鐵蓮子、師弟楊華餞行。自然是鐵蓮子高踞首座，李映霞小姐也很踧踖地被促入席，仍挨著柳葉青坐下。楊華、魯鎮雄師徒，各依次就位，大家傳杯遞盞，歡然痛飲，談起討劍的話和出門的事，旋又講到獅林三鳥的為人。

鐵蓮子說道：「這獅林三鳥，頂數第二人尹鴻圖武功超絕，其次是第三人白雁耿秋原，那掌門大師兄謝黃鶴，聽說功夫並不怎樣。」女俠柳葉青笑道：「我們吃柿子，可以先找軟的捏，我們就一徑找黃鶴去。」說得眾人都笑了，鐵蓮子和愛婿愛徒且飲且談，酒喝了不少。柳葉青多喝了幾杯酒，竟也打開話簍子，向鄭、柴兩個師姪暢談起她自己當年的遊俠事跡，一面說，一面叫大師兄替她做證，一時談得很熱鬧。獨有李映霞側坐席次，凝神聽著，一句話也插不入。有時她眼光看到楊華，楊華意態倒很自然，但無形中，已看出楊華和柳葉青伉儷間情感十分歡好。李映霞胸中未免悵惘淒涼，她卻極力提著精神，怕自己的寂涼被在座的人覺出，看破。

這一番歡宴，鐵蓮子和魯鎮雄談的話最多；柳葉青也是滔滔不絕，說東說西，神情最為歡暢。楊華的話比較少些，這只有李映霞是最窘迫的了。那鄭捷和柴本棟兩個少年，是徒孫輩分，陪在末座，不時給各位敬酒，他倆只和師姑逗笑，他們兩個人的眼珠子卻不閒著，骨骨碌碌的，席間有意無意地看了楊華一眼，又看柳葉青一眼，再捎帶著看了李映霞一眼。柴本棟年紀最小，數他最淘氣。李映霞羼在柳門師徒群中，勉強鎮靜著，滋味多少有點苦澀；並且她從來沒和男子同筵，今日說不得，只可臨到哪裡，算到哪裡了，想到這一點，也很教她難過。

鐵蓮子師徒痛飲快談到二更才罷，定規次日清晨登程。當晚柳葉青和李映霞住在樓上新房中，鐵蓮子、楊華師徒都睡在樓下客廳內。樓上新房內，二女一時睡不著，並枕夜談起來。

柳葉青向李映霞重問起遭家難、被盜遇劫的話，李小姐無可奈何，雖然痛心不願說，也只好細細地述說著了，一面解釋自己和楊華的遇合原委。同時，在樓下客廳中，魯鎮雄、鄭捷師徒，也不免向楊華打聽遇一塵、救一塵，得寶劍、失寶劍的經過。樓上樓下都是直談過三更，將近四更，方才睡熟；仍有一個人沒睡著，那便是被難失戀的知府小姐李映霞，輾轉反側，直到次日天明。

次日天明，樓下是鐵蓮子柳兆鴻首先醒起，立刻招呼群徒起來收拾。樓上是李映霞很客氣地叫醒柳葉青，親自給她梳頭。於是大家梳洗已畢，進了早點。魯鎮雄命鄭捷柴本棟把行囊結繫在馬上，把馬牽到街門口。然後鐵蓮子柳兆鴻、玉幡桿楊華、女俠柳葉青，都穿好行裝，徐步出院，就此上道。那李映霞小姐直送到門口，還往前送。鐵蓮子說道：「姑娘！請回吧，妳多費心替他們看家，不必遠送了。」再三地攔阻，李映霞忙道：「義父、姐姐，路上多多保重！」到底直送到巷口，方才站住。那魯鎮雄、鄭捷、柴本棟都騎了馬，直送出城門以外，方才下馬拜別，互道珍重。鐵蓮子、楊華、柳葉青這才放開馬，取路先奔江寧。李映霞小姐眼望柳葉青夫婦父女去遠，這才回轉小樓，替他們看家，獨自悄悄地練打袖箭，並熟習那套八段錦。

鐵蓮子柳兆鴻、楊華、柳葉青，沿著長江南岸，出離鎮江直指江寧。走了一天，到達龍潭，天色已晚，翁婿下馬覓店。

次日早晨，先不動身，鐵蓮子帶女婿楊華、女兒柳葉青，到龍潭鎮，拜訪一位退休的拳師，問了些江湖上最近發生的事故。

逗留一日，次早動身，赴南京江寧府。

由龍潭往南京，只有四五十里路，翁婿父女三人，稍稍縱馬加鞭。剛到午刻，便已進了南京城。

南京城是江南的省會，南朝金粉，秣陵雄城，本是南方文物薈萃之區。城裡有不少鏢局，更有不少武林知名之士。鐵蓮子仍先覓店，旋即訪友。這時江寧各鏢局，正在哄傳著十二金錢俞三勝俞劍平，尋訪廿萬鹽鏢，大鬥長白山一豹三熊的案子。很有些鏢師應俞劍平之邀，前往江北豹，留在南京的，寥寥無幾。鐵蓮子卻不要打聽這個，他要打聽獅林觀三鳥的近日動止，和銅陵駱祥麟的確實住處，就便引見愛婿楊華，和武林前輩見面。鐵蓮子未到江寧已將六年，此番重遊，僅僅訪著六七位故友，幾乎全是鏢行；其餘別的武師，有的早離開了，也有的死了，真感到人事滄桑，五年小變，十年大變。翁婿父女在南京流連數日，玉幡桿楊華和柳葉青這一對新婚夫妻，也趁空大逛夫子廟、秦淮河。鐵蓮子終由一位老武師口中，訪得駱祥麟的下落，據說這位駱武師確尚健在，並未歸隱銅陵，說是現在蕪湖，開了一間米店。

鐵蓮子聽了大喜，怪不得給駱老去信，兩月未得回音，原來他又出門了。因對楊華說：「這倒方便了，我們要訪銅陵，必先經過蕪湖；如今駱老已在蕪湖，我們省了不少路程。」又打聽了一些消息，隨後這翁婿父女三人，便離開了江寧，溯長江往西南走下去。

走了幾天，來到採石磯。鐵蓮子柳兆鴻記得採石磯這裡也有一兩位武林故侶，隨即落店，向人打聽，竟打聽不出來，轉問店家，此處有幾家鏢局？店夥說只有兩家，鐵蓮子徑上這兩家鏢局打聽，不想鏢局內的人物，全是後起之秀，只聽說鐵蓮子的大名，全不認識鐵蓮子的本人。卻是一提起女俠柳葉青的名聲來，內中倒頗有人曉得，居然很客氣地款待起來。柳葉青不禁高興，背地向丈夫楊華誇耀起來，楊華只是嘻嘻地笑。柳葉青又誇說：「這江南一帶採石磯等處，提起我來還差，你若到兩湖，再打聽『柳葉青』三個字，知道的人更多了。」女俠以此沾沾自喜，楊華樂得英雄為配，自然也很歡喜的了，卻故意慪著她玩，說道：「娘子，你太不世故，人都有個見面之情，人家只是當面奉承你罷了。女俠又比男俠出奇，人家是拿你當稀罕景看待罷了。」女俠笑道：「人家怎麼偏拿我當稀罕景，怎麼不拿你玉幡桿當活寶呢？」兩口子總是這麼鬥口，常惹得鐵蓮子瞪眼阻攔。鐵蓮子歷訪採石磯的人物，探問獅林三鳥的動靜。這裡鏢行中人提起獅林觀，也只是慕名，詳情全不曉得。

問到駱祥麟，更沒人知道，駱老本來退隱已久了，這些後輩當然說不上來。

第二天，鐵蓮子三人又復動身，離開採石磯，走過當塗，來到蕪湖這個魚米之鄉。蕪湖是大地方，非常富庶。這地方，鐵蓮子僅在十年前來過一次。當下照例住店，向店家細細打聽當地武師和鏢行達官。又從武師鏢客口中打聽駱祥麟，居然從一位老拳師口中證實了南京訪來的話。駱祥麟真在蕪湖落過腳，卻不曾開米店。乃是駱祥麟近年來喪子患病，很不得意。

他有一個得意弟子，叫汪嗣同的，正是個米行老闆，把駱老迎接了去養老，由此傳話，倒說駱老開米店了。

鐵蓮子忙問明汪嗣同的詳細住址，立即登門去找。汪嗣同雖是米商，模樣很威武，年四十多歲，為人慷慨好交。一提起鐵蓮子、柳葉青父女的英名，他更是心儀已久，竟將鐵蓮子三個遠客讓到自家客廳，很懇切地設筵款待，並邀請了當地武師相陪。席筵間，柳老向汪嗣同打聽駱祥麟的景況。汪嗣同嘆息道：「家師是老運很不佳，喪子之後，十分悲愴，害了一場病，晚生把他老人家邀來，在此地盤桓了一年多。最近不知他老人家怎麼了，家鄉裡又出了什麼事故，上月他老的一個本家姪子慌慌張張找來，把他老人家叫回銅陵了。本說好一到家鄉，就給晚生來信。如今走了快一個月了，卻是直到今天，沒見來信。」

柳兆鴻捋鬚聽了，不由發愣著道：「怎麼駱老現時已經離開蕪湖了嗎，他竟這樣的不走運嗎？」心中不由怙惙起來，倘真個駱老遭際不如意，自己怎好以討劍托情的瑣事相煩？大遠地奔來，真有點欲罷不能了。鐵蓮子沉吟了半晌，說道：「到底令師遇上什麼事故呢？」汪嗣同皺眉道：「家師走時很匆忙，弟子再三詢問，他老人家不願意說，好像有什麼難言之隱似的。」

鐵蓮子柳兆鴻道：「噢，卻是奇怪，你們是嫡親師徒，他故鄉出了什麼事故，難道他還瞞著你不成？」汪嗣同面皮一紅道：「家師性情冷僻，他老若不肯說，弟子是不敢強問的。」鐵蓮子笑了，說道：「令師倒是有點古怪脾氣的，他現時住在哪裡？還在銅陵東望莊嗎？」汪嗣同道：「是的，他老人家沒有遷居，自然是回東望莊了，不過他老也許到荻港去住。」

鐵蓮子點了點頭道：「好，我謝謝你，真是太打擾了。」對女婿楊華、女兒柳葉青說：「我們還是省不了路，還得上銅陵走一趟。」終宴之後，遂即道謝告辭。汪嗣同再三挽留，鐵蓮子笑道：「我找令師，有件要緊事託他，不能夠在此多耽誤，等著我們回來，再到府上盤桓吧。」

汪嗣同道：「你老找家師，有什麼要務？」鐵蓮子也是不肯說，只道是一樁閒事罷了。後見汪嗣同面露慚色，恐怕招他誤會，方才解釋道：「我和雲南獅林觀的三鳥，有一點小交涉，令師和二鳥尹鴻圖交情很好。我打算煩令師做個先容。」汪嗣同道：「這個嗎……也許家師能夠。」底下的話噤住了。鐵蓮子微微一笑，並不究問，站起來告別，率同婿女，返回店房去了。（實在的情形，乃是獅林三鳥為報師仇，已經由雲南趕到江南。汪嗣同對待鐵蓮子滿懷著親近之心，並打算款留柳老，請教拳技。偏偏柳老言語之間，稍形淡漠，汪嗣同自覺殷勤設筵，優禮前輩，反招得人家見外，心中未免不悅。其實獅林三鳥的動靜，他倒頗知一二，柳老既沒有虛心下問，他也就一賭氣，箝口不告了。鐵蓮子一世英明，竟在此處漏了一場。）由汪嗣同家裡出來，鐵蓮子一徑回店，柳葉青要逛逛蕪湖的市街。鐵蓮子笑對楊華說：「你好好跟著她，別教她惹事招災。」說得夫妻倆全笑了。玉幡桿楊華穿著長袍馬褂，柳葉青曳著長裙，兩口兒在蕪湖大街上緩步而行，恣意遊覽了一回。

柳葉青還是那樣大說大笑，樣子一點也不拘束，招得過往行人都打量她。楊華覺得太惹人注目了，低聲攔阻道：「妳說話小點聲音吧，妳瞧瞧，走道的人全都扭著脖子，拿眼珠子瞪妳！」

柳葉青往兩邊看了看，啐了一口，罵了一句，低聲笑道：「他們瞪他們的，反正瞪不掉我一塊肉，我說話不會學蚊子叫的。」

說時漸漸走近店房，楊華便要回店，柳葉青遊興頗濃，仍往前走，楊華只得陪伴著她。直逛過一座鬧市，走盡一條長街，一直出了城門，來到臨江的碼頭上。此時夕陽落照、滿天紅霞，映得江流泛金流錦，涼風吹來，把柳葉青的衣裙鬢髮都刮得飄飄若飛。她不禁喊道：「好痛快！」碼頭上泊著許多船，聚著腳伕舟子，多在江邊沽酒買食。柳葉青看見賣米酒的幌子，不由打動饞癮，信步前行，徑往酒館走去。玉幡桿楊華忙道：「喂，青妹，妳要做什麼？」

柳葉青回眸媚笑道：「我要喝點米酒。」楊華忙道：「不行，不行，天這麼晚了，咱們快回店吧。」柳葉青不由擺出女兒腔，把身子一扭，臉兒一苦，說道：「不，我要喝點，你看看，人家喝得多麼有趣！」她竟邊說邊走，一直走進小酒館去了。

這是很小的一家米酒鋪，玉幡桿楊華阻止不住女俠的任性，只可由她，自己也跟了進去。擇了一個座頭，臨窗面江，配了些小菜，無非是魚蝦鹽肉，柳葉青啜了三碗米酒。這雖然是專賣給腳行、船伕的小酒館，酒卻很有名，小菜也還可口。

柳葉青越喝越香甜，遙望江景，引杯快酌，一連氣喝了六七碗，楊華也喝了五六碗酒。柳葉青忘其所以，還是要喝，於是又喝了三四碗，楊華急了，再不許她喝。

她央告道：「我不喝了，可是我又餓了，索性咱們再配點菜，在這裡吃飽了吧。」玉幡桿嗔道：「妳把師父一個人蹲在店裡，妳只顧自己高興，難道教他老人家一個人挨著餓，等候妳我嗎？」柳葉青賠笑道：「爹爹不是傻子，他老人家餓了，自己會叫飯。好華哥，你讓我樂一會兒吧！這一程子盡顧打聽駱老頭兒，東撲一頭，西訪一陣，太沒意思了。華哥你看，這太陽夠多紅，夠多圓！這江水夠多麼一望無邊，教人瞧著，起心眼兒裡敞亮！堂倌，堂倌，你給來兩份飯，再給配四個菜！我實在是肚子餓了，好華哥，咱們就在這兒吃吧！」

楊華拗不過她，她的確醉了。空肚喝酒，力量更大。她此時醉顏微酣，面泛嬌紅，越顯著嫵媚，一陣陣軟語央告，玉幡桿再不忍峻拒，只可由她。卻是剛答應她在此吃飯，她忽然又說：「華哥，我再喝一碗，只一碗，成不成？」結果又喝了兩杯，方才吃飯。等到吃飽了飯，她已經走路打晃，犯起酒睏來了，她是一喝醉了，便立刻要瞌睡的。楊華氣得攙著她。在眾人竊竊私議下，跨出了小酒館，便要給她雇轎，她仍逞強不肯。此時萬家燈火齊上，已經很晚了。楊華扶著她，慢慢往店房走，一面走，一面又買了些鮮果點心，纍纍墜墜有好幾包，說是給她爹爹吃，其實是她心燒口渴。

小兩口兒走了一會兒，方才到店房。他們住的是九號房，雙雙來到九號房門前，柳葉青首先叫道：「咦，窗戶這麼黑，爹爹準是出去吃飯了。」楊華哼了一聲道：「師父準是久等咱們不來，出去找咱們去了！不教妳貪嘴，妳不聽話。」又大聲叫道：「夥計，開門來！」

柳葉青忽然說道：「你別鬧，爹爹大概沒出門，你看，門沒有上鎖。爹爹或許是睡著了。我說，喂，你可幫幫忙呀。」

一轉身，把手中的鮮果包兒遞給了楊華，騰出手來，便去推門。

那門不待推，吱的一聲開了；燈光也一閃，頓時全室通明。鐵蓮子柳兆鴻雙眸炯炯，巍然當門而立，目光直注到楊、柳夫婦背後，口中說道：「你們上哪裡去了，怎麼才回來？」玉幡桿楊華道：「怎麼樣，師父等急了不是？你老人家估摸還沒吃飯吧？你老不知道，師妹老沒出門，這一出外，看見什麼都覺著新鮮似的。你老瞧瞧，這全是她給您買的，也不管你老愛吃不愛吃，一氣買了這些包。」楊、柳夫婦全有些醉意了，鐵蓮子眼光還是往外面黑影中看，一面問道：「你們到底上哪裡逛去了？」柳葉青笑道：「我們上碼頭去逛了一回。」鐵蓮子道：「現在過二更天了，上碼頭去做什麼？」柳葉青笑道：「我是去探探道。」楊華道：「妳哪裡是探道？妳是……」

柳葉青瞪眼道：「你說！」玉幡桿笑道：「妳不用瞧我，我一定要說，師父，她跑到碼頭上喝米酒去了。我攔不住她，她也不管你老吃過飯沒有。」女俠嗔道：「我就有這一點私弊，你都給我抖摟出來！」鐵蓮子哼了一聲道：「妳滿臉通紅，酒氣噴人，妳還想瞞著我。妳不是小孩子了，妳是做了新媳婦的了。仲英也不管著她一點！」楊華道：「我哪裡管得住她，教她少喝一小口都不行，越攔她，她越鬧。而且她連喝酒的地方也不挑，跟一些魚行、腳伕、水手們，擠進一個小酒鋪去喝，引得人家直看她。她教我瞞著您，她一連氣喝了八大碗！」柳葉青也笑了，醉醺醺往床上一倒，說道：「你告我吧，我不怕！哎呀，我不好受！」解開紙包，取出鮮果來就吃，她也不管她父親到底吃過飯沒有，她醉了，她和小女孩子一樣的撒嬌，她任什麼也不顧了。但是玉幡桿楊華卻看出鐵蓮子神色有異，忙問道：「師父您看什麼？」順著鐵蓮子的眼光也往外面看，外面店院黑乎乎的，任什麼也沒有。

楊華忙走出去，往店院一巡，也沒有看出什麼來。轉身回房，掩上了房門，低問道：「師父，你在看什麼？」鐵蓮子面含不快，低聲說道：「你們灌得這麼醉，你們教人家綴上了，你們還不覺！」楊華詫異道：「誰綴我們？」女俠柳葉青一骨碌從床上跳起來，忙問父親道：「可是一個年輕的漢子，兩隻大眼睛，穿長衫，腳打裹腿嗎？」鐵蓮子點頭。柳葉青罵道：「這小子一定是個流氓！我揍他去，他又跟來了嗎？他可是綴進店來了嗎？」

楊華和鐵蓮子一齊阻住了她。本來年輕的男子看見漂亮的女人，難免要多看上幾眼，何況柳葉青又是一個女俠，行止不羈，越發招人注目。若遇見地痞流氓，跟在婦女身後盯梢，也是常有的事；只要他不是生心侮辱，這便不必過分計較。玉幡桿是這樣想法，因為他並未留情，也未瞥見這個大眼睛男子暗中偷綴他的妻子。

鐵蓮子卻不然，心中頗有些疑忌。因為他覺出這個大眼睛男子是從他翁婿父女剛進蕪湖街，便已發現。這少年男子氣度赳赳，頗似武林中人，卻又年紀很輕，舉止很嫩，既不像是公門中的腿子，又不像黑道上的踩盤小夥計。當柳老翁婿父女策馬尋店時，便在一條街上，遇見此人隨在背後暗綴。等到柳氏父女拜訪汪嗣同，承汪嗣同設筵款留，筵罷告辭出來，又在拐角小巷上，發現此人在巷口獨自徘徊。鐵蓮子便心中一動，但是仍沒放在心上。等到楊、柳夫婦倆出遊，柳老自己獨自歸店，便見此人乍前乍後為了難，似乎又要跟綴楊、柳二人，又要追躡柳老。三個人分成兩路，這少年只有一人，弄不出分身法來，著急不捨的神氣大露。鐵蓮子不由惡狠狠瞪了少年一眼，這少年也似乎覺察自己行止被人窺破，忽地沒入近處小巷，不見了。鐵蓮子覺得又可氣又可笑。卻是藝高人膽大，料到此人必非獅林三鳥的黨徒，便丟開一邊，團著核桃，徐徐步行返店。也不掩房門，故意大敞著，虛瞇著眼，假寐起來。

一直到晚飯時候，楊、柳夫婦倆暢遊未返。鐵蓮子等得不耐煩，要出去吃飯。一轉念間，又不出去了，喚來店夥，叫了一份酒飯，自斟自飲。耗到掌燈時分，楊、柳依然未歸。鐵蓮子這老頭兒暗暗不悅，潛怒玉幡桿年輕不懂事，怎的逛到天晚，還不惦記回店，真格的又出了差錯不成？兩個大活人，沒有自己照顧，真就逛出麻煩來不成？

老頭子不痛快，索性把燈吹熄，盤膝瞑目，坐在床上，調停呼吸。過了一會兒，楊、柳仍未回店，這老頭兒關心婿女，漸漸有點放心不下了，就要出去尋找他們。不想，鐵蓮子剛才下了床，就聽見店門有動靜，似有客人投店，又似是找人。眨眼間，只見一個店夥，挑著一隻燈籠，陪進一個客人，鐵蓮子站在房門口黑影中，往外一望，哈哈，這個人大眼睛黑面龐，恰好是跟綴自己父女的這個少年壯漢。楊、柳尚未歸，這少年居然摸到這裡了。鐵蓮子勃然大怒，凝眸注視起來。

這工夫，少年壯漢來到店院內，向各房間不住眼地東張西望，並且不住口地盤問店夥許多話。只是說話的聲音很低，鐵蓮子聽不清他說什麼。卻是那店夥答話音很高，朗然說道：

「不錯，是的，有一位年輕的堂客。」那少年跟著又問了一句，店夥就一指鐵蓮子住的九號房道：「共是三位客人。就住在這裡，可是跟你老一夥嗎？」那少年不知應了一句什麼話，竟一直湊了過來。忽發現房門未閉，料想有人，似乎出他的意外，慌忙又止步。指著對面的一間小屋，向店夥說：「這一間閒著沒有？」店夥答道：「閒著呢。」這少年立刻進了對面小屋。旋見他大聲吩咐打取洗面水，並教店夥給他沏茶，叫吃儎被。

等到店夥打來洗面水，拿來店簿，問客人的姓名，鐵蓮子故意藏在屋中黑影裡，仍不點燈，也不說話，只傾耳偷聽這少年的動止言談。那少年容得店夥泡茶去後，他便走出小屋，重到鐵蓮子房門前窺看。屋門大敞，屋中漆黑，這少年又側耳，又側目，居然院中無人，他竟闖然走到屋門口，伸頸往裡窺望。屋子是裡外間，鐵蓮子已然退到裡間門側，暗罵一聲混蛋，靜等那少年邁進門檻，他便竄出來堵截。不知怎的，這少年驀地覺出聲息不對，驟然退回去了，卻仍戀戀未去，又附窗牖偷窺暗間，暗間更黑，這少年凝眸細窺，鐵蓮子立刻輕輕挪到窗前。那少年一隻眼正對著紙窗破孔，鐵蓮子便毫不客氣，過去吹了一口氣。少年的眼登時不見，微微聽見一點響動。想是他自知粗疏，又躲開了。

鐵蓮子柳兆鴻十分恚怒，卻仍然不發作，心裡頭未免惱恨楊、柳太過粗心貪玩。自己一行三人，暗中被人綴上，他們夫妻倆竟一點不覺。柳老坐在黑影中，越想越不放心，直耗到二更天，楊、柳方才施施然拌著嘴回來。鐵蓮子板著臉，要責備他夫婦倆，柳葉青又鬧起酒來，依然不住和楊華鬥口。

楊華比較清醒，連問師父吃過飯了沒有？鐵蓮子捋鬍鬚不言語，眉目間隱含慍色。楊華情知岳父不高興自己遲歸，忙解釋了幾句。鐵蓮子沉了一會兒，方才掩上屋門，申斥婿女道：「你們兩口子只曉得嘻嘻哈哈，打牙鬥嘴，招子也不張亮著點。瞎目瞪眼的，心裡一點也不揣事。」說得楊華紅了臉，不能答辯。柳葉青醉醺醺的，一骨碌坐起來道：「我們不過多玩了一會兒，爹爹你老人家又教訓上了，我們又怎麼啦？」鐵蓮子道：「你們又怎麼啦？我說你們倆是一對瞎子，你們可曉得你們教人綴上了嗎？」柳葉青實在喝多了，她依然強口道：「哼，又是你老自己胡嘀咕罷了。誰綴我們，綴我們幹什麼？難道說獅林觀那群老道耳目就這麼長，我們剛到這裡，他們就曉得了不成？」

鐵蓮子怒道：「妳這丫頭還跟我頂嘴！我問問你們，今兒白天，我們從汪嗣同家中出來，你們可看見一個黑臉大眼睛的少年男子沒有？你們兩口出去瞎逛，可留神這個黑臉盤大眼睛男子綴在你們身後沒有？」

柳葉青、楊華一聽這話，不由夫妻倆面面相覷，追想前情，似乎果然有這麼一個人物，曾經不即不離地跟隨著自己，而且楊華已動過疑，並曾慪過柳葉青：「青妹妹，小點聲說話吧，妳教人盯上梢了。」起初只當是輕薄男子，好綴漂亮女人。

現經鐵蓮子一提醒，夫妻倆不由愕然道：「難道說，我們的行藏被獅林三鳥看破了嗎？」

鐵蓮子沉著臉道：「我卻不曉得綴者是誰，不曉得為什麼要綴，我只知有人懷著惡意窺伺我們。告訴你們吧，剛才這個黑臉盤、大眼睛的小子，公然前來探門口，扒窗縫來了。你們還是大咧咧的，像你們這樣的人，當真獨自要闖蕩江湖，怕不像一塵道人一般，遭人暗算？」

夫妻倆自知疏忽，又愧又怒，忙問道：「這東西這麼大膽，您老人家怎不狠狠收拾他一頓？就老老實實地讓他窺探麼？」

鐵蓮子冷笑道：「人家不過是到門口一探頭，我就要毀人家，我也太凶了。」柳葉青說道：「得，我明白了，你老人家一準是賣好，把那人放走了。」鐵蓮子道：「我不放走他，還把他扣起來不成嗎？」楊華忍不住問道：「到底這個人上哪裡去了？師父沒有綴一綴他的落腳處嗎？」鐵蓮子道：「沒的教人綴我，我還綴人！」見女兒有點羞惱，這才哈哈一笑道：「你們要找這個人，很容易，你看，他就住在這裡，正對門！」

一語未了，柳葉青驀地跳起來，罵了一句，就要趕去尋隙。鐵蓮子急用手一指道：「住！你要幹什麼？」玉幡桿楊華早就橫身一擋，把他妻子攔住道：「你忙什麼？你聽師父安排吧。」把柳葉青推到床上，賠笑著向鐵蓮子問計。

鐵蓮子瞅著耍酒瘋的女兒，說道：「妳這丫頭，已做了媳婦了，還這麼耍小孩脾氣，你們兩口子都過來，我告訴你們。」

低低地吩咐了幾句。楊、柳二人點頭會意，俱都笑了。鐵蓮子定了一個惡作劇的主意，安心要戲弄這個暗綴自己的江湖道的嫩秧子。

客窗互窺測

這時候已將三更天了，一明一暗的兩間店房，點著兩盞燈。鐵蓮子假裝溲便，出去繞了一圈，側目向對門一望，轉身回來，掩上房門，對楊、柳低囑數語，寬衣解帶，睡在外間。

楊、柳夫妻也各出去一趟，隨到暗間內，解衣並枕而眠。鐵蓮子做出年老行路，不堪疲倦的樣子，燈也沒吹，便蒙被睡著了；楊、柳夫妻倆都躺在床上，似乎有點擇席失眠，輾轉不能入夢。兩個人點著燈，喁喁私語。楊華剛才出去小解，和那個少年人恰好走個碰頭。那少年躲過臉去，果然是那個黑面容、大眼睛的男子，曾在碼頭上見過，因即潛告柳葉青。柳葉青把半截身子露在被外，拿著鮮果嚼個不住，一面咀嚼，一面故意說出一些詭祕不可解的話，話鋒隱含殺機，教人一聽，便知道是綠林中人。她這麼隨便嘮叨，楊華故意阻撓她，不時說：

「念短吧！念緩吧！」更不時探起身來看窗。又過了一會兒，兩人見無動靜，便連打呵欠，把燈吹熄。內間已然昏黑，外間屋的燈火透過光來。柳葉青叫道：「爹爹，睡了沒有？呀，爹爹忘記熄燈了。相公，你下去把外間屋的燈吹了吧。」楊華道：「妳怎麼不去？」

夫妻倆仍然鬥嘴調笑，柳葉青咳了一聲道：「你真懶，你躺在外邊，你反倒教我下地！」柳葉青很不願意地從床裡爬起來，披了上衣，從楊華臥處爬過來，穿鞋下了地，懶洋洋地走到外間，給柳老蓋上了被，然後吹熄了燈，重新回來。於是兩間屋通通漆黑，不一刻鼾聲微起，三個人似乎都入睡鄉了。

哪裡知道，燈光一滅，三個人全都悄悄起來。在黑影中，楊、柳夫妻暗暗穿好衣服，帶好兵刃暗器，仍復睡在床上，假裝打鼾，不時探身側耳，傾聽外面的動靜。柳葉青手中更捏著一個火摺子，一有響動，便可燃燈。挨過半個時辰，柳老假裝起夜，做出懵懵懂懂的聲音，點燈開門出去，到廁所一轉，卻是暗地窺伺對面的舉動。臨回來時，故意忘記閂門，一頭倒在床上，扇滅了燈，又咳嗽起來，一聲高，一聲低，漸漸由高而低，由低而無。他卻悄悄地開後窗跳出去，暗囑楊華接聲打鼾。仍將後窗關好。鐵蓮子沒入店院後牆不見了。

楊、柳在屋中這麼故布疑陣，鐵蓮子躲出去，要掩對方的不防備，窺探他的來意。果然耗過一會兒，便隱隱聽見窗外有人躡足輕踱的聲音，由對面溜了過來，跟著聽見房門上有響動。柳葉青忍不住要笑，忙用被掩住嘴，暗中發出哧哧的聲音來，外面立刻沒了響動。楊華連忙肘她一下，又推她一下。她勉強忍住笑，卻又不禁坐了起來，楊華也坐起來。過了片刻，門扇不再響，紙窗卻聽嗤的一聲，柳葉青曉得窗紙被人撕破了。楊華不覺地站起來，被柳葉青慌忙抱住，把他拖回床來。

夫妻倆在暗影中，一聲也不肯響，要看看這撕窗紙、扒窗眼的秧子，到底意欲何為？

果然沉了一會兒，暗中人便又來輕輕推門，輕輕用力挖門閂。挖了一會兒，似乎是不得手，又似乎聽見楊、柳在屋內暗笑的聲音了，慌忙又退回去。但只隔了一會兒，他又尋回來，改趨內間窗前，把一物投入屋中，吧嗒的一聲響，柳葉青猜想是問路石子，是敵人故意試探屋中人的，便暗捏楊華一把，意思是叫他堅坐勿動。楊華有點沉不住氣，竟要尋過去，柳葉青急忙拉住楊華的手，附耳低告：「你不懂得，你不要妄動！教他由著性兒鼓搗去。爹爹是故意這樣做，剛才沒告訴你嗎？讓這東西敞開了撥門挖窗，爹爹這麼調虎離山，爹爹就可以趁空先下他的手了。他刺探我們，我們先去搜查他！」

這個主意，玉幡桿楊華其實早已領悟，他只是不熟悉夜行人的手法，有點沉不住氣罷了。而且坐視來人撥門挖門，探窗投石，心上總有些躍躍然，恨不得給他一彈弓，把他打跑了；再不然跳過去，抓住賊的手腕，大聲一喊，店中人一定全驚醒，就把賊的陰謀揭破了，豈不痛快？

外面這個少年竟十分粗豪，見屋中寂無動靜，他公然伸手，把暗間紙窗扯破一大塊，手中火摺一晃，借這一閃之光，往屋裡側目窺視。這一窺，少年不禁駭然。當此之時，楊、柳夫妻恰好並肩相偎，坐在床邊，衣履穿得整整齊齊，面含詭譎，似嗔似笑。玉幡桿斜拖著豹尾鞭，一手握彈弓，一手抓住彈弓囊；柳葉青一手提著青鋒劍，一手曳著丈夫的一條臂膀。

火光乍亮，夫妻倆雙雙凝眸向外張望，恰與少年目光相碰。

目光乍碰，男的（玉幡桿）往起一站，怒目喝道：「什麼東西？扒窗眼幹什麼？」女的（柳葉青）拉住男的不教動，滿臉帶笑，卻是惡意的笑，騰出一隻手來，向窗外少年招手道：

「喂，相好的，才來嗎？把招子放亮點，請進來！」

窗外少年突然收起火摺子，還未容他退避，柳葉青藉著招手之勢，倏將一粒鐵蓮子破窗打出，真是手疾招狠，直攻探窗少年的右眼。少年一扭臉，剛剛躲過去，突又聽身後叭達地響了一聲，忙回頭尋看，有一個破鑼似的聲音，從隔院虛張聲勢，連聲嚷鬧著：「誰呀誰呀？」要走過來。少年同時又瞥見自己住的那間小屋，已關的門扇，忽然吱的大開；已熄滅的油燈，忽然透出亮來，而且分明看見屋內的人影一晃，又咔噔的一聲大響，那隔院的人聲也就要追過來。他就像獅子一般，雙足一頓，急急折回自己房間，卻喜楊、柳夫妻全未追趕。

這少年正如鐵蓮子所猜，是個初出茅廬的雛兒，武藝很好，閱歷太淺。他此行是背著人出來，要尋找某某幾個仇人，卻陰錯陽差，盯上了鐵蓮子和楊柳夫妻。他姓陳，名喚陳元照，年才二十一二，使著一對奇怪兵器，叫做卍字銀花奪。他要找尋峨眉派的七雄，他又認不準。

他提著這一對奪，奔回己屋，邁進門檻，頭一腳，險一些踏碎油燈盞。自己屋中的燈，原本放在桌上，自己臨出來，剛扇滅了的，此刻竟點亮了，又被挪到屋地上，更一顧盼，全屋也改了樣：床頭剛賃的被挪了地方；自己的一個小包裹本來壓在被下，此刻已經打開，包中物全抖摟出來，撒滿了一床。這不用說，自己潛窺對門三騎客，毫無所得；卻另有夜行人乘虛光臨，倒把自己潛搜了一陣。更不用說，潛搜自己的，必是對門三騎客了，或者是他們的黨羽，或者竟是那個白鬚眉的老人（鐵蓮子）。少年陳元照，他剛才探窗偷窺，只瞥見一男一女，那老人沒在屋，一定是悄悄出來，抄自己後路了。

少年陳元照大恚，急急地驗道勘跡，伸手把後窗一推，應手推開，敵人當然是穿窗進來的了。看起來，自己真是太疏忽了，未免鬥不過人家，思索著可也是自己人單勢孤之過。更回頭顧望，對面屋燈光大明，屋中人發出咭咭呱呱的笑聲，不來追究自己，簡直是意存藐視。陳元照驀地又動怒火，把卍字奪一提，又要撲過去尋隙找場。他剛要邁步出屋，那個破鑼嗓子已然奔到，提著燈籠，挑著花槍，原來是店房中巡夜的更夫。

更夫不肯說他剛才看見一個賊影，他只一個勁東張西望，連聲吆喊，櫃房中立刻驚動出兩個店夥，各持木棍，結伴提燈，到各院臺搜起來。陳元照恰巧走到院心，更夫高舉燈籠一照，看得清清楚楚，忙截住盤問：「你是幹什麼的？」陳元照不肯置答，轉身就要退回本屋，店夥越發動疑，那個更夫橫著花槍，攔住了陳元照，不教他動轉，厲聲問他：「你到底幹什麼的？快說話！」少年陳元照張口結舌，不禁暴怒道：「我是客人。」

店夥拿燈籠再三地照著他，說道：「你是哪屋的客人？三更半夜，你這是出來幹什麼？」店夥、更夫漸漸迫近來，拿燈火照而又照，看清他手持兵刃，身穿夜行衣，把他們嚇了一跳，越發亂嚷起來。

對面九號房燈光早亮，院中審賊，屋中人越發吃吃暗笑，更有一人嚷道：「這裡有賊挖窗眼了！」少年壯士大窘之下，一句話不說，奪路要走。三個店夥一齊吆喝，雖然看出他是客人，仍不放他走，嚴詞詰責他，要搜檢他身上。正在不可開交，九號房後面夾道上，突有一個清脆的口音，振吭銳呼道：

「店家快來，這裡有賊了！」「撲通」的一聲大響，像一個重物墜地，緊跟著又聽喊道：「哎喲，殺了人了！」

店院中人一齊驚駭，隔著院子，看不見後牆夾道的情形，但已聞聲辨響，似有人被害；那重聲墜地，分明像是有人負傷摔倒。那夾道挨著廁所，那清脆的人聲依然一迭聲連喊道：

「有賊，有賊！店家快看，快截住！跑到那邊去了，進了茅廁了，出來了。哎喲，往西北跑去了，快追呀！上牆了，跑了，殺人了！」店中人更形驚擾，值更的店夥張皇失措，只虛張聲勢空喊，沒有一個人敢去截堵。各屋客人也被這喊聲驚醒，亂問亂叫。

少年壯士陳元照，見景生情，驀然叫道：「店家，你們還不快追！剛才我看見一個賊，我是本店客人，差點教我堵上。你們快跟我來，我同你們追去。」值更的店夥半信半疑，急問道：「你你你到底是哪屋的客人？」……忽然聽見後夾道又發巨響，一個人狂叫：「好狠賊，你扎死我了！」發出呻吟聲，似受了重傷。陳元照厲聲大叫：「你們還不快追？出了人命了！」分開店夥，奪身追撲過去。他料想此人必是對門騎客中的白髮老叟，也許喊者是老叟，也許逃者是老叟，但不管怎樣，正是天助己便，可以借此避開一群店夥的盤詰。他飛似的搶奔後院去了。

果然這一陣大亂，給陳元照解了圍。前邊後邊的店夥，連櫃房的掌櫃、司帳，一齊驚起，忙著穿衣服，點燈火，找家夥，出來查尋真相，追勘賊影。值更店夥跟隨陳元照，繞圈子奔到後院，分明望見後院牆頭上有一條黑影，不等店夥撲到，公然轉身揚手，發出幾塊飛蝗石子，卻將店夥手中的燈籠打滅了兩盞。旋見這人影一栽身，跳到鄰牆，晃眼之間，一跳再跳，看不見了。

店中人還是洶洶嘩嘩，值更店夥奔出奔進，搬梯子上房，持燈看夾道，亂作一團。各房間的客人，也都驚起探問。店主人披著短衫，出來慰眾，再三地說：「諸位貴客不要害怕，也不要出屋，各人守著各人的行李要緊。這是一個小賊，早嚇跑了，並沒有傷人。」店主人一面瞪著眼扯謊，安慰眾心，一面和司帳督率店夥，搜勘賊蹤。將後院夾道，前前後後搜了一個到，明明聽見負傷呻吟、狂喊殺人、重物倒地的聲響，竟沒發現被賊殺傷的屍身，也沒尋見半點血跡。剛才明明有人瞥見黑影，而且聽見奔逐之聲，現在全沒有了，一點格鬥的跡象也沒有。店中人越發疑鬼疑神，十分駭怪。就中笑煞九號房的楊、柳夫婦，此時鐵蓮子早從本房後窗逃進屋來，把乘虛翻檢陳元照的話，告訴婿女。於是翁婿父女三人把燈挑亮，門窗洞開，隔岸觀火似的，看這一出玩笑劇。楊、柳只是咕咕呱呱地笑，鐵蓮子暗向他夫婦擺手，低告二人：「這其間另還插入一個第三者。」剛才喊救命，喊殺人的，並不是柳老。楊、柳問道：「這又是什麼人呢？」柳老道：「少說話，你們側著耳朵，多看多聽吧。」翁婿父女仍在暗中，盯住對面房少年陳元照，那清脆的喊聲，不是柳老，不是柳葉青姑娘，倒幫了陳元照。

少年陳元照混在眾中，自覺很丟人。多虧著後院鬧賊這一陣亂喊，才把自己開脫，若不然，店夥定將自己認作賊黨了。

他也和楊、柳一樣，心中猜疑：這夾道牆頭上，連嚷有賊的，到底是什麼人呢？跟店夥瞎竄了一陣，又向店主人表白了一番功勞，自稱是：「剛才上廁所，我瞥見一個賊影，在夾道牆上直探頭。我假裝不留神，特意溜回屋來，取了兵刃，要替你們捉賊。」店家聽了，似信不信地向他道謝，仍不放心，他們挑著燈籠，房上房下，夾道跨院，都重搜了一回。想不到鬧得這麼驚天動地，只在後夾道摔破一隻大盆，茅廁旁邊傾倒了一堆碎磚，此外竟無一人受傷，也無一客失竊。到底不知這把戲是何人乾的，有何用意。店主人再三查問，終沒有查明真相。

陳元照心中更加倍納悶，又很慚愧。他料定自己的行囊是被對門三騎客中的白髮老人（鐵蓮子）偷偷翻檢了。自己窺著人家，進而徒勞，反倒挨了人家一下。自己實在敵他不過，果然薑是老的辣，然而他絕不服輸，這一來更把他激怒。那後夾道連喊殺人救命的人明明幫了自己，他也並不推敲究竟是誰。

他十分悶氣，退回己屋，把零亂的行李重新打好包，坐下來尋思一回，越發恚憤。他便虛掩上屋門，和衣斜臥在床頭，虛瞇二目，仍在暗暗地監視對面房的鐵蓮子和楊、柳夫婦。

然而少年人血氣足，本來要假寐，要看住了對門的對頭，可是頭才挨上枕，竟呼呼地睡著了。一覺醒來，已皓日當空。

少年壯士陳元照哎呀一聲，一骨碌跳起來，揉揉眼睛，出房急看。對面房門大開，全室空空，人已沒了影蹤。忙又跑到馬號一看，男女三騎客的馬果然沒有了。陳元照道：「不對！」他已將自己潛綴的三個人綴丟了。恨怒一聲，忙忙地尋覓店夥，找到櫃房，向店家根究三騎客的去向。

少年陳元照在院中，邀住一個提水壺的店夥，直眉瞪眼地盤問：「那九號房的三個客人呢？」店夥向九號房一瞥道：「您老問那一老一少一個堂客嗎？」陳元照道：「正是。」店夥道：

「他們可是都騎著馬？」陳元照大喜道：「一點不錯，他們哪裡去了？」店夥道：「他們全走了。」

陳元照微慍道：「我知道全走了，他們什麼時候走的？上哪裡去了？」這店夥很詭祕的一笑道：「他們剛走。」把手掌一伸道：「您老看，這些就是他們三位賞給我的酒錢。」陳元照道：「咳，我沒問你這個，我問你，他們上哪裡去了？」店夥嘻嘻地笑說：「這可說不上來，人家客官們愛上哪裡去，就上哪裡去。人家也不告訴我們店家，我們店家也問不著。」說時虛瞇著一對眼，直看陳元照，簡直很有奚落的意思。

少年大怒，卻又沒法，忙回手取了一錠銀子，要行賄賂，套問敵情。忽然聽一聲響，櫃房門開，店主和司帳一同出來。

因昨夜鬧賊，猶懷疑慮，兩人齊聲向陳元照發話道：「客人早起來了？今天就走嗎？」言外之意，極端歡迎他就走。店夥趁空忙提水壺溜了。陳元照就向店主、司帳打聽楊、柳翁婿的來蹤和去向。這兩人世故很深，口風極嚴，問什麼，什麼不曉得，而且辭色之間，盼望陳元照趕快離店。陳元照按住了火性，再三詢問，這個店主比狐狸還狡猾，那個司帳比店主更狡猾，見陳元照死釘不休，他就虛向西南一指道：「那三位客人，大概是奔西南走下去了。您老若是快追，此刻動身，還能趕得上。您老可不要耽誤，得趕緊走。」陳元照道：「是真的嗎？」

司帳扯謊道：「我聽見他們打聽路程了，好像問西南荻港離這裡有多遠？」店主趁勢幫腔道：「不錯，我也聽見他們念叨過，他們一定是奔荻港去了。」

陳元照信以為真，忙告訴店家：「我就追他們去，我們是朋友，我跟他們有事。我走之後，如果有一個姓石的矮胖子來找我，或者一個姓華的老頭來打聽我，你們就費心告訴他們，說我上荻港去了，找那三個客人去了，請你費心告訴那個姓石的，教他趕快追來。掌櫃的，那個姓石的約有五十多歲，在半月前，跟我一塊，在你們這裡住過兩三天呢！」半月前的過客，店家早不記得了，但為要趕快把陳元照支走，店主、司帳一齊說：「記得記得，只要他來，這話我一定給你帶到。」

少年陳元照很是放心，以為自己安排好了，於是立刻回房，取了兵刃、行囊，付了店錢，又把姓華的老人的年貌再向店家形容了一回，也囑他們傳話，他們喏喏地答應了。陳元照這才提起行囊，健步急馳，忙向西南荻港，奔尋下去。

少年陳元照抖擻精神，沿江岸大路，火速追趕。這正是由蕪湖，過魯港，奔荻港，到銅陵的必由之路，要是快趕，一定趕得上。仗這陳元照青年健步，走出五六里地，沿路打聽，如此一個男子，如此一個女子，如此一個白鬚老人，居然被他問出了蹤跡。江邊一個小販說：「不錯，有這麼一老一少一女，三個騎馬的，剛從這裡搭伴走過去了。」

陳元照大喜，擦了擦頭上的汗，拔步又趕。他心中暗想：

這男女三個人實在可疑，大概是峨眉七雄的黨羽，我不能放鬆他們。好在我已經給店夥留下話了，石叔父一定跟上來，華家父女也要綴來的，我們可以把這三人全都捉住。一面思索，一面腳下加緊，連穿過兩道竹林，遠遠望見前途三匹馬聯鑣而馳，分明是二白一黑，馬上的人分明是兩男一女。少年大喜道：「哈哈，我居然綴上你們了！」腳下加緊，如飛地奔馳過去。

前面三匹馬，果然是楊、柳夫婦翁婿。楊、柳策馬並轡前行，鐵蓮子提韁後隨。他們在店中，把陳元照大耍一頓，已經不生氣了，起五更一走。本以為這樣做，就把陳元照甩下，各走各的路，原不想生事。哪料走出十多里地，鐵蓮子偶一回頭，又看見陳元照拚命地綴來，夫妻翁婿一齊恚怒，立刻把三匹馬放慢，無形中好像等他趕上。陳元照綴在後面，已瞥見楊、柳回頭而望，拿馬鞭指點自己。他滿不顧忌，一直逼了過來。楊、柳越發動怒，向鐵蓮子一商量，容得兩邊相距不到兩箭地，他們突然翻身下馬，找一樹蔭下，把馬拴在樹幹上。三人齊到樹蔭下納涼一站，竟然不走了，要看看那少年陳元照緊綴不捨，意欲何為？

陳元照一味湊過去，相隔半箭地，人家站住了，他也尋一樹蔭站住。摘下帽子，拭汗，扇涼，一對大眼睛骨碌地打量楊、柳，打量鐵蓮子。柳葉青是女子，他要找的峨眉七雄中也有一個女子，他就細細盯著柳葉青。從他眼中，看出柳葉青渾圓臉、蘋果腮、柳葉眉、直鼻、小口、朱唇，雙頰有酒窩，十分俊俏，目光尤美，舉止氣派像個跑江湖、會武藝的女子，卻又落落大方，不帶村俗氣。他覺著古怪，既覺古怪，不由要多看幾眼。

這一來，鐵蓮子捻髯皺眉而笑，仰臉看天。玉幡桿楊華瞪眼生氣，要走過來發話。柳葉青驀地臉通紅，眉峰一挑，很快向父婿咭咭呱呱說了幾句話，突然走到馬鞍邊，抽出那把劍，衝著陳元照走來。玉幡桿趨至馬前，也摘了彈弓，取彈子，抽鋼鞭。

柳葉青左手倒提劍，叱道：「你這東西直眉瞪眼的，你是幹什麼的？」玉幡桿楊華也罵道：「在店裡搗亂，路上也搗亂，小子再三再四，安的什麼心？這可不比鎮店裡，這是曠野地，要作死，正是地方！」夫婦倆氣勢洶洶，要就此收拾這歪纏不已、居心叵測的無禮少年。

陳元照張目四顧，果然近處渺無行人，只有江岸竹塘。他竟不怯陣，忙擺好架勢，厲言還口道：「爺們是走道的，走道不犯私，誰也管不著誰！」

柳葉青憤極，立刻抽劍出鞘。玉幡桿叫道：「青妹等一等，我來教訓他！」慌忙綽弓過來。陳元照這才看出情形嚴重，退後一步，急急回手，將肩頭所負的小包袱打開，只一抖，亮出兵刃，是一對卍字銀花奪。鐵蓮子柳兆鴻一眼瞥見，暗吃一驚，他曉得這少年的門戶了，猛然叫了一聲：「且住！」掠空一躍，橫截在柳葉青面前，把她攔住，說道：「不要如此！都是走道的，你問人家做什麼？你這來派真格的，要打架？」他把女兒拖勸住，轉臉向陳元照大聲發話：「喂，朋友，都是出門在外的，別這麼直眼看人，人家是女眷啊！」哈哈地大笑了幾聲。

陳元照手擎雙奪，也不躲，也不言，仍然看著楊、柳翁婿夫妻，鐵蓮子拿眼不住打量他和他手裡的兵器，見楊、柳含嗔欲鬥，隨轉身把女兒女婿全喚回，低聲囑告了半晌。三個人忽抬頭各向陳元照這邊一望，都笑了起來。陳元照正要退回樹蔭，鐵蓮子又高聲發問：「朋友，你貴姓？」手指這卍字奪說：「你師父可是姓褚嗎？」陳元照仰臉不答，擺出傲態，慢慢地包起雙奪，走到樹下，席地坐下來，拿帽子搧風乘涼。那種旁若無人的樣子，居然引得楊、柳夫妻和鐵蓮子都有些詫異。

楊、柳翁婿一齊退回樹下，鐵蓮子暗對楊華、柳葉青說道：「這小夥子真有點邪氣，絕不像初入公門的狗腿子。看他這樣狂傲，倒好像是一個訪鏢的鏢行雛兒。再不然，就是學成藝後，奉師命剛出來，遊俠創萬兒。你看他直眉瞪眼的呆相，簡直太嫩，大概不是歹人。若是歹人，他得度德量力，你看他現在這股勁，一個人敢鬥咱們三個人。」楊華笑道：「不是歹人，準是渾人。」柳葉青也不禁笑了，說道：「這小子實在氣人，他為什麼一死兒釘上我們呢？」鐵蓮子笑道：「這就叫初生犢兒不怕虎，看他那樣子，心中大概跟誰慪著氣，也許他有為難的事，要找誰打架。他一定是把咱爺們看岔了，索性由我鬥鬥他，也算是成全他一回。」遂故意小聲和楊華、柳葉青嘀咕了一陣，又都做出東張西望，似有畏忌的樣子。然後，鐵蓮子說了一句江湖黑話，揮手道：「馬前吧，點子來了！」這時來路恰有行人車馬快走過來，鐵蓮子立刻和婿女匆匆飛身上馬，豁刺刺往西南緊跑下去。少年陳元照果然上當，立刻拔腿緊綴下來。

三匹馬一口氣奔出二三里地，鐵蓮子柳兆鴻回頭一看，少年陳元照敞著衣襟，大張著嘴，奮步奔逐不停。他居然要拿兩條腿的人，硬跟四條腿的馬賽快慢。柳老忍不住揚鞭大笑，對楊、柳夫妻說：「仲英，青兒，你們看看，這小子快要累死了，他還是追！」柳葉青、楊華勒馬扭頭回望，也不禁縱聲大笑。

陳元照仍然倔強，窮追不捨。到底是馬快人遲，走了一大段路，陳元照落在後面。楊華回頭望了望，笑道：「師父，您老瞧，這小子跑不動了。」柳葉青在馬上笑得前仰後合，說道：「爹爹，這傻小子站住了，大概不肯追了。」鐵蓮子勒馬看了看，對婿女說道：「你們要打趣他，可以再叫他趕。」遂一齊將馬放慢。

陳元照累得呼哧呼哧直喘，本想不趕了，見三人當途駐馬，衝著自己指手畫腳，又說又笑，分明等待自己，奚落自己，他不由勃然大怒道：「好賊子們，成心溜我！我非追上你們不可，叫你看看太爺的腳程！」遂一伏腰，箭似的又撲上來。

煦風撲面，赤日當頭，三匹馬忽緊忽慢，指東指西，亂踏著一片片竹林田徑，投向西南。陳元照初涉江湖，性情倔強，縱已累得渾身浴汗，依舊窮追不捨。鐵蓮子和楊、柳夫妻拿著活人開心，竟這麼忽鬆忽緊的，把他直溜出二十多里，他毫不警悟，依然切齒緊釘。突然間天色一變，雲合風起，驕陽斂光，似有暴雨之意。鐵蓮子柳兆鴻急看前途，偏南方林木掩映，有一村落，翁婿夫妻忙拍馬直投過去，就村井樹蔭，飲馬歇汗，打算尋找地方避雨。問了問此地鄉民，這裡沒有店房，若要投宿，還得再趕出十數里；若是暫時歇馬，卻有一座廟宇。鐵蓮子打聽明白，告訴了楊、柳夫妻，又仰面看天，伸手試風，風雲雖驟，似乎一時還下不起雨來。楊、柳都以為江南多雨，來得快，停得更快，因說道：「我們還是往前趕吧。何必在這前不靠站、後不著店的小村子裡？」

鐵蓮子道：「也好，不過，我看雨這就來。」言甫罷，果然風過處，簌簌地灑了一陣濛濛雨。三人急急避雨，牽了馬，投到村邊小廟裡，就在廡下站著，歇腳看雨。雨果然不大，剛剛溼了地皮，又慢慢地住了，只是雲未開，日光未出，還不能算晴。楊華笑向柳葉青說：「我是河南人，我頂喜歡江南風景，就只討厭江南這樣的天氣，晴天少，雨天多，總弄得人身上溼漉漉的，難受極了。」柳葉青也說：「江南梅雨是最惱人的，可是你們河南北的風沙，也真嗆人，我也受不了的。」楊華笑道：「妳說的是直隸省，若像我們河南永城縣，便好得多。晴天既沒有沙土風，雨天也沒有溼霉氣，好過得多。」

楊華盛誇故鄉氣候，柳葉青不信，笑著搖頭：「你蒙我，你當我沒去過河南嗎？我記得開封那地方，一到夏秋，颳起黃風來，也是飛沙走石，嗆得人喘不出氣，瞇得人睜不開眼。」

楊華道：「開封是開封，永城是永城，妳別覺河南地全是一樣，其實大有差別。就說徐州吧，也算歸江蘇管，那地方風土氣候全像山東，人也生得五大三粗，不像江南人那麼嬌小。」

兩口子坐在廟廡下，你一言，我一語，閒談忘情，鐵蓮子卻獨自一人，走出村口，往外察看。此時只落著零星雨點，風已停了，遠處天空透出日光來了。鐵蓮子往來路上看了一眼，旋即轉身進廟，向楊、柳笑道：「你們倆談高興了，你可曉得那小夥子又追來了！」柳葉青道：「真的嗎？」

夫妻倆一齊站起，走出村口，並肩一望，不由勃然大怒道：「這東西一定不是好人。我們趁早把他打發了吧！」眼見陳元照的頭像撥浪鼓似的，東張西望，藏藏躲躲，慢慢溜過來。

忽然瞥見楊、柳，他便往竹林後一躲，他由明追改為暗綴了，卻忍不住不時伸頭探腦。

玉幡桿楊華張著雨傘，挨在他妻子柳葉青身邊，遠遠望見陳元照鬼鬼祟祟的神情，忽然一笑道：「青妹，我說妳可別惱，他一死兒緊釘咱們，他的居心用意，我倒猜著了。」柳葉青立在丈夫的肩下，仰著臉兒問道：「你猜他什麼用意？」楊華回頭看，岳父沒在跟前，便附耳對柳葉青說：「這小子直眉瞪眼，緊釘住我們沒完，我猜他沒安好心。哼，多半是個採花賊，他瞧妳長得漂亮，釘上妳了。」

柳葉青驀地紅暈雙頰，往地上低聲啐了一口道：「我罵你了！」楊華哈哈地笑起來，說道：「若不然，他何苦窮追不捨？師父說他不像衙門狗腿子，我看他也不像鏢行雛兒，倒是頂像採花賊。妳瞧，他又探頭了，又在瞧妳了！」柳葉青使勁擰他一下，說道：「你還胡說！」楊華哎呀一聲，兩口子咭咭呱呱又笑起來。

鐵蓮子竟跟過來，問道：「你們笑什麼？」柳葉青斜睨了她丈夫一眼，輕輕說道：「他胡說八道，他說這傻小子直看我，沒安好心，他說他是專綴我來的。」玉幡桿忙掩飾道：「師父當然知道，江湖上很有壞小子，好跟綴女人，這小子賊眉鼠眼，恐怕也是這路壞蛋。」鐵蓮子其實早就疑心到這一節了，不過沒肯說出來，因捋鬚低告道：「這東西果然有些邪魔怪道。平常一個武林人物，斷不會只憑兩條腿硬敢追馬。而且，我們人多，他只一個兒，若是尋仇、辦案、劫財，明知不敵，豈肯苦追不捨？怎麼著也該回去叫夥伴、勾兵，再來生事。他都不然，只一個人死綴，那麼，這小子必有一點什麼仗恃……」說到這裡，鐵蓮子不往下說了。

柳葉青和楊華忙問：「他仗恃什麼？」鐵蓮子眼望婿女，雙眉一皺道：「往不好地方猜，大概是蒙藥、薰香。」

夫妻倆一齊愕然，鐵蓮子這話分明也認為這少年是個採花淫賊了。柳葉青以為瀆犯了自己，心中痛恨，切齒說道：「這東西斷乎不是好人，咱們別再慪著玩了，直接過去，把這東西砍掉，也替人間除去一害。」柳葉青捲袖子捋腕，恨不得立刻下手。玉幡桿楊華忙道：「使不得，使不得！這地方緊挨著村莊，眾目昭彰，何苦惹麻煩？我看要收拾他，莫如誘他到僻靜地方，先捆起來，痛痛快快毀他一頓，只算是給他一個教訓。再不然就把他吊在樹上，等過路人來解救。」

柳葉青搖頭道：「一個可殺不可留的淫賊，何必這麼折騰？依我說，乾脆先揍他一頓，然後掘個坑一埋。」楊華道：「活埋人，好厲害！天有好生之德，人有慈悲之心，他是淫賊不是，口說無憑，怎好但憑揣測，硬下毒手？」柳葉青喝道：「酸文寡醋，又來抬槓了，剛才你跟我一樣，也發狠來著，這時候又裝善人！」楊華道：「咱們倆到底誰狠？」柳葉青道：「不拘你怎麼說，這小子管保是壞蛋，我絕不饒他。我還告訴你，我捉住他，頭一下，我先剜他那一對賊眼。這小子，這一路老是這麼直眼珠子看我。」楊華笑道：「妳聽，妳聽，他把妳看臊了，妳就要他的命。妳也不盤盤虛實，不問問底細，就要剜人眼珠，到底還是妳狠！」

柳葉青辯不過丈夫，有點發急，嗓門越說越大，末後竟不答應，對楊華道：「你怎麼老噎人家的嗓子眼！這小子像採花賊，本是你先說的，你這時候又說我不問虛實了。你這嘴反正都有理，我怎麼都有錯兒，二爺您到底叫我怎麼好呢？」玉幡桿楊華慪她道：「教妳別發厲害！」柳葉青道：「我偏要發厲害！」

兩口子又嘵嘵地拌起嘴來。

鐵蓮子皺眉攔阻道：「罷罷罷，少說兩句吧，你們兩口子又鬥口了，回頭又著急。青兒妳嚷什麼！」柳葉青道：「看！爹爹，是華哥故意和我抬槓。是他先說的，這東西是淫賊，該收拾他一頓。回頭我再一說，他又褒貶我狠。我怎麼狠了？」楊華笑道：「小姐不狠。」對柳老說道：「她現時就要過去動手，要活埋人，又要剜人的眼珠子。」鐵蓮子柳兆鴻忙道：「青兒慣說狠話，你別盡聽她瞎說。實情這東西也太惱人，該挨揍，但也犯不上制死他！」

柳葉青分說道：「爹爹不曉得，我一說過去跟人動手，他就不愛聽。簡直你是怕我跟男人們打交道。你放心，我只過去引他上鉤，他只要一炸刺，我就宰了他！」

柳葉青揭破了楊華的隱衷，楊華也赧赧然了，笑說：「妳把我說成什麼人了，講真格的，現放著師父和我，何必單叫妳過去動手，妳也不怕失了身分。」柳葉青道：「怎麼樣？所以我別跟人講話，更不該交手，這一來我就不是好女人了。所以你還是吃酸！」柳老斥道：「這是怎麼說話！你們倆誰也不用過去，還是我來思索他。」

柳老獨自走出村口，雨點漸稀，路上微濘，避雨的行人很少有出來趕路的了。那少年陳元照遠遠藏著，見柳老一露頭，立刻避開了，潛入道旁竹塘後，暗暗偷視。柳老佯做不理會，把村外形勢一看，這裡緊挨大道，是過往行人必由之路，在此地動武，實不相宜。往外圈看，也見得竹林掩映，村落起伏，是人煙稠密之區。柳老往外又走出一段路，轉身回來，告訴婿女：「我們還是往前站趕吧，這個地方不太合適。」

這時細雨濛濛，漸下漸小，終至於停，天際溼雲漸散，東邊遠處已然透出日光，雨是下不起來了。鐵蓮子柳兆鴻催婿女上馬，沿著江岸續往南行，正打那竹塘旁邊經過，少年陳元照這一回似乎存了戒心，躲在竹叢中，不肯逼近來，只遠遠偷看三人的去向。三人策馬而過，走出很遠，他方才避走田徑，斜掉角暗暗綴著。他以為楊、柳一行沒有看見自己，殊不知人家翁婿夫妻三人，揚鞭打馬，走上雨過天睛的大道，好像又說又笑，滿不理會，其實人家一個個精神貫注，早把前後左右都照顧到了，並且下了狠心，定要活擒他，拷打他，逼問他的口供，追究他的來意。

鐵蓮子和沒事人一樣，驅馬落後走，連頭也不回，只望著前途，楊、柳夫婦一面從正路往前走，一面暗打量道路兩旁，要尋一個合適的、隱僻無人地段，好把陳元照誆去，如法炮製，給他苦頭吃。

柳葉青和楊華都年輕，比起陳元照，江湖經驗究竟高著一籌。他們要看陳元照的時候，絕不明著回頭，只偶然在策馬拐彎處，偏臉瞥一眼。

於是柳葉青暗告楊華：「這小子還是緊跟不捨！」楊華悄聲道：「是的，我們絕不能放過他。」柳葉青道：「你別嫌我狠，這東西實在該剮！」

於是迎面望見一段土崗密林，地形有點險僻。柳葉青急忙悄告楊華：「這地方就不錯！」又叫著柳老：「爹爹，這土崗正好，咱們就下馬等著吧。」

玉幡桿也覺得地點不錯，真要活埋人，土崗下坑坑窪窪，連坑都不用挖。

柳葉青不等柳老回答，馬上加鞭，直奔土崗搶去。柳老急喝道：「青兒，別慌！」就和楊華一齊追上去，柳葉青已到土崗，翻身下了馬，就要拔劍等候，柳老生氣地趕到，低聲喝道：「快上馬，快走，這裡不成！」

柳葉青不服氣，仰臉問：「怎麼不行？」話剛出口，自己、哎喲一聲，慌忙上了馬，楊華譏誚她道：「女張飛，你真成就是了！」原來，越過土崗，卻是一條丁字路。那邊地頭上，正有一輛老牛車，幾個荷鋤的莊稼人，正繞林子走出來。只看正面，這地方像很險僻，轉過崗子再看，反倒是個行人必經的三岔口。

玉幡桿哈哈大笑，柳葉青驀地臉通紅，自己也笑了。夫妻翁婿尋尋覓覓，仍往前走。柳老抱怨她道：「你這丫頭，喊著，喊著，你到底露相了。無緣無故幹什麼？告訴你，這傢伙是個雛兒罷了，若是老手，像你剛才這麼毛骨，他立刻會看破你的用意，他就不肯再綴了。以後遇上綠林人，千萬別嘀咕。」楊華插言道：「青妹總誇她的經驗比我強，這一回我可看透了，你比我還沉不住氣呢！你這上馬下馬一鬧，那小子恐怕早猜出咱們的用意來了。」說著，忍不住回頭看了一眼。

柳葉青也不禁側頭往後一瞥，扭轉臉來，卻向楊華鬧道：「你還說我毛骨，你這是幹什麼？你走一步一回頭，豈不是更露相？」楊華笑道：「妳怎知我回頭來？是不是妳也回頭了？」

一句話，惹得鐵蓮子忍俊不禁，哧地笑起來，責備二人道：「你們兩口子嘮嘮叨叨，拿抬槓開心。你們不要自作聰明，把人家太看成傻子了。你們倆只走道，不說話，行不行？」柳葉青笑道：「行！我先堵上我的嘴！爹爹別生氣。」

三個人續往前進，越走路上行人越多，越沒有下手的地方。而且遠遠黑壓壓一片濃影，眼見又快來到一座鎮甸之前了。柳葉青失望道：「爹爹，咱們又該著進鎮店了，更不好下手了。那時候真不如在曠野地，把這東西毀了。」鐵蓮子咳道：「妳抱怨什麼？只要他進了鎮甸還死摽，什麼地方不能宰人？老老實實跟我走吧。」

三人策馬前進，忽逢歧路，看路上車轍馬跡，果然前途快到碼頭。驀然間，溼風又起，烏雲復合，豆大的雨點零零星星迎面打來。玉幡桿、柳葉青一齊說道：「不好，雨又要下了。」

三人立刻把馬韁一放，馬韁連拂，三匹馬放開健蹄，豁刺刺直往鎮甸投去。

這一場江南野雨，大一陣，小一陣，斷斷續續地下，把臨江田野罩了一層濃霧，給行人身上加了許多潮溼。三個人策馬疾馳，覺得快到站頭，也沒有張油傘，也沒有換雨衣，就這麼冒著雨往前趕。

約莫走出二三里路，前途江邊有一座大鎮甸。鐵蓮子柳兆鴻揚鞭一指道：「這就是荻港。」三匹馬錯落著來到了鎮口。勒馬一轉，翁婿夫妻三個人，不禁同時回頭一看。柳葉青首先發笑道：「呀，那小子沒影了，到底給溜乏了，不綴咱們了。」鐵蓮子笑道：「妳不要小看了人，這小子很有種，溜不倒他，妳看吧，回頭他一準找尋過來。咱們三個人騎了馬，冒雨飛跑，他這小子在步下追，天大本事，也跟不上。可是這小子實在有橫勁，有膽氣，假如不是壞蛋，倒真是個後起人才。只怕這小子不是好貨……」柳葉青道：「那更不該放過他了，我們應該替江湖除害。」說著，鐵蓮子一馬當先，楊柳夫婦聯轡後隨，馬一進街，人便不再言語了。

荻港這地方，也是個水陸碼頭，也很熱鬧，鐵蓮子當年曾經到過這裡。他還記得這裡有個四合店，驅馬一直尋了去，招呼婿女，一齊下馬進店。

翁婿夫妻占用了一明兩暗三間北房，安置了馬，命店夥打水淨面，泡茶。柳葉青先不管這些事，忙忙地進了西暗間，把行囊打開，取出自己的衣服來，掩門換好。順手把楊華的衣服也找出來，往板床上一丟。自己扣好衣鈕，換上鞋，把她父親的一身乾燥衣服抱送到東暗間，說道：「爹爹！等會喫茶，您老先把衣衫換上吧，回頭別著了涼。」又向楊華努嘴道：「喂，你的兩件皮，我也給你找出來啦，別只顧端著茶碗打晃，快給我換上去。」

玉幡桿楊華放下茶碗，看了看自己身上，說道：「我身上只溼了一面，換不換不要緊。」柳葉青道：

「不行，趁早給我換，我都找出來了。」一指暗間門道：「你老老實實換下來，我還要把溼衣裳湊一塊晾，回頭我還想找店夥計借個洗衣盆來，好歹給你們爺倆洗一把。一共帶了這麼兩套替換衣服，天又潮熱，又是下雨，汗淋淋的，溼漉漉的，你不嫌穿著難受嗎？」

柳葉青一味催，楊華笑扶門框，往外看雨，並不動彈。鐵蓮子也只喫茶，笑著說：「姑娘忽然愛起乾淨來了。」楊華嘲道：「可不是嘛，青妹妹最近才學著洗衣漿裳，有這份能耐，出門在外，還想施展施展。」柳葉青瞪眼說道：「人家好心好意地催你換，給你洗晾，你倒挑眼挖苦起我來。不是我逞能，三個人每人只帶這麼兩套衣服，髒了就得洗，我不洗，誰洗？我好歹動動手。當夜就能晾乾，明早就可以穿著走。若是交給店家，找洗衣房洗，非等兩三天不可，我們真格地住在店裡等嗎？我本來外行，不會洗衣裳，我是初學乍練，您多包涵著。我可不如人家李映霞李小姐，人家又會洗，又會縫，又會煎，又會炒……」說得玉幡桿嘻嘻地笑起來，一時沒話可答。

柳葉青拿眼盯著他，夫婦倆眼對眼瞅著，半晌，柳葉青也哧地笑了。

玉幡桿受逼不過，到底進屋換了衣服，鐵蓮子也笑著換了。柳葉青搬了一個小凳，往堂屋門口一坐，隔簾往外看雨。

這雨還是緊一陣，慢一陣，時停時下。柳葉青覺得身上不爽快，有點黏似的，想洗澡，又沒地方，她就口發怨言道：「這裡的雨怎麼比咱們家鄉還惹厭？自從離開鎮江，走了這些天，十天倒有六天陰，早知雨水勤，還不如不騎馬，坐船走倒痛快，先不挨淋。」楊華從背後接聲道：「不挨淋，怎麼換衣裳？」

柳葉青扭頭往地上啐了一口道：「我再也不洗衣裳了，你不用挖苦我。」

天色漸暗，雨勢忽大，店夥打雨傘過來問飯，並給點上燈火。鐵蓮子吩咐了菜飯，另要了三壺熱酒，也是怕雨淋傷風。

翁婿夫妻吃罷晚飯，鐵蓮子進了東暗間，坐在板床馬褥上，閉目養神，預備明天到街上找人。楊、柳夫妻不肯歇息，竟在西暗間，臨窗桌旁，挑燈對坐聽雨，噥噥共話。外面的雨淅淅瀝瀝，下起來沒完。柳葉青說道：「這時候恐怕起更了，這裡也聽不見更鑼，到底不知多晚了。」楊華道：「是陰雨天，顯得黑得早，其實這時並不太晚。」柳葉青道：「便宜那小子了，那小子一準是落在後面，找不著咱們了。」楊華道：「本來兩條腿的人硬追四條腿的馬，只有渾蟲才肯幹。教咱們苦苦的一溜，他也看出風不順來，當然就不追了。」柳葉青道：「你以為他是不敢追麼？我卻覺得他是追不上。」楊華道：「我沒說他不敢追，我以為他是知難而退。咱們安心溜他，他一定思索出來了，自然他就不再上當了。」

荒林雨夜鬥疑兵

夫妻倆品茗閒談，若有所待。隔了一個更次，忽然聽外面人聲雜沓，一個店夥打傘提燈，引進投宿的客人來。夫妻倆慌忙從破窗往外暗窺，果然是那個少年陳元照，渾身是水，滿頭是汗，張皇四顧，跟店夥投到店院來。藉著店夥手提的燈光，楊華瞥見他一個側面，柳葉青看見他一個背影，夫妻倆連忙站起來，去告訴鐵蓮子：「師父，爹爹，那個小子找來了！」鐵蓮子早已聽出動靜，笑著向楊、柳一揮手，指一指窗外。楊、柳夫妻點頭默聆，立刻分占窗臺，側耳偷聽。

陳元照冒著雨直往店裡鑽，店夥挑燈跟著他，問他是住店還是找人？他不肯確實回答，挨著門一間一間地尋。天這麼黑，雨這麼下，他又不說所以然，招得店夥很不滿，甩出很難聽的話。他實在沒咒念，只得說出來：「你們這裡，可有騎著三匹馬的客人嗎？是一男，一女，一個老頭兒，是跑江湖的。」

這句話，楊、柳恰好聽個逼真，不由相視而笑。玉幡桿楊華道：「這東西給咱們下了考語了，原來你是個跑馬、賣解、走繩子、蹬大缸的姑娘！」柳葉青道：「可惡！」楊華道：「怎見得可惡，總算他有些眼力，猜得個八九不離十。」柳葉青推她丈夫一下說：「他可惡，你比他更可惡，我是踩繩的，你自然是王傻子、草上飛、馬二愣子了！難為你游擊將軍的少爺，娶了個蹬大缸的女人。你再說我，我可……」柳葉青說著朝楊華舉起拳頭來。

這時候店夥剛好答了話，說：「你要找那三位客人，好啦，你瞧，就是這三間房，你跟我來。」陳元照連忙說道：「不不不，我是閒打聽，我不要找他們，我只要一個單間，你們有嗎？」店夥說：「有，客官，不就是你一位嗎？」陳元照道：「是的。」店夥引著陳元照，回到店房前院，給他找了一個小單間。

於是照例地點燈，打洗臉水，泡茶，問飯，又問客人要不要賃被。陳元照說要賃被，掏出一塊銀子來，預付了店飯錢，為的是自己乃是孤身客，沒帶行李，這樣做省得店家疑心。店夥接過錢，出去給他叫飯。他先不脫溼衣，急忙走出去，認準了楊、柳夫妻住的房間，探好了出入道，回轉小單間，這才脫去溼衫，擰乾晾好。他沒有衣服替換，飯來了，他赤膊坐下來吃飯。

楊、柳夫妻眼看陳元照偷偷來認門，夫妻倆容他走後，忙去告訴鐵蓮子，並且氣憤憤地表示意見：斷不容這東西生離此地，也不容他活到明天。叮問鐵蓮子，今夜如何下手？鐵蓮子慢睜雙眼，徐徐說道：「你們何必這麼掛勁，要宰他宰就得了。店房裡不方便，還是誘出店外。」鐵蓮子站起來，換上雨衣，悄悄出去，尋找誘擒的地點。楊、柳在東房間一待，耗時候，聽動靜，盯住陳元照，不教他溜脫。

陳元照絕不想溜走，吃飽了飯，把溼褲子也收拾了一下，那對卍字銀花奪也擦抹乾淨，重新包好。摸了摸身上，可惜追得太緊，只有一筒袖箭帶在身邊，其餘別的防身武器、暗器、夜行人用具一點也沒有。況且人眾我寡，須防暗算，想了想，便披衣急急離店，踏著泥路，到荻港街上，尋一刀剪鋪，買了一槽鋼鏢，又買了一件上衣、一塊油布和一副帶子、一雙軟底鞋、一根長繩。回轉店房，他又把柳家父女暗窺了一回。倏忽二更，雨又漸停。陳元照將全身結束停當，更衣換鞋繫帶，佩好了鏢箭，一對卍字奪順放在床頭，賃來的被鋪展開，出去巡視一遍，立即緊閉屋門，頂上一個木凳，扣緊了窗。這才輕輕倒在床上，熄燈假眠。他小心戒備著，只要對方潛來暗算自己，自己便可立時警醒。不料他一路狂追奔馬，精疲力竭，耳朵剛剛貼枕，兩隻倦眼再睜不開。陳元照說道：「不好，這可不能睡！」一骨碌坐起來，要盤膝閉目養神，哪知總犯睏，直打盹，他忙又跳起來，點上燈，在屋中來回走溜。心想：「石叔父怎的還不追來？」

折折騰騰，已過午夜。陡然間，聽窗外嗤的一聲冷笑，陳元照愕然凝眸。小窗破露一孔，正有一隻俏眼從窗孔往裡窺視自己。陳元照一側身，厲聲喝問：「什麼人？」那隻俏眼一閃，忽換來一隻皓白的手，公然伸入四個手指頭，刮的一聲，把窗紙扯碎，撕出來一個很大的窟窿，把半個面孔，端端正正放在那裡，一雙星眼公然明窺自己。陳元照勃然震怒，老實說，這意外舉動嚇他一跳。他連忙一跳，撲到床前，正伸手要操兵刃，突又聽後面窗也啪的一響，一個男子口音，低聲喚道：「朋友，是熟人，請出來到店外會會！」

陳元照又往旁一跳，扭頭急看，後窗的人只出聲，不露面。陳元照早已明白了。他餓虎撲食一般，跳近床頭，將卍字銀花奪一把抓到手。他先交左手，右手潛掏暗器，可是忘了一招，他沒有煽滅燈。於是他退步負隅，眼觀前後兩面窗，喝問道：「出來也不怕你們！你們是幹什麼的？可是騎馬的三位？」

前窗是女子語聲，哂笑著說：「算你會猜！別害怕，慢慢地滾出來，店外頭東南空地上見。」

陳元照心裡頭多少有點嘀咕，究竟自己人單勢孤，但是初生犢兒不怕虎，他把掌心的暗器緊扣著，未肯先發，抗聲還口道：「少要賣狂，陳大爺龍潭虎穴也敢去，就教你們三打一，我也不怕。你們堵門口憋著我，那可不成。施暗算，是孱蛋！」

燈影裡，他已看清前窗的面孔，正是圓臉、桃腮、柳葉眉，是那個騎馬的女人。後窗看不見人的身形，聽口吻，是那個少年男人。少年男人重又回答：「喂，放心大膽地鑽出來吧，爺們有好話跟你商量，沒人暗算你！」

陳元照喝一聲：「好！」身形往下一伏，抖手穿窗打出一鏢，順手把燈煽滅。前窗人影一聲冷笑，一晃便不見了。後窗人影罵道：「可惡的東西，還想暗算人，快滾出來吧！」陳元照還口道：「太爺開道，不能不來一下。」又抖手打出一鏢，趁勢搶上一步，移木凳，拔門閂，把門扇猛然一闔又一開，這才左腳點地一擰，騰身斜竄，跳出了屋門。往右首一落，雙奪急分，「夜戰八方」式，往四面一掃。雙眸急急一尋，店院空空，敵人並沒有暗憋著自己，放冷箭，下毒手。

陳元照抬頭再張望，好像院中沒有埋伏，房頂也沒有敵人。他心中一愣，「他們好快的身法呀，哪裡去了？」稍一逡巡，把斵字銀花奪一按，嗖的一個箭步，奔楊、柳那房間撲去。剛剛竄到屋角轉彎處，背後突襲來一股寒風，陳元照急急的一閃身。斜刺裡黑影中，閃出一人影，低聲叫道：「夥計，往這邊走！咱們外邊鬥去！」這人影一指東牆根，緊行數步，一竄上牆，「金雞獨立」式，蹬著牆頭，向陳元照連連招手。

陳元照奮不顧身，吼了一聲，頓足一掠，嗖地也往鄰牆上一躥，身如風擺柳似的一晃，連忙拿樁立穩。這雨後的牆竟十分滑濘，險些閃下來。再看敵人，冷冷地一笑，直等到陳元照躍上來，站穩了，方才一栽身，跳到牆外面去，又是止步招手。陳元照回頭看了看，也就負怒往下跳去，跟蹤急追。一面追，一面留神回顧，恐防三打一，或半途受了楊、柳的暗算。

但是楊柳夫婦並不打算半途暗算他，他自己竟漫無忌憚地踏入人家的埋伏中。前邊那人影正是鐵蓮子柳兆鴻，把陳元照誘出來，直奔到店外東南空林邊，便即站住。玉幡桿楊華、柳葉青夫妻倆從側面旁追陳元照，霎時也已奔來。

翁婿夫妻三人把陳元照圍在垓心。再看陳元照，兀自傲然無懼，把一對匕字奪一舉，挺立在空地上，滿地盡是雨後爛泥，他一點不介意。閃目看清了敵手的人數，微微一笑，抗聲說道：「你們全來了！在地下跑，比騎著馬可差得多，你們不會再溜走了。我說呔，你們打從店裡把太爺調出來，請問你們打算怎麼樣？」

楊、柳伉儷慍怒已深，反倒相顧而笑，柳葉青首先發話，向楊華說道：「你聽，他還裝沒事人呢！我說，是我過去問他，還是你過去問他？」口說著，不等楊華回答，提著那把青鋼劍，搶先往陳元照這邊湊來。她一心想單獨跟陳元照動手，把這東西放倒，頭一下先剜他那對該死的大眼，跟著再剁下兩條狗腿。玉幡桿楊華要保持自己做丈夫的體統，慌忙橫身阻住妻子，說道：「青妹等一等，妳先閃開，還是看我教訓這東西。」

柳葉青從鼻孔哧地笑了一聲，用劍尖一指對手，道：「小心點，看教訓不成人家，倒沒的讓人家教訓了。」兩口子還是鬥舌。

鐵蓮子柳兆鴻遠遠地站在叢林邊，自以為是前輩英雄，不屑跟陳元照這個後生小子交手，只捋長髯，看勝負，一方提防陳元照戰敗逃竄，一方戒備著婿女萬一失敗。

這時候，玉幡桿楊華提起豹尾鞭，騰空一躍，噗嚓一聲，腳踏爛泥路，濺起雨花，躥出一丈多遠。柳葉青連連叫道：「留神別滑倒了，黑燈瞎火的，看著點腳底下。」說到這裡，起了戒懼之心，忙向鐵蓮子說：「爹爹，他要先過去動手，他不叫我去。這麼黑的天，又剛下完了雨，他的眼力不大行，爹爹你攔攔他吧。」

黑影中，玉幡桿楊華不由一陣臉皮發燒，娘子倒是關切自己，也未免小看自己了。一賭氣，他為求必勝，立刻插鋼鞭，把彈弓摘下來。鐵蓮子柳兆鴻在那邊，雙目凝神，盯著陳元照手中這對乒字奪，心中還是思索：這小子到底是哪一門的徒弟呢？怎麼會使這樣兵刃，實在該多加小心。恰好聽見女兒嚷，便接聲道：「是啦，你別亂嚷了。我說仲英，天黑道濘，你可要多多仔細。對面點子這對傢伙是乒字奪，你別教他咬住你的兵器。你還是用其所長吧！唔，對了，把鞭收起來，太對了。喂，我說，你先別跟他動手，到底問問他是幹什麼的？是哪一門戶的，他師父是誰？綴咱們為什麼？」

這翁婿夫婦三人，雖當勁敵，仍自殷殷敘話，互相關情。

少年陳元照立在當中，把一對大眼睛瞪得滾圓，照顧著這面的人影，更照顧著那面的人影。他一點也不退縮，只盼幫手快找尋自己來。他舉起了雙奪，靜等楊華一到，便即發招。

玉幡桿教他的嬌妻岳父這麼一鬧，很有點不好意思。不便向岳父發話，就衝妻子柳葉青說：「你把人看成呆子了，連天上落雨地上滑，人家都不曉得，單你曉得？漆黑的天，我幹什麼跟他去打，我還是給他幾個球兒彈兒吃吃。」楊華挪近數步，和陳元照對了面，把彈弓一提，彈丸握在掌心，然後厲聲斥道：「你這東西，到底是幹什麼的？」陳元照還言道：「你這東西到底是幹什麼的？我住得好好的店，你們把我引出來，你們要想怎麼樣？」楊華道：「哈哈，你還有理！我們把你小子引出來，就是要審審你，教訓教訓你！我且問你，你這小子由打蕪湖魯港，綴我們一道，我們走到哪裡，你綴到哪裡，你小子到底是做什麼的？安的什麼心？你這無禮的舉動，實在該剮，現當著太爺，趕快把實話招出來，或者能饒你一死！」

陳元照聽了，縱聲大笑道：「小子，你倒想審我？太爺還想審你哩！官街官道，隨著爺爺走，怎麼就是太爺綴著你了？你頭上長著犄角了，太爺綴著你，想看稀罕不成？你說我無禮，你們更無禮。太爺住在店房中，你們成群搭夥，無故地搜檢我。又把我誘出來，我倒要問你，你想怎麼樣？可是見財起意，嫌太爺攪了你們的買賣？」

楊華喝了一聲，正要還言，柳葉青早氣得跳腳罵道：「你這小子，準是下五門的賊蛋，我問你，你賊眉鼠目的，老盯著姑奶奶，你安的什麼心？」

陳元照冷笑著罵道：「太爺不喜綴好人家的婦女，專好綴女賊。妳這娘們不用說，準是峨眉派的羽黨，專會堵著門，欺負人家孤兒寡婦的。妳就是女人，太爺手下也不留情，妳過來！」

柳葉青道：「啐，你這個該死的小賊蛋子……」楊華也立刻罵道：「狗賊，不消說了，你一定是下五門的賊子，死有餘辜的！叫你嘗嘗太爺的彈子，先打瞎你這一對狗眼再講……」

夫妻倆這個還在罵，那個就動手要打，陳元照立刻準備還招。那邊鐵蓮子聽出稜縫來，急喝道：「等一等，呔，少年人，你說什麼峨眉派？我們並不是峨眉派，喂，你老實說，你是哪一門，你可認識鐵蓮子嗎？」

話喊晚了，其實不喊晚，陳元照也不肯聽。柳葉青剛把劍一揮，楊華急將彈弓一拉，黑影中，嗖嗖嗖，一連數彈，照陳元照打去。陳元照雙奪一錯，往前一上步，彈珠破空打到，他急往旁一閃。他才初出世，還沒有遇見楊華這樣的連珠彈法，頭一彈剛剛避開，第二彈、第三彈已接連打來，圍著他的身軀亂迸。空有雙奪，竟上不進招去，身上就是有暗器，也掏不出來了。

柳葉青一見丈夫取勝，縱聲笑道：「我當是怎樣一個人物，原來是一個小草包。華哥，別往上三路打，打他下面，捉個活的來問問吧。」鐵蓮子也叫道：「別下毒手，最好打掉他的兵刃。」

楊華取得妻子意外的讚許，心中得意，手中的彈弓嗖嗖地打個不住，頗想依著岳父的話，把陳元照的兵刃打掉，但是還不能取準。陳元照這一次對敵，碰上硬釘子，被打得手忙腳亂。黑影中，泥路上，只聽他腳下噗嚓噗嚓的亂響，只他一個人家「海裡迸」似的亂跳。柳葉青笑得花枝亂顫似的，幾乎直不起腰來了。

鐵蓮子柳兆鴻慢慢踱過來，留神看陳元照的身法，忽對柳葉青說道：「青兒，別傻笑了。妳看仲英這裡取勝，還不繞到那邊堵著去？這小子眼看鬥不過，必要扯活。」

這末一句話，倒給陳元照提了一個醒，楊華的彈法厲害，他既不能攻，又不能守，也不肯走，只這麼躲閃招架，勢必久耗致敗。他負氣戀戰，一時沒想開，只顧用盡身法，勉強對付。經鐵蓮子這麼一喝，他陡然醒悟，急急的一閃，往旁一竄，罵道：「小子有本領，咱們鬥鬥兵刃？」登時抹轉頭，往回路走下去，弄得一頭汗，滿腿泥。

楊華大喝道：「哪裡跑，快截住他！」急忙收弓摘鞭。鐵蓮子道：「怎麼樣，跑了不是？」忙奔左邊堵截過去。柳葉青道：「真跑了，快追！」忙挺劍橫躥，奔右邊截過去。陳元照搶到左邊，鐵蓮子亮空拳攔阻道：「小夥子，可以歇歇吧。」陳元照發恨道：「那不見得！」右手銀花奪唰的直刺過去，左手奪跟著攔腰橫剪。鐵蓮子施展開三十六路擒拿法，空手入白刃，硬來奪取陳元照的兵刃。陳元照忙將雙奪一抹，轉眼間換了三四招，鐵蓮子幾乎直欺到他懷內，拳影嗖嗖劈面。陳元照慌忙後退，大吃一驚，努力運雙奪往外一劃，鐵蓮子哈哈大笑。百忙中，一股寒風襲到，柳葉青的劍影已由右側攻來。陳元照雙足一頓，退竄出一兩丈，腳尖一點泥路，抽身急往旁走。柳葉青揮劍跟上，劍奪交鬥起來。

陳元照到此方才曉得，「天外有天，人上有人」。這老少男女三人，不想個個功夫都硬，自己太輕敵了，可是仍不服輸，運動雙奪，且戰且走，仍想打倒個把敵人。柳葉青的劍被他的雙奪克住，竟不能取勝，楊華恰恰背弓掄鞭追到。柳葉青剛從雙奪交鎖處，冒著險招，很快地將劍抽回來。把楊華嚇了一跳，拚命地揚鞭來援，「力劈華山」，用一股猛勁，硬砸下去。

陳元照微一側身，讓過鞭風，用單奪一捋，楊華腳下一滑，不覺失招。陳元照大喜，猛喝道：「呔！」奪光一閃，只聽噹的一聲，楊華手中鞭竟被奪咬住甩了出去，吧嗒一聲，落在雨地上。陳元照得理不讓人，銀花奪趁勢一送，直攻咽喉，旁掃肩頭。

這一招險極，鐵蓮子道：「呀！」抖手發出一鐵蓮子。柳葉青吆的一聲驚叫，手中劍「秋風掃落葉」，疾如電掣，斜身猛掃，抵住乓字奪，努力一顫，磕開奪鋒，把楊華救出。陳元照左手奪忙一遮，又來剪柳葉青。當此時，鐵蓮子的暗器似一點寒星，唰的打到。陳元照驀地覺出，急一側身，啪的一下，這一粒鐵蓮子正打著他的左腕。噹的一聲，一支乓字奪竟被打落，和楊華的鞭都掉在泥地裡了。楊華和陳元照都掙命地往外一竄。

柳葉青這時恨怒交迸，如飛追奔而來。陳元照竄出來時，兩眼早盯著墜刃處，忙借勢又一竄，伏身急撿自己的鋼奪，卻遲了一步。柳葉青趕上去，一腳踏住銀花奪，右手劍一晃，咬牙斥道：「看劍！」一縷青光，直上直下，猛砍陳元照的後項。

陳元照這少年好不兇猛，連腰也不直，竟翻腕用右手奪，往外一推，使了個十二分力。劍鋒砸奪刃，叮噹一震，火花直迸。柳葉青哎喲一聲，縮足往後一退，罵道：「好賊子，好狠！」柳葉青的膂力不如陳元照強，陳元照的手法不如柳葉青快，陳元照借這一下，把已失的兵刃拾起來，喘了一口氣，覓路急逃。

但是，玉幡桿楊華失招之後，愧忿之餘，竟不重拾墜鞭，早在那裡把彈弓摘下。恍惚看見他的愛妻與敵交手驟退，只道是受了傷，玉幡桿楊華一聲不哼，唰唰唰，展開了連珠彈，恰如驟雨驚雹，照陳元照打來。

陳元照冷不防挨了一彈，慌往旁一跳，哧溜的一下，滑倒在地。黑影中，玉幡桿、柳葉青夫妻雙雙奔過來，要活捉他。

忽然聽鐵蓮子柳兆鴻叫道：「咦，又有人來了！呔，什麼人？快給我站住！」一聲未了，果然在北面有人答了話，一個清脆的女人聲音喝道：「好你們膽大的峨眉走狗，膽敢半夜在這裡行兇害人，待我姑娘來拿你們！陳元照小子，別害怕，你師姑救你來了。」人影一晃，比箭還快，一直撲過來。鐵蓮子雙手一張，忙招呼婿女：「青兒，仲英，你兩口子快拿住這個小子，我擋來人。」立刻橫身迎上前去。

黑影中，不辨面目，但看這苗條的體態，和這柔脆的口音，已認出來人果是個輕裝的女子，佩著囊，提著劍，從鎮甸衝出來。鐵蓮子柳兆鴻是個江湖上知名的前輩英雄，不屑與晚輩爭雄，更不肯和婦女交手。背後插著雁翎刀，並不拔出來，空張雙拳，阻住女子，不許她再上前，厲聲喝問她的姓名、來歷。女子來勢迅猛，叩問不答，將掌中劍一揮，向鐵蓮子虛晃一招，意在避開這當前攔路的敵人，火速過去援救那危急的同伴。鐵蓮子看出她的來意，絕不肯把她空空放過；女子發出虛招來，他目灼灼盯住了，居然不退不躲。女子驟往右繞，他橫身往右一擋；女子改向左搶，他往左一跨步。女子頓時明白，若不刺倒這個敵人，絕不會越過此地，和陳元照會在一處。她怒叱一聲：「奸賊，竟敢攔路找死！」立即亮手中劍，惡狠狠照鐵蓮子砍下來。鐵蓮子一聲長笑，施展開空手入白刃的功夫，把女子邀住，女子一連數劍，未能把他逼退。這女子勃然懊憤，黑影中凝眸打量鐵蓮子，只看出頦下有須。她把牙一咬，罵道：「好賊！」運用三才劍，穩狠準三字訣，閃開要害，照鐵蓮子不致命處，唰唰，猛攻過來。

鐵蓮子暗暗吃了一驚，覺得這個女子，年紀似乎不大，劍術居然可觀。自己多年苦練的空手入白刃的功夫，現在拿出來對付她這支劍，竟有些拮据，應付不下來。固然是夜間捫黑來鬥，煞非容易，可是這個女孩子，看來本領絕不在自己愛女柳葉青之下。這又是誰家的女徒呢？倒要盤一盤她的根底。心頭轉念，再問不應，也將拳招倏然一變，施展八卦掌法，暗運點穴術，以守為攻，把這女子纏住。口中連喚道：「青兒，仲英怎麼樣？得手了沒有？快把那個小子活捉住，捆好了。這裡是一個女子，很有兩下子，問她也不言語。青兒還是妳上來，跟她比拚比拚！」

但是這時候，楊、柳夫婦竟沒把兩次跌倒的陳元照活捉住，反倒險些吃了虧，把人放跑。

陳元照第二次滑倒，正跌在雨水窪裡。楊華、柳葉青先後掩到跟前，睹狀大喜，一齊動手，要捉活的。不意陳元照自知危迫，顧不到骯髒，就地一滾，翻出二三丈，一個「鯉魚打挺」跳起來，弄得渾身水淋淋的，幸喜兵刃未失，大吼一聲，掄銀花奪，反來迎擊楊、柳。恰巧玉幡桿楊華首先趕到，左手握彈弓，右手空伸著，正要彎腰抓人。陳元照一陣風似的剛剛跳開，猝又撲來拚命，楊華驟難招架，急忙往後一跳。陳元照掄雙奪捲過來，柳葉青驚呼急上，提青鋼劍，使一招「烘雲托月」，忙將陳元照的銀花奪架住。陳元照怪叫一聲，另一支奪，唰的探出來，咬剪柳葉青的臂腕。柳葉青退步收招，左手捏劍訣一領劍路，右手劍鋒「白蛇吐信」一點，二人又鬥在一處。

玉幡桿楊華立刻拽弓發彈，重展開連珠彈法，幫助愛妻，夾擊這個豪橫的少年陳元照。夫婦倆雙雙鬥這雙奪，一個是青鋼劍近挑，一個是連珠彈遠攻。楊華是彈丸如雨，奔陳元照下三路猛打不休。柳葉青是利劍劈風，專找陳元照的上三路。陳元照一面迎敵，一面避彈，又弄了個手忙腳亂。陳元照初出茅廬，碰上勁敵，此刻已然深知這老少三個男女不大好惹。本來他不敢戀戰，一心要逃走。但是黑影中，他聽見一聲喊，說什麼：「別害怕，師姑救你來了！」他曉得援兵已到，來的是他的那位年輕師姑華吟虹。

這華吟虹乃是師祖彈指神通華雨蒼的愛女，年紀並不大，輩分卻不小；武功雖然好，氣焰未免驕，仗恃著名父之女，身為師姑，曾經小覷了陳元照。陳元照又跟這師姑動過手，少年人逞強好勝，師姑的口氣，分明拍老腔，藐視人，其實論歲數，師姪倒比師姑大。陳元照本來要逃跑，聽這一喊，援兵既到，那便不必跑，衝著這師姑，更不能跑，跑了要被她恥笑。

況且師姑已到，師祖華雨蒼也必來了。師祖與師姑，陳元照並不放在心上，卻又料到，他的師叔兼保父的多臂石振英也必隨眾同到。有師叔保父在場，自己不會吃虧的。如此一盤算，陳元照決計不跑，一霎時又陷於苦戰，努力支持，靜等師叔石振英趕來救助。

這一來可打算錯了。正是遠水不救近火，師姑雖到，被鐵蓮子擋住，還是陳元照一個人對付楊、柳夫婦。陳元照論兵刃，論暗器，樣樣都不是人家夫婦倆的對手，而且單只楊華的連珠彈，他便搪不住。所幸柳葉青戀戰不已，敵我在夜影中，輾轉苦鬥，倒害得楊華的連珠彈不敢貿下毒手，生恐誤傷了愛妻柳葉青。固然會打暗器的人，目力都強，楊華的眼神，更具百步穿楊、夜打香火之能。偏偏陳元照也窺透這一層弱點，一面動手，一面跳來跳去避彈，身形盡往柳葉青身旁湊，巧借柳葉青，給自己做攔彈牌。

玉幡桿楊華投鼠忌器，柳葉青倒做了丈夫發彈的障礙物。

楊華的連珠彈儘管嗤嗤地打，究其實，只奔下三路瞄準，只能威脅敵人，給敵人添忙添亂。楊華用隱語教柳葉青退下來，教她阻住敵人，勿令逃走便夠，用不著拿劍真拚。偏生柳葉青打上火來，不肯退下，反而明白地告訴楊華：「你只管狠狠打，不用顧忌我，我會躲，誤傷不了我。」楊華也慪上了火，銳聲說：「妳又誇口，妳忘了那一回，叫我誤打傷了？妳不用劍，行不行？妳也把妳的暗器掏出來，不好嗎？」

夫妻倆一面動手，一面慪氣。其實，這連珠彈看似無效，收效已經不小。這時候把陳元照打得頭昏眼花，精神被牽掣，手腳也忙亂得很。工夫不大，被柳葉青抓住破綻，唰的一劍橫削過去，削落了陳元照的包頭，嚇得他大彎腰，往外一跳。柳葉青這一回聽了丈夫的話，不往前追，反往後退；劍交左手，右手把豹皮囊中的鐵蓮子掏出數粒。就在這一剎那間，玉幡桿楊華把彈弓一拉，吧吧吧，一連三下。陳元照登時哎呀一聲，大概挨了一彈，他慌不迭的一跳一閃，柳葉青嬌叱一聲：「呔，哪裡跑！」掌中鐵蓮子，從這面打出去，玉幡桿的連珠彈，同時從那面打出去。左右夾攻，陳元照一躲，兩躲，腳下一個踉蹌。柳葉青唰的竄過去，劈頭一劍。陳元照掙命地急架急躲，哧溜一下，撲噔的大響，陳元照翻身栽倒。

楊華、柳葉青，雙雙上前，一齊動手，把陳元照按住，插劍解帶要捆，陳元照拚死一掙。這時候，突然聽見林那邊一聲大喊，聲若洪鐘。楊、柳夫婦擔心著鐵蓮子，不由扭頭尋視。

陳元照驀地一聲怪吼，渾身用力，猛然掙出一隻手，劈面一拳，準搗在楊華的臉上。楊華急急側臉，怒罵道：「嚇，好東西！快給他一劍！」雙手一叉，叉住了脖頸，復將陳元照按在泥濘的道上。柳葉青忙騰出一隻手，來拔那插在地上的劍。陳元照不知從哪裡來了一股神力，拚命一滾一掙，兩條腿猛蹴亂踢，那支劍被踢倒。同時他到底被楊華扣住了咽喉，柳葉青火速地解下腰帶，夫妻擰胳臂扭腿，到底把陳元照捆上。

陳元照狠哼了一聲，竟氣閉過去，楊、柳夫妻倆重給加上一道縛。兩人急急站起來，尋劍，尋鞭，尋弓，慌忙奔向林邊去，援應他們的父親鐵蓮子柳兆鴻。柳兆鴻此時已和急馳過來的另一條人影過了話，交上了手。

這後趕來的人影是多臂石振英，是個快五十歲的人。那先來馳援的女子是華吟虹，是彈指神通華雨蒼的愛女，年才二十來歲。但是他二人卻是師兄妹，女子年紀小而輩分高，少年陳元照就是這個多臂石振英的師姪和義子，也便是華吟虹的師姪。師姪比師姑年紀大兩歲，武功差不多，兩人誰也不服氣誰。他們現在正由華雨蒼為首，為保護那早已逝世的鏢師飛刀談五的寡媳和孤孫，以威力逼走了登門復仇的峨眉七雄。峨眉七雄力不能敵，走又不甘，在魯港戀戀不捨，潛跡窺伺。旋被華氏父女發覺，立即率眾追蹤，石家叔姪加入幫忙。現在他們正往各處踏訪峨眉羽黨的下落，陳元照偏巧誤撞上楊、柳，把女俠柳葉青當作峨眉七雄的唯一女傑海棠花韓蓉了。

陳元照錯綴楊柳，一路緊盯；華吟虹本可提醒他，卻偏不言語，反而暗綴著陳元照。華吟虹和石振英、陳元照叔姪，鬧著很深的意見，其故就在石振英太好拍老腔，而陳元照太好搶大輩，華吟虹女孩兒家，又太驕。

陳元照以一個人橫挑強敵，向楊、柳翁婿夫妻滋事，華吟虹仍然坐視不顧。一直到狂傲的陳元照被人環攻，看著支持不住，華吟虹方才出頭。這就遲了一步，就是故意要這樣做，她可忘了同仇敵愾，等到見危馳援，自己又被鐵蓮子阻住，眼看落到被人各個擊破的局面，她還是不悟。她揮劍猛攻，竟不是鐵蓮子的對手，她這才有點著急。她的殺手鐧乃是華門祕製的五毒神砂，一揚手，便制敵死命，不幸因她濫用，又剛剛被她父親強行收回一半，留下小半袋，她父親更嚴定下科條，只准恃以救命，不許藉以取勝，除非陷到孤掌難鳴、敵眾我寡的局面，但凡一打一，決計不准使用。

華吟虹手仗利劍，連展絕招，被鐵蓮子赤手空拳，一個沒使兵刃的人給纏繞住。她十分動怒，囊中空有五毒砂，又不敢使用。最好是上來兩個敵人，都跟自己一人動手，她就有了藉口，可以恣意揚砂擊敵了。現在卻糟，對方不但是一人，而且又是空著兩隻手，黑影中看不出鐵蓮子的面貌，彷彿看出頦下有須。華吟虹又急又氣，又有點害怕，把劍一指，連展開進攻的招數，劍走洪門，硬往上攻。她連搶了三四次，疾如閃電，猛似毒蛇，滿料對手不傷必退。哪知鐵蓮子柳兆鴻這麼一閃，那麼一欺，到底招架開了，反而伸二指來點華吟虹的穴道。華吟虹沒有搶上去，倒被逼得退後一步，不禁吸了一口氣，很害怕。

同時又聽陳元照那邊，一步一步吃緊。華吟虹心想：救不成師姪，倒把自己也陷在裡頭。這都是自己唧恨他們，誤了大局，父親若知道，這可怎麼好？走既丟人，鬥又不利，正在為難，突然間，多臂石振英尋蹤趕到了。

石振英頭大身矮，是有名的侏儒，可是身法很俐落，如飛似的奔來，遠遠叫道：「師妹別慌，我來幫妳！」

話是好話，還是有點拍老腔。華吟虹心中大怒：他還是拿我當小孩！說實在的，五十歲的師兄，二十歲的師妹，在當年倒真抱過師妹，還給師妹買過糖果。但是事隔多年，人家已是大姑娘了。這個老氣橫秋的師兄，當著人，喚出師妹華小姐的乳名來，小姐焉能不動怒？即如此際，石振英料到師姪陳元照年輕惹禍，奔來相救，卻先跑來幫助師妹。本意是討好，意在化除那次誤叫小名的誤會，而不料他一開口，又帶出傲兀意態。「幫」字不甚好，「慌」字更可惡，華吟虹姑娘又挑眼了。

口不說出，心上較勁，容得石振英一到，她驀地往圈子外一跳。石振英掄刀上前，和鐵蓮子交手，直等到兩人連走數招，她方才冷誚地說：「您別慌，慢慢地打，你的姪兒大概教人家活捉住了，我幫你看看去吧。」扔下這話，扭頭就走。石振英乾瞪眼，一發愣，被鐵蓮子連攻了好幾招。

鐵蓮子柳兆鴻徒手和華吟虹交鬥，也是很懊悔，很緊張。

在華吟虹這方面，深覺敵強己弱，自己一口劍，竟鬥不過人家兩隻空手，很是慚恧。哪裡想到，鐵蓮子掄雙拳，鬥這一口劍，也是越來越彆扭。起初輕敵，及至遞上招，華吟虹這個女子的劍術，竟不弱於自己女兒柳葉青。自己的空手入白刃的功夫，若在白天，還可以應敵，今當雨夜，吃虧不小。走了十數個照面，連逢險招，幾乎被人家刺中。正好比啞子吃黃連，心中滋味苦，嘴上不能說，已經動上手，再想抽刀，也嫌丟人。

在華吟虹這面看，自己屢發毒招，未能刺傷敵人，也未能把敵人逼退。在鐵蓮子這面看，可就是屢遇毒招，險些被刺傷，險些被逼退了。這就是彼此的觀點不同，甘苦只有自己知道。鐵蓮子為了顧惜自己一世的英名，未肯中途收拳換刀，現在突然換了對手，華吟虹往外一跳，石振英正奔來接鬥，鐵蓮子就勢也往圍子外一跳，口中喝問：「來者通名？」暗中悄悄地回手，把背後的雁翎刀，拔取在握。

女俠雙比劍玉面留痕

多臂石振英和鐵蓮子柳兆鴻，面面相對。華吟虹拋下就走，反而丟下兩句不受用的話，告訴石振英：「您的姪兒教人捉住了。」多臂石振英未動手之前，正要盤問對手。不想他驟聽噩耗，張目四顧，稍微一失神，鐵蓮子一擺雁翎刀，唰唰唰，一連好幾下。石振英幾乎抵擋不住，好不容易才立住腳，也就勃然動怒，一面還招架招，一面厲聲就問華吟虹：「妳說什麼？他在哪裡？」

「在林子那邊，那不是嗎？」華吟虹雀躍著丟下這話，如飛似的搶向那邊去了。石振英乾瞪眼，不能離地方，被鐵蓮子的一口雁翎刀逼得風旋葉舞。敵我雙方，團團亂轉，走馬燈一般，打得好不凶險。石振英咬牙切齒，掄刀拚命；鐵蓮子仍然是用纏戰法，一面向林子那邊連打招呼，警告婿女。

華吟虹一心一意要思索這拍老腔、傲大輩的石振英、陳元照叔姪。她存了惡作劇的心，把石振英交給一個勁敵，於是她一溜煙地奔到林邊一看。晚了，陳元照真個教人捆上了。她心裡說：「糟！」嬌叱一聲，揮劍上來搶救。女俠柳葉青、玉幡桿楊華，剛剛把陳元照擺布完畢，一見敵人援到，雙雙上前攔擋。

柳葉青已聽出華吟虹話聲，曉得是一個女子，便向丈夫吆喝：「你給我看著這個小子，我去鬥這個。」楊華不肯，柳葉青很冷誚地說：「這來的是個女賊，是你跟這女賊鬥，還是我跟這女賊鬥？」楊華聞言止步，搖手道：「我別醋，我靜候妳的調遣！我用彈弓幫妳成不成？」柳葉青笑道：「成成成，不過你得聽我的招呼。」楊華答道：「那當然了，女元帥的命令，小將不敢不從。」

兩口子調皮逗口，搏砂女俠華吟虹隱約聽見了一點，竟將利刃一揮，撲奔楊華而來。她是要挽救陳元照。

楊華慌忙迎敵，對妻子說：「這可不是我找女賊，是女賊找我。」柳葉青道：「一定是女賊瞧你怪不錯的，要跟你湊合湊合，領教領教。」

搏砂女俠華吟虹聽見這話，頓時怒從膽上生，厲聲斥道：「好一群萬惡的峨眉走狗！死到臨頭，還說便宜話！你們全給我滾過來！你們把我們那個人弄到哪裡去了？你要知道利害，趕快獻出來，我搏砂女俠或者饒你活命。」口說著，劍往上一衝，玉幡桿楊華幾乎抵禦不住，一連三劍，俱被華吟虹搶了先招，占了上風。楊華一支豹尾鞭，只辦得招架遮攔。尤其是他生擒陳元照，在濫泥中橫翻亂滾，雖將陳元照按倒，竟被陳元照搗了一拳，僅僅側面閃開，一隻眼竟濺進泥水，此刻依然不得力，轉瞬間又鬥了數合。華吟虹招招逼緊，玉幡桿招招後退。女俠柳葉青再也沉不住氣，嬌叱一聲：「呔！」掄青鋼劍，從華吟虹背後明襲過來。喊一聲，是不肯暗算人的意思，可是利劍劈風，一直地照對手後肩斜砍過來。只要對方聽風還招，轉身迎架，她便可以掣轉劍鋒，虛中藏實，「金針入地」，下斬敵人右足，「仙人摘果」，上點敵人臂腕。哪知搏砂女俠華吟虹明知急襲，並不轉身，手中劍反而猛往前一攻。也呔的一聲斷喝，劍鋒一端，「丹鳳投巢」，照楊華當胸，平刺過去。楊華急忙側身旁閃，掄鞭砸劍，華吟虹就此回劍一揮，嗖的一竄，人劍齊進，躲開了柳葉青，仍奔楊華撲來。楊華竟被釘住，退不下來。柳葉青大怒，揮劍斜上，照華吟虹急攻，楊華也往這邊湊。三人像走馬燈，直走過三五招，方才丁字式，形成楊、柳雙戰華吟虹的格局。

摶砂女俠心中暗喜，心說：「這可是兩打一個，我可是孤掌難鳴，我可要落敗！」這意思是只遇敵人人多勢眾，雙戰自己，自己為了寡不敵眾，為了臨危救命，便可以把那五毒神砂施展出來了。她的父親就是趕到目睹，也不會責備她下辣手了，因為她可以說敵人「欺我太甚」，人家兩打一，我便下毒手，是很有理由的。

於是摶砂女俠恨不得敵人兩個打她一個，故意地留出工夫來，教敵人合在一處。

但是楊、柳夫婦卻怪，兩口子並不想並肩合力而鬥，反倒是柳葉青吆喝了一聲，努力上前迎敵，玉幡桿應諾了一聲，努力靠後避敵。摶砂女俠不明白，他們兩口兒的招，便和柳葉青，兩個女子，兩把利劍，在黑影中遞上了手。兩個女子都採取攻勢，摶砂女俠一面劍鬥柳葉青，一面小心提防楊華，心想楊華既不上前，必然溜到自己背後，趁機暗算。她卻有了主意，只要敵人一夾攻，自己就把五毒神砂撮放出來。

哪知她的神機妙算，料敵未中。玉幡桿楊華退了下去，並不抄上來，反而站得遠遠的，靜聽娘子柳葉青的號令。華吟虹動著手，瞥了楊華一眼，也未看出所以然來。楊華這時已收起豹尾鞭，插在背後，早已將自己得意的彈弓彈丸握在掌中。娘子只要說一聲「打」，他便展開連珠彈。兩口子仍然是要分攻合鬥，一個遠擊，一個近搏。

柳葉青這時候，恰因為對手是個女人，引起她的好奇爭勝心。她以為有自己這把劍，再加上丈夫的連珠彈，這女子不管武功有多好，也必要落敗。因此她力阻丈夫，暫不開彈，她要獨自一人，先鬥一鬥這個女賊，看看賊的強弱。

相形之下，兩邊的情勢恰好相反，人多的偏要單打獨鬥，人少的偏在渴盼敵人雙雙過來。摶砂女俠為要逼迫敵人雙戰，把一口劍使得風馳電掣，照柳葉青致命處，兇猛地攻過來。柳葉青躲過一次險招，秀眉一挑，罵道：「妳這女賊好狠毒！」立刻把青鋼劍一領，也展開進手的招數。兩個女俠誰也不知道誰，誰也沒有細問誰，就這樣拚命死鬥起來。輾轉進退，雙方走過二十來個照面，摶砂女俠的劍術很輕靈，柳葉青的法門很迅捷，正是各不相下。若論氣力，還是柳葉青久闖江湖，比較的量敵持重，留著後勁，沒肯全施展出來。華吟虹初涉江湖，縱然聰明，多少有點沉不住氣，開招過猛，未免求勝之心太切。兩個女俠的情形如此，那站在圈外觀戰的玉幡桿楊華，卻有點「事不關心，關心則亂」。他認為愛妻連逢險招，敵人強而娘子弱，他就再不等閫令了，喝一聲：「女賊，看楊二太爺的連珠彈取你……」立刻扭弓靶，扣彈丸，又喝了一聲：「打！」唰唰唰，三粒連珠彈帶起一縷寒風，奔摶砂女俠下三路打來。

摶砂女俠華吟虹，穿著鐵尖弓鞋，在雨夜泥路上，與敵搏鬥，腳下本已吃著虧。而且柳葉青有意伸量華吟虹，剛一交手，還在硬拚，驀地感覺出敵力不能持久，她便立刻變成遊鬥纏鬥，和華吟虹耗起來。如今楊、柳忽又改為一個近纏，一個遠攻，夫妻倆明明是戲弄人。

華吟虹心思快，立刻猜透楊、柳狡計，恨得她咬牙切齒道：「好惡賊，你們使這招，就以為我家姑娘定要輸給你們嗎？惡賊，你太小看姑奶奶了！」她心中很生悶氣，若不是爹爹再三告誡，這時候掏出毒砂，信手一揚，兩個敵人再不用狂，全得哀哀怪號了！現在沒有什麼說的，只可打著看，實在支持不住，再想辦法。心中盤算著，劍法一轉，向柳葉青虛晃了一招，又補上一招，然後，突然一收式，一個箭步，冒險奔玉幡桿楊華撲來。華吟虹用一招「夜戰八方」式，揮劍衝開了路，然後八仙式一躲一閃，猛然一進，劍向楊華持彈弓的手劈來。

楊華急急閃退，柳葉青忙追上來，橫劍阻擋。華吟虹卻又一閃，唰的往外一跳，似乎要逃，突又折回來，奔那黑林闖去。

黑林邊正有被擒的陳元照，捆放在那裡。

楊、柳夫妻見摶砂女俠東竄西閃，正疑心她要逃走，不想她竟來奪人。夫妻倆不知不覺，協力阻敵，並肩而進。

摶砂女俠一見大喜，忙將皮手套戴好。一手持劍，一手探囊，握了一把鐵蒺藜，五毒砂，正要發放，又想起她父親的切囑：如果揚砂，必先警告對手。她便厲聲喝道：「呔，敵人休得妄進，我乃摶砂女俠是也，我這滿把的五毒神砂只一發，沾著就死，鬼神難搪，我不想要你們的狗命，你們識相的，乖乖把人放出，我便饒你二人不死。」

摶砂女俠一報字號，女俠柳葉青不由一愣，火速地停劍止步，凝眸審諦，這隻手把玉幡桿扯住，那隻手封劍護住自身，也厲聲抗問道：「呔，你是什麼人？你說什麼五毒砂，你是山陽醫隱華風樓的什麼人？」

摶砂女俠應聲冷笑道：「你也曉得山陽醫隱！山陽醫隱就是我的父親，你既知道我們華家的厲害，快快放人。」

玉幡桿楊華起初不理會，此刻一聽山陽醫隱的名字，不由駭然，卻忽地想起舊憤來。他自己在逃婚出走時，因登門拜師，曾經受過山陽醫隱華風樓的奚落。他也知道華家有一種獨門毒藥，五毒神砂，傷人最為酷毒。他卻不曉得華風樓這個老頭子還有一個女兒，現在狹路相逢，正好拿他女兒出氣。柳葉青還在盤詰，玉幡桿楊華忙道：「青妹妹，不要聽這女賊胡說，山陽醫隱華老頭，這個人雖然性情古怪，不通人性，卻絕不會放任他的女兒出來尋仇做賊。這不知是哪裡冒出來的女賊呢，她也配有毒砂？華老頭的毒砂，一向不許門人拿出來隨便害人的。青妹妹，妳不要上前，還是我來。我拿連珠彈，鬥她這五毒砂，妳再拿鐵蓮子幫助，咱們遠遠地瞄她，就算她有毒砂也無能為力。」

柳葉青本來心中也很疑惑，拿不定主意。她卻知她的父親和山陽醫隱有舊，說起來，摶砂女俠當跟自己論姊妹，因此不肯冒昧，忙攔住楊華，向摶砂女俠華吟虹叫道：「妳真是華老前輩的女兒嗎？妳若真是華老的令嬡，妳就應該曉得我，我姓柳，我父親是兩湖聞名的鐵蓮子。」又說道：「妳如真是華老前輩的令嬡，妳的大名應該叫華吟虹，妳真是華吟虹嗎？妳可知道我叫什麼名字嗎？」

摶砂女俠華吟虹也是一愣，手握毒砂，停而不發，還問道：「不錯，我就是華吟虹，你怎麼知道？莫非你就是綽號柳葉青的柳研青，柳姐姐嗎？鐵蓮子柳兆鴻柳老前輩，可是妳的父親嗎？」

二女俠懸崖勒馬，收劍停鬥，正在互相探詢，玉幡桿楊華，突然拽開了彈弓，唰的打出一彈。華吟虹驟出不意，險被打中，微聞弦響，她就慌不迭地往旁一跳，僅僅免了受傷，不由勃然大怒。同時，楊華剛要續展開連珠彈，被柳葉青一把揪住，大怒地喊道：「你怎麼悄不聲地又動手？這是華伯父的女兒，是我的華姐姐，她父親和我父親是好朋友，你怎麼抽風，又顯擺你的彈弓？」

柳葉青攔住玉幡桿，狠狠地數落他，同時連忙向華吟虹承認道：「妳一定是華姐姐，小妹我就是柳葉青。」搏砂女俠聽得分明，卻依然忿火上騰，冷笑發話：「你們明面說好話，暗中下辣手，我怎麼單遇上你們這樣的呢？你可要知道，我華家門的人，不是好欺負的。打彈弓的那個小子，你滾過來，叫你嘗一嘗姑奶奶的手段！」

老實說，華吟虹就算知道對手是鐵蓮子的女兒，卻是這眼前虧，她決計不肯讓的。她向柳葉青這面說好話，同時衝著玉幡桿楊華大發威稜：「小子快過來受死，你再不過來，姑奶奶要拿五毒砂取你的狗命！」玉幡桿被愛妻柳葉青扯住，也是只往外掙，冷笑道：「這是女賊，不會是山陽醫隱的女兒。山陽醫隱是個隱士俠客，他的女兒聽說大門不出，二門不邁，無緣無故跑到這裡來做什麼？這一定是冒牌貨，青妹妹快不要上她的當。」聽見華吟虹含瞋叫陣，更抗聲還口道：「妳這女賊不要冒字號，妳沒有五毒砂。妳有五毒砂，何不打一個樣兒，讓我來見識見識？我玉幡桿有一手連珠彈，只怕妳真會打五毒砂，也打不到我玉幡桿身上。」

玉幡桿楊華這樣故意挑戰，是因為他深知華家使用毒砂的禁條。並且他想，這個女子如果真是華老之女，我莫如給她一彈，也可以稍洩宿憤。因為在當年，楊華登門拜師，被華風樓峻拒，而且苛酷地斥責他一頓，現在他可以假裝不認識，小小報復一下。華老的女兒便算會打五毒砂，自己有這一手連珠彈，五毒砂也不能打上前來。這五毒砂是只能迫近了打，不能遠攻的。此際向她挑釁，只要不挨近她，遠離著兩三丈以外，五毒砂的毒也就施展不出來了。玉幡桿楊華是抱著這樣一個抱怨的惡作劇態度，故意誣對手為假冒，卻把柳葉青氣極了。

柳葉青隨父久涉江湖，深知山陽醫隱華風樓主人華雨蒼祕製的五毒砂，其毒劇烈無比，交手時，揚砂擊人，面目口鼻，但凡皮破出血，便是致命傷。只有華家獨門祕製的五福化毒丹可以應時解救，別的解藥，簡直無效。更厲害的是毒行甚速，打時又專好傷人面首，只幾個時辰，便足使人目盲耳聾，過一個對時便死。柳葉青深知敵己，又顧念著華、柳兩家的交情，既已通名，便不該再動手。何況自己是夫妻兩人，又未免有挾眾欺人的嫌疑，所以她一再喝阻丈夫，不叫他發彈。但是她的性情也是高傲的，華吟虹咄咄逼人的氣勢，也不禁勾起她的憤怒來，心說：「我還怕你不成？」

柳葉青性情雖然驕豪，江湖經驗比起摶砂女俠要高得多。

她此刻暗惱著摶砂女俠，因為摶砂女俠惡罵楊華，而楊華是柳姑娘的丈夫，她的丈夫罵別人，她不惱，別人罵她的丈夫，她當然動怒。起初她還怪丈夫的冒失，現在她口氣一變，要暗中思索這摶砂女俠。她大聲地說：「妳到底是真姓華，還是假姓華？妳若真是華吟虹姐姐，我們一定饒了妳。妳要是冒充字號，我們可不是好騙的。我可宰不了妳，也要活剝妳的皮。妳快給我說實話！」

這話很夠損的，叫對方承認也不好，不承認也不好，而且她在暗中又玩了一個手法，本來她堅阻楊華，不教他動手，現在她虛作遮攔，已然閃開了身子，玉幡桿頓時展開了手腳。

玉幡桿楊華搶上一步，拽開彈弓，口說道：「一定是假的，真的怎麼會這樣！」手比話還快，連珠彈唰的一聲響，照摶砂女俠華吟虹上上下下很迅猛地打出來。

玉幡桿一定要給摶砂女俠一個難看。摶砂女俠果然手忙腳亂，用盡身法，躲避這一發而不肯止的連珠彈。囊中的五毒砂已經沒有工夫掏出來，就掏出來，也打不出去。因為彈弓以弦發彈，打得遠，五毒砂只是細鐵砂子，以手帶皮套往外拋，只能方丈以內取勝。她打不著人，人卻打著她。

玉幡桿毫不留情地開弓，一陣暴打，彈丸宛如驟雨驚雹，又在夜間，摶砂女俠簡直無法招架，竟被逼得後退，不能上前。柳葉青暗中忍笑旁觀，一面縱容她丈夫逞能，一面還在說著便宜話：「我說喂，你別打，你別打，還是細問一問！」

這是對她丈夫說，又接著喊：「我說喂，妳到底可說實話呀！到底妳是真的華吟虹姐姐，還是假的華吟虹？」這是衝著摶砂女俠說的話，故意問真假，分明開她玩笑。夫妻倆合作演這一出惡劇。

摶砂女俠華吟虹聽了這話，幾乎氣炸了肺。她也是很聰明的女子，對方的惡把戲，她頓時懂得。對方明明白白地假裝糊塗，把自己任意戲耍。她可忘了自己也有不對的地方，態度上失之於驕傲，才引起對方的加倍驕傲，因為自己輕敵，才引得人家侮敵。

卻是她的武功到底比陳元照高，見機也比陳元照快。她罵了一句：「好！你們這兩個東西！」正要喝破對方的詭計，忽然一轉念，莫如跟他們裝傻，立刻她也想好了對付方法。楊華的連珠彈仍照她暴打；她這麼一躲，那麼一躲，忽然一矮身，哎呀的一聲銳叫，一手提劍，一手護臉，旋轉身便跑，顯然是受了彈丸傷，支持不住而逃。

玉幡桿楊華大喜，立刻就追，口中嚷道：「哪裡走？」柳葉青瞥見了，趕緊就堵截，也喊道：「別走，妳到底是誰呀？妳是真的華家姐姐嗎？」

摶砂女俠不回答，手忙腳亂地敗走。玉幡桿楊華一個箭步，首先趕到摶砂女俠背後，追奔逐北，斷不會運用弓箭彈丸的，當然換用兵器，楊華左手把握彈弓，右手抽豹尾鞭，揮鞭照摶砂女俠就打。摶砂女俠這一敗，楊華居然真把她當作冒牌的了，他以為真的華氏女，斷不會這麼容易地吃敗仗。他這一鞭，狠狠地照摶砂女俠肩頸斜劈下去。已然是棄其所長，用其所短了。他的惡作劇上了人家詐敗計的大當。摶砂女俠唰的伏腰一轉，鋼鞭落空。摶砂女俠側轉半身，左手虛一領劍路，右手劍當胸照楊華刺來。楊華還鞭急架，突然聽摶砂女俠舌綻春雷，喝一聲：「呔！」左手早就握著一把鐵砂，這時候柳葉青也剛剛趕到，銳聲喝道：「華哥留神！」底下留神五毒砂的話未容喊出唇外，唰的一聲響，玉幡杆楊華如粉之白、如玉之潤的臉上早挨上鐵砂。

敵我雙方，相迫太近，近到相距不過五六尺，一個乘勝追擊，一個轉敗為攻，幾乎面面相對，再也閃不及。玉幡杆僅僅一扭頭，一側臉，身子往旁一掙，左半邊臉頓時火辣辣，覺著挨上了好幾下，鐵砂子嵌入肉裡，至少也有四五顆。

玉幡杆大驚，拚命往旁一竄，哎喲的一聲，叫道：「我受傷了！」

同時摶砂女俠發出切齒恨敵、獲勝得意的呼聲，罵道：「教你們嘗嘗我這冒牌的摶砂女俠冒牌的五毒神砂！」

當時情形一變，玉幡杆楊華護著臉敗逃，摶砂女俠華吟虹掄著劍窮追。玉幡杆楊華儘管嚷摶砂女俠是冒牌，可是臉上挨了五毒砂，再不以為是假毒砂，覺得面孔上火辣辣奇痛難忍，想到「一個對時準死」，越發驚慌萬狀，自悔大意。柳葉青更是紅了眼，聽她丈夫喝一聲「受傷了」，嚇得她肝腸欲碎，聲如裂帛地叫道：「好女賊，真下毒手！」把掌中劍一掄，如一陣狂風，猛來撲奔摶砂女俠。

玉幡杆楊華正向妻子這邊逃，柳葉青急忙迎上去，幾乎要哭地叫道：「你你你怎的不小心，傷著哪裡了？可是臉上？眼睛怎麼樣？重不重？疼不疼？麻不麻？好妳個狠心的女賊，我柳葉青跟妳拼了！」讓過了玉幡桿楊華，柳葉青立刻撲上去，和摶砂女俠動手。摶砂女俠華吟虹很得意，很高興地舒眉欣笑。兩個女俠對上劍，這一戰，比剛才大不相同，簡直是在死鬥。柳葉青手中劍嗖嗖地劈風嘯響，口中仍在嚷罵。玉幡桿楊華護著臉退下。現在，他忍住疼痛，重開彈弓，要助愛妻打倒這個強敵，轉眼間發出數彈。柳葉青急嚷道：「華哥，你你不要動手了，你你快快歇一歇，你中了毒砂，越動手，血越流得快，毒越行得凶。你快定氣凝神，拿手巾墊著，把砂子起出來，把創口擠一擠，擠出血來，等著我爹爹給你想辦法。」忙又大聲衝那邊高叫：「爹爹，爹爹，華哥叫這個女賊拿五毒砂打傷臉了。你快來救救他吧。這個女賊會使五毒砂，說是華家門的，您老別戀戰，快來救您老的女婿吧。」

柳葉青驚慌萬狀，又怨楊華自不小心，又惱父親還不快過來。心中難過，她手中劍可是絕不放鬆，用盡手法，衝摶砂女俠拚命，一連十數劍，劍劍都是險招，專找對手的致命處。她是懷著一股子急怒，不覺把耗戰的鬥法收拾起來，恨不得立刻把摶砂女俠剁了。摶砂女俠運用掌中劍，乘勝迎敵，也激起了鬥志。聽見柳葉青直喊爹爹，暗想不好，莫非鐵蓮子也來了麼？鐵蓮子與己父乃是老朋友，猜想著，剛才那個空手鬥白刃的老人，十九就是鐵蓮子。現在自己先和鐵蓮子動了手，又傷了鐵蓮子的女婿，又正跟鐵蓮子的女兒比劍拚命，自己的父親恐怕少時也要趕到，脫不了要責備自己的。但是這一回事，絕不能怨自己，明明是他們恃眾欺凌我自己一個人。心想著，又不禁暗笑，此刻傲慢託大的石振英師兄，竟認不得鐵蓮子，正在那邊，跟鐵蓮子柳兆鴻打得熱鬧，倒要看看這位師兄本領如何？恐怕鬥不過鐵蓮子吧！

華吟虹心頭亂想，手中劍可也毫不放鬆，和柳葉青拚命亂砍，招招狠毒，一連數十招，不分勝負。忽然間，黑林那邊動靜很大，眨眼有數條人影，飛奔過來。

這時候，摶砂女俠華吟虹和江東女俠柳葉青，正打得難分難解。柳葉青明知對手有五毒砂的暗器，因此她把劍法施展開，極為迅猛，是不教敵人緩手發暗器的意思。殊不知摶砂女俠暗受她父親的禁制，和敵人一對一個，單打獨鬥，絕不准使用毒砂。可是柳葉青斷不會想到這一點的，丈夫一受傷，她恨不得活剝了摶砂女俠的皮。那邊忽奔來人影很多，料到不是她父親鐵蓮子，定是敵人。因為她父親僅只一個人，這奔來的人影至少也有三四個人。她心中更焦急，手底下更不放鬆。

那玉幡桿楊華臉上受了三四粒鐵砂子，本來是熱辣辣的，可是照樣忍得住，還能夠動手。卻被妻子這樣驚驚慌慌的一急叫，他也害怕了，情知自己中了毒砂，有死沒活。當年他救助的那個南荒大俠一塵道人就是中毒死的。妻子不教他動手，讓他護著臉，真就不敢動手。他也看出奔來的人影過多，絕不是岳父一個人，心中也有些驚懼。他連連高叫：「師父！」師父就是他的岳父，他一向這樣稱呼。他喊道：「師父快來，我們遇上勁敵了，我被女賊的毒蒺藜暗器傷了，青妹妹還跟女賊打著呢，您老快來。」這邊玉幡桿護著臉叫喊，那邊兩個女俠一味苦鬥，眼角掃著外圍。

奔來的人果然有三四個，將到這邊，經過了尋聲喚名的訊問，竟一齊發出驚駭的聲音，一齊叫道：「你們別打了，是自己人，是自己人，別打了。」一個人叫道：「青兒快罷手，那是妳華姐姐。」一個人叫道：「虹兒還不住手，那是妳柳姐姐！」

來的人一方正是鐵蓮子柳兆鴻，一方便是彈指神通風樓主人華雨蒼和多臂石振英。

彈指神通華雨蒼是一位枯瘦深眸的蒼髯老英雄，鐵蓮子柳兆鴻是一位壽眉長身的白鬚老英雄，他們有著好幾十年的舊交情。鐵蓮子正揮著雁翎刀和多臂石振英在黑林那邊打得很兇猛，幸而這時候，彈指神通華雨蒼和蕪湖梁公直追尋摶砂女俠，恰恰趕到。華雨蒼二目深明，遠遠望見多臂石振英和鐵蓮子苦戰。他便和梁公直分從兩面繞過來，打算助拳。

多臂石振英未能打敗鐵蓮子，心中又納悶，又著急。他為要急欲搭救陳元照，只憑手中刀，鬥不過敵人，他便往外一敗，把他的暗器儘量施展出來。石振英外號多臂英雄，就因為他精擅許多種暗器。現在他就把背弩、蝗石、甩箭、鋼鏢，一樣一樣全搬出來，照準鐵蓮子打去，真如灑了滿天星一般。自料乘黑夜發暗器，定能制勝。偏偏他遇上鐵蓮子柳兆鴻，柳老有著空手入白刃的功夫，當然不怕暗器襲擊。石振英一陣暗器雨，反招得鐵蓮子白鬚飄飄，揮雁翎刀，唰的一削，地一磕，把甩箭飛弩都打飛，跟著哈哈大笑道：「好賊，你少要逞能，你也不打聽打聽，我鐵蓮子豈是怕暗器的人？別說是我，連我家的閨女都不含糊。現在我把我的暗器也還贈給你嘗嘗吧！」探囊取出鐵蓮子數粒，剛要覷敵發放。多臂石振英很疑訝地叫了一聲：「喂，且住，你是鐵蓮子柳老前輩嗎？」

柳兆鴻嘻嘻笑道：「你也聽說鐵蓮子姓柳？」多臂石振英忙道：「你是柳老前輩，你可知道多臂石振英嗎？」鐵蓮子柳兆鴻道：「多臂石振英，好熟的名字，莫非你就是石夥計嗎？」

就在這時候，華雨蒼、梁公直也在外圈應聲叫道：「熟人，熟人，都是熟人，不要打了。這位可是鐵蓮子柳老英雄嗎？」

鐵蓮子收刀退步，張目四顧道：「不錯，是我，你是哪位？」

彈指神通華雨蒼哈哈大笑道：「果然是柳老哥，小弟是陝西省山陽縣的華雨蒼。」梁公直也道：「小弟是荻湖開糧店的梁公直。」

於是，武林中三位老英雄在這荻港黑林道邊，不期而遇了。多臂石振英在江湖上，論輩分，和柳兆鴻乃是平輩；但按門戶說，又是彈指神通的師姪。彈指神通華雨蒼搶過來，給二人引見，衝石振英道：「振英，這一位是兩湖大俠鐵蓮子柳老英雄。」又衝著鐵蓮子說：「柳老哥，這一位是我們武當派的次門大弟子石振英，你們二位從前沒見過嗎？你們二位為什麼在這裡動起手來？」

雙方互相通名，立刻住手，內中一人忙把火摺子弄亮了，彼此對面相識，跟著又道歉，解釋誤會。柳兆鴻哈哈大笑說：「華老哥，梁老哥，我們好多年沒見了。」華、梁二位道：「可不是，很久很久了，這些年你上哪裡隱遁去了？」彼此敘話，石振英很著急地說：「三位先別敘闊，快過去看看那邊吧。那邊是華師妹和柳老前輩的什麼人，正打得熱鬧著呢！還有我的一個義子師姪，大概也叫柳老前輩的人捉住了。」

華梁二人不覺愕然。華雨蒼忙道：「怎麼說，虹兒還在那邊動著手嗎？」石振英道：「正是吟虹師妹，這時候大概還打著呢！我也不知道他們為甚抓撓起來。我趕來的時候，師妹正跟柳老前輩動手，我那傻孩子，聽師妹告訴我，是教柳老前輩的門人捆起來了。柳老前輩，到底是怎麼一回事？」

華雨蒼、柳兆鴻一齊說道：「別提了，我們快過去看看吧！」

彈指神通、鐵蓮子二位老英雄，如飛的撲奔黑林這邊。梁公直、石振英緊隨在後，一齊奔尋過去。

尋仇人復被人尋仇

雨夜中一場混戰，打到末後，才知是熟人。彈指神通華雨蒼、鐵蓮子柳兆鴻，慌忙撲奔這邊勸架，梁公直、多臂石振英緊隨在後。華吟虹、柳葉青兩個女俠還在揮劍對砍。楊華捧著半邊臉，在旁張望。陳元照被捆在林邊，喘怒不出聲。華老柳老大聲地呼喚，一個叫：「虹兒，別打了，那不是外人，那是妳柳姐姐！」一個叫：「青兒，別打了，那不是外人，那是妳華姐姐！」黑影中一陣亂喊，都是自己人，不許再打。

於是搏砂女俠華吟虹，收劍往開處一跳，急叫道：「是爹爹嗎，您快來，糟啦，您的徒孫陳元照那個孩子，教人家捆上了。也許這時候給宰啦！」

江東女俠柳葉青也收劍往開處一跳，急叫道：「是爹爹嗎？您快來，了不得啦，您女婿教人家拿五毒砂給打傷了，壞啦，您快來吧！」

鐵蓮子柳兆鴻聽這一呼，不禁大驚道：「哎呀！仲英，仲英，你真是受了五毒砂的傷了嗎？」

那彈指神通華雨蒼聽這一呼，可也吃了一驚。陳元照被捆挨宰，他不甚理會，倒是他的女兒使用毒砂，使得他十分震怒地叫道：「虹兒，虹兒，妳又使五毒砂了嗎？妳怎麼把妳柳大爺的門婿給傷了！」急急向柳兆鴻道歉道：「柳老哥，您息怒，您別著急……虹兒好丫頭，妳又胡來了！我問妳，妳把人打傷哪裡了？喂，這位小友，你是什麼地方受下毒砂？」

玉幡桿楊華捫著半邊腮，在那邊呻吟道：「這裡，這裡。」

柳葉青走過來，氣哼哼地叫道：「我們仲英是教她……」說時手指著華吟虹的影子道：「教她打傷了臉，傷很重，毒很大，一過對時，就不能活。您是哪位，您能給調治嗎？您是華雨蒼華伯父嗎？」

彈指神通華雨蒼很動怒，不准使毒砂，而女兒不聽話，這一回可不能輕饒了。然而摶砂女俠華吟虹一點也不怕，反而倒打一耙，反控對方道：「爹爹，您不要盡聽他們的謊話，傷很不要緊，您快教他們把您的徒孫放了吧，他現在還是教他們給捆著呢，是他們先行兇，把您徒孫陳元照無緣無故毀了，您可知道？」

兩位女俠全向自己的父親控告「老婆狀」，兩位做父親的態度卻不一樣。誰是誰非，彈指神通華雨蒼是一點也摸不清；鐵蓮子是有點護犢的，女婿受了五毒砂的打擊，實教他動心。

彈指神通還不住地問：「怎的，怎的？」鐵蓮子卻很慌張地問楊華：「仲英，你過來，傷在哪裡，重不重？」又向彈指神通說道：「老哥，五毒砂，這可了不得，你快給他看看吧。」多臂石振英關心著他的義子，在旁又催促說：「我那個義子陳元照到底捆在哪裡了？勞你們大駕，先把他放了！」

鐵蓮子柳兆鴻正是事不關心，關心則亂，湊到女婿玉幡桿楊華面前，從身上取出火摺來，急急驗看傷痕。又把楊華扯到彈指神通面前，教他快給救療，口中說：「我們是老朋友，誰是誰非先不問，老哥，你這獨門毒藥，可毀人不淺，你快給治治吧。您老哥快把解藥拿出來吧！」

老實說，鐵蓮子一聽愛婿負傷，方寸大亂，對於華氏父女很有些不滿意了。尤其是眼見華老不忙著給受害人治傷救命，反而瞪著眼申斥女兒，責備女兒為何濫用毒砂，這真是有點輕重倒置，緩不濟急。

偏偏搏砂女俠華吟虹也抱著惡作劇的心，故意和父親爭辯。父親責備她為何濫用毒砂，她就說：「這位柳伯父的門婿、愛女，兩個人打我一個，又是彈弓，又是寶劍，逼人太甚。一個仗劍迫近來刺擊我，一個開弓從遠處打擊我，不問青紅皂白，硬要把女兒治死才解恨。女兒絕沒有先惹他們，是他們先下毒手，是他們先把您的徒孫毀倒，生生捆上；次後又兩人一齊上來，跟女兒動手，女兒沒法子，才用鐵砂子護身。」她說到這裡，偏偏噤住，不往下說實話。

華老越發惶惑，越發憤怒，把女兒叫到面前，厲聲指斥她。柳老把女婿領過來，求著華老火速療毒。華老不立刻接茬兒，還是向女兒追究濫用毒砂的責任。這一來，把柳老和楊華，尤其把柳葉青都慪急了。

那一邊，多臂石振英也正在起火。他想：誰對誰不對，回頭再講，有何不可？就是治傷，也可以緩一步，回店再辦，難道就在這雨夜露天地，刮肉療毒不成？眼前卻有自己的一個義子兼師姪的陳元照，被柳氏父女翁婿擒獲捆藏起來，彼此既是熟人，第一步應該立刻把人先給放了，才是正事。為什麼嘵嘵地爭是非，索解藥，驗傷痕，鬧得這麼凶？究竟爭論很耗時，療毒也費事，非比釋放被捆的，一伸手就辦了，怎麼柳氏父女倒丟在腦後，不給提前辦呢？

多臂石振英真急了，上前一步，擋住鐵蓮子和玉幡桿，吃吃地叫道：「柳老前輩，這位仁兄，我求你一件事。我們的陳元照那個孩子，你們給捆在哪裡去了？你們二位指示給我，我自己去釋放他去吧。」

楊華正摸著臉，柳老正一手拉著楊華，一手拉著華雨蒼的手臂，兩個女俠柳葉青和華吟虹，也都站在父親的身旁，正輕輕地發話，呶呶地抬槓。多臂石振英擠過來，夾在幾個人中間，硬來拖拉柳楊翁婿。倒把局外人梁公直鬧得忍俊不禁，忙過來解圍說道：「柳老哥和這位仁兄，到底把陳元照捆在哪裡了？」

鐵蓮子柳兆鴻並沒看見，玉幡桿楊華正要告訴石振英，柳葉青震開銀鈴似的聲音，說道：「原來那個小夥子是您的徒孫，您的義子呀，這可好，他無緣無故，賊眉鼠眼，綴了我們一道，而且還拿我們兩口子當賊瞧。我不客氣，把他捉住了，捆起來了，正要審問他，你們幾位就來了。您先別著急……」這句話專衝著石振英說：「我這就領您去，把他先放開。不過有一節，您得考問考問他，到底為的什麼，死盯住我們兩口子不放？尤其可恨的是，他專盯著我一個女人，我們夫妻睡在店房，他又挖窗眼偷瞧！」

柳葉青一張利口，把個陳元照形容得卑鄙不堪。多臂石振英聽了，干噎氣，不敢辯答，在未問過陳元照之前，只得含糊道歉道：「勞您駕，請您先把他放了，我一定要拷問他，懲治他，而且一定要嚴厲地懲治他。究竟您把他捆在什麼地方了？請你費心，先告訴我吧。」

玉幡桿楊華就要領石振英去給陳元照解縛，柳葉青忙道：「你中了毒，你別動彈了，我不會領他們去嗎？……來，你們跟我來。那不是，就捆在那邊，林子旁邊，大樹底下，坑裡頭，仰巴腳躺著呢。我們只捆住他的手腳，沒有堵他的嘴，你只一叫，他自然會應聲……」

但是多臂石振英奔過來時，早已繞著林子，連喚帶尋，搜了一遍，卻是並沒人應聲，也沒發現被捆的人。

柳葉青氣哼哼地說了幾句話，拔腳就走，一邊走，一邊還是喃喃地說道：「解救你們的人要緊，給我們中毒的人治傷就不慌不忙，這是哪裡的事！沒告訴你們說，就在樹底下，坑裡頭，好好地仰巴腳躺著呢。又沒有傷他一根毫毛，倒這麼忙？豈不知你們一喊，他就會答應，一答應，豈不就找著了，幹什麼非教人領著？咦，可是的，人哪裡去了？」

柳葉青絮絮地口發怨言，多臂石振英很受窘，可是低頭隨行，再不敢多話了。他深深領略這些女俠客們太好挑眼，少說一句話，少被挑一句話的毛病。當下石振英隨柳葉青雙雙尋到樹下坑邊，細搜不見，連叫不答，人不知哪裡去了。

柳葉青很驚疑地說：「你們早把人給解救走了吧？」把火摺一晃，就火光尋照。「你瞧，這不是捆人的繩子、腰帶？全在這裡呢。」陳元照卻沒影了，還有陳元照的一對卍字銀光奪，被柳葉青斜插在樹杈上，忙過去一找，銀光奪也沒有了。柳葉青皺了眉，對石振英說：「你們的人救走了，連兵刃一塊拿走了。你看這樹，這不是插雙奪刺破的窟窿。」

多臂石振英藉著火摺子的光，驗出樹下坑邊確有人掙扎滾踏的泥跡，那遺在地上的繩子腰帶，竟不像是解開的，好像是被擒的人自己弄斷的。莫非陳元照自己掙斷了繩索，拿去雙奪，自行逃走了不成？忙振吭再叫了幾聲，重又走出去，繞圍叫了幾聲，仍無應聲。石振英忙回到坑邊，把自己的火摺晃亮，就原捆處，複查腳跡，道：「哦，陳元照大概是落荒逃走了。但是，他是什麼時候逃走的呢？」稍一推算，想必是華、柳二老雙方相認的時候，楊、柳已經停手不與搏砂女俠再打，大家正在說話，陳元照就乘機掙開了綁，悄悄溜走了。年輕的人擔不住挫敗，想是他深以被擒為愧，故此避去。但是，他逃到何處去了呢？這又是一個麻煩了。石振英仍然圍著黑林，尋出多遠，喊了半晌。柳葉青卻等不及了，說：「你慢慢地喊吧，慢慢地尋吧，我卻失陪了。」她噌噌噌，連連跳躍，回到華、柳二老面前，堅請父親鐵蓮子，轉煩老伯華風樓，立刻給丈夫楊華療毒治傷。憤憤之態，悻悻之聲，毫不掩飾，衝華氏父女施展出來。

鐵蓮子柳兆鴻當然也很著急。毒蒺藜、五毒砂，都是武林中禁用的暗器。劇賊違例私用，或不足深責。若是堂堂武林名家，一派領袖，縱容自己的兒女隨便濫用，也未免為江湖所不齒。因此他一面懇求華老給自己女婿治傷，一面也輕描淡寫，說出不以為然的話來，暗暗責備摶砂女俠。鐵蓮子柳兆鴻笑著說：「青兒，妳忙什麼，嚷什麼？妳華姐姐用毒砂傷了妳女婿，妳華伯父還能坐視不管嗎？當然要給你女婿療毒治傷的，不過法子稍為歹毒一點罷了。想不到一別多年，華姑娘居然幹父之蠱，也會使用五毒砂了？真是將門出虎女，可羨可愛。但不知賢姪女經你手下用五毒砂傷了多少江湖人物了？」又接著說：「仲英過來，快見過你華伯父。風樓老哥，這是小弟的門婿。他叫玉幡桿楊華，是游擊將軍楊大經之子，小女和他成婚不到半年。想不到在此地，和老哥父女相逢，更想不到，他們年輕人又互相衝突起來，而且使用起五毒砂了？仲英你過來，讓我瞧瞧，讓華伯父瞧瞧，到底你挨了多少粒五毒砂？這多時傷處覺得怎麼樣了？」

玉幡桿楊華走上前去，施一禮，叫了一聲：「華老前輩，前次多承您老人家不屑教誨的教誨，一別經年，我至今感念不忘。今天又有奇緣，得以重逢賢父女，既承令嫒投砂見教，現在又勞動老前輩妙手回春，要給我療毒救命，在下跟老前輩太有緣了！」

果然鐵蓮子父女翁婿的怨言諷語，激得風樓老人十分震怒。可是摶砂女俠十分有把握，非常沉得住氣。黑影中，她父親凝眸望著楊華，轉面苛斥她不遵誡渝。她悄悄掏出火摺子，一晃火摺子，高舉火摺子，於是火摺子的光照著皓如冠玉的楊華的臉。臉上左腮歷歷打破了三塊，鐵砂子嵌在肉內，還沒有摘取出來。傷處微微沁出鮮血，四周皮膚依然是肉色。

而且玉幡桿楊華的舉動也沒帶出中毒的模樣來。若是當真中了毒，此刻傷處要火辣辣地麻癢辣痛，片刻難忍，而且四周皮色必然變為青紫，必然流溢黃水。

這麼一驗傷，彈指神通風樓老人華雨蒼恍然大悟，抬起了頭。摶砂女俠銳聲叫道：「爹爹您老瞧，女兒犯了什麼錯啦？您別忘了人家是一面之詞。柳姐姐她們兩口子打我一個，知道是我，還盤問我，是冒牌不是？報了名，還打我！」

摶砂女俠的話像連珠炮，滔滔不絕。華風樓哧地笑了，衝著那鐵蓮子柳兆鴻，指著摶砂女俠，笑罵道：「你這丫頭，真可惡！你沒有犯規，怎麼你還悶著不言語？你柳伯父一個勁責備我，埋怨我，毒啊毒的鬧，好像我家教不嚴，門規不緊，還有你柳姐姐，也急頭暴臉的。還有這位楊壯士，記住當年那個碴，也在這裡敲打我。三面被夾攻，真真受不住。丫頭，你怎的還不說，這是沒毒的鐵砂子？」

哦，沒有毒的鐵砂子，眾人頓出於意外。

三個火摺子都晃亮，齊照著楊華的皓如冠玉的面孔，腮上三處傷口，仍嵌著小粒鐵砂，但是沒毒，要不了命。彈指神通華風樓，於黑影中環顧楊、柳夫妻和鐵蓮子，突然地仰面縱聲大笑起來。

楊、柳夫妻非常地驚喜，鐵蓮子柳兆鴻於驚喜中，感到非常地抱歉。只顧聽片面的告狀，自己一時疏忽，沒有驗看明白，便向老朋友大大發作了這麼不中聽的怨言，可真是駟不及舌，咽不回來了。

彈指神通華風樓流露出揶揄的樣子，向鐵蓮子說：「原來這位楊兄，真是令坦，這可對不住，前年我不曉得，得罪過他。現在還好，沒有中毒，雖然沒中毒，可是挺好挺好的臉兒，受了三塊傷，玉雪留痕，深覺抱歉！青姪女別惱，我會治，保管教他痊癒如初，臉上不會留半點疤痕。虹兒丫頭真是手欠打，妳真個破了楊世兄的相，我豈不落一輩子的褒貶，哈哈哈！哈哈哈！哈哈哈！」笑得有點惡作劇了。

鐵蓮子這個跟頭，栽的可不算輕。可是他和華雨蒼是老朋友，他也哈哈地笑起來，說道：「華老哥，我是擔不起兒女的埋怨，我這小婿既承令嬡手下留情，我先謝謝你們爺兒倆。」

轉面衝著華吟虹，深深作了個揖，好像開玩笑道：「虹姪女，多謝妳積德行好。我真佩服妳，妳把我老頭子耍笑個不輕。可是虹姪女，妳既然沒有五毒砂，妳怎麼到了不說實話，反而嚇我小女小婿呢？虹姪女，妳也太夠厲害了。青丫頭，妳看看妳虹姐姐，歲數比妳估摸還小，心眼比妳詭多了，妳簡直是瞎狍子，只知瞎嚷嚷。」不等華吟虹答說，又轉拉著華雨蒼的手，說道：「老哥，我再給你施個禮吧，既然不是五毒砂，小婿死不了，小女也不會守寡了，我真是感激極了。可是他臉上這三粒鐵砂子，就是沒毒，嵌在肉裡，也不會好受。老哥，我還得煩你妙手回春，現在就給他治一治，成不成，只要不落傷疤，破不了五官，我教他兩口子給你們爺倆磕一個……」華雨蒼忙笑著截住道：「對不起，對不起，我立刻就動手。老哥，你不用責備我了，他們年輕人做出沒道理的事，我來賠罪。可是老大哥，你親身在場，你怎麼也不攔一攔他們？」

這話碴來得厲害，柳葉青搶著要替父親答話，鐵蓮子早哈哈一笑道：「我攔誰呀！您老哥的徒孫，那個陳什麼，一死兒盯小女的梢。您的令嬡一見面，唰唰唰，就是好幾劍，一個勁要宰我。還有這位石大哥，好厲害的刀法，好厲害的暗器，一陣暗器雨，把我鐵蓮子打去了五百年的道行。您老哥倒埋怨我不攔，好麼，我爺們靜等著挨宰吧。你們華家門老一代，小一代，三輩的英雄都當我們是賊，說是什麼峨眉走狗？我爺們不是峨眉走狗呀。峨眉七雄在西川威震一時，橫行霸道，我老柳更不濟，也不會大老遠地跑來，給他們當走狗呀。」說的話像爆豆，華雨蒼要回答，鐵蓮子柳兆鴻不讓他再開口，扯住袖子道：「老哥，還是那話，我這小婿臉上還嵌著鐵砂子呢。走吧，找個地方，你給開刀，挖了出來，咱哥倆再慢慢地嚼。你們老少三輩大概是跟峨眉七雄有過節，是不是？可是我聽說近十年來，你在山陽懸壺問世，大賣傷科藥，是怎的千里迢迢，又跑到江南來呢？」

華雨蒼皺眉微笑，向多臂石振英說：「我們莫如先回店吧。」石振英道：「可是陳元照這孩子跑沒了影，到底是他自己掙斷了綁繩，還是出了別的岔頭，教人懸著心。師叔和師妹，請陪柳老前輩先行一步，我還是找找他去。」蕪湖梁公直因見柳、華二老嘵嘵鬥口，自己沒有插上話去，覺得沒有意思。似乎鐵蓮子沒把他看到眼裡似的，他就向石振英說：「石仁兄，我陪你去找陳元照，華老前輩可以陪著朋友，先走一步。」

華雨蒼道：「分頭辦事也好，不過這一來，又勞動梁仁兄人。我先回店，給楊世兄治傷。石賢姪，你就同公直兄去尋人，尋著了陳元照，趕快回店。我已經把峨眉七雄潛藏地點掏著了，想不到陳元照這孩子胡闖瞎訪，竟撞到這裡來，把小女也牽引到這裡來了。」石振英道：「若不是師妹追來，陳元照這孩子更不知要吃多大虧呢。等著我找著了他，我得好好捶他一頓。年輕輕任什麼不懂，一味逞能，估莫差一點教這位江東女俠兩口子給活宰了。」楊華忙道歉道：「實在是對不住，我們若知道他是自己人，絕不跟他動手了。」柳葉青也笑道：「早知是他，我就讓他盯梢，我也不會著惱的呀。」梁公直道：「不知者不怪罪，再不要提這一節了。振英兄，我們找他去吧。」

就在黑林邊，幾個人分散開了。梁、石二人噓唇作響，圍著鎮甸，尋找這初出茅廬、鬥敗愧走的陳元照。華、柳二老各率兒女，踏著雨後的泥路，徑返荻港鎮內。他們兩方住在兩家店內，卻是華老住的大來客棧，比較遠些，奔大來棧，須先經過柳老住的那安遠客店。這時天尚未明，一行人恰走過安遠客店，柳兆鴻便邀華雨蒼父女進店。華雨蒼笑道：「小弟理應進店，拜見老哥，可是我的刀兒剪兒、治傷的藥膏，全在那店裡呢！老哥，還是請你賢冰玉屈駕，到大來棧坐坐吧。這可是小弟無禮了！」鐵蓮子柳兆鴻微微笑道：「我們就去登門就診，我知道老哥是不出診的。」兩個全笑了。

彈指神通華雨蒼在前引路，與鐵蓮子並肩偕行。江東女俠柳葉青，這時候曉得丈夫沒中砂毒，心才安定。拉住摶砂女俠華吟虹的胳臂，姐姐妹妹地叫著，很透親熱，收拾起剛才拚命敵對的氣兒，歡然說起舊話。摶砂女俠也消了火，兩個人你問我，我問你，一團和氣，有說有笑。這個說：「姐姐出這遠門，是為什麼事？」那個問：「黑更半夜，姐姐追的是誰？」柳葉青一向口沒遮攔，東一句，西一句亂扯。既然自己有了如意郎君，她就忍不住問摶砂女俠：「姐姐今年二十了吧？可是的，有了姐夫沒有？」好像她有丈夫，別人也應該有。摶砂女俠華吟虹紅了臉，閉口不答。玉幡桿楊華一個人在後面走，臉上絲絲辣辣的疼，黑影中聽出摶砂女俠不悅，忙挨上前，扯了柳葉青一下，教她說話檢點。柳葉青回頭看了一眼，自己笑了。摶砂女俠半晌才說：「姐姐還是這麼天真，瘋瘋失失的，跟小時一樣。」

可是摶砂女俠華吟虹，這一回出門，真是隨著父親華風樓去到江南相婿去的。她當然不肯說，她和江東女俠柳葉青截然不同，雖然有一身功夫，平素謹守閨訓，大門不出，二門不邁。這一次破例遠行，偏偏行經魯港，趕上了峨眉七雄糾眾尋仇，到魯港福元巷，已經謝世的名鏢頭飛刀談五家登門示武，欺凌孀孤。華風樓率女兒華吟虹和掌門弟子段鵬年，行經此地，恰逢其事，為了排難救危，義不容辭，就慷慨拔劍了。

飛刀談五名叫談炳元，去世有年，長子也已早死。次子習文棄武，現時是秀才，手無縛雞之力，為人雖然膽大，禦侮實在無能。孫兒又都幼小，全身保命，尚在不行。一旦舊仇登門叫詈，要求決鬥；談家門空虛無人，很是危迫的了。幸而談鏢頭的長媳倪鳳姑，卻是廬州名武師倪法章的女兒，年輕時曾練技擊。但以談門家婦，孀居撫孤，早把當年武功丟開了。目下突逢家難，她萬分無奈，情知仇人盯住了，棄家逃亡，必走不開，況且出走也不是了局。她便把文弱的小叔、幼稚的子姪，都潛藏起來。當年談五走鏢各地，想到這種行業，是刀尖子生涯，免不了有意無意中，結怨綠林，故此談五暗將自己住宅修下地室隧道，以防無恥的仇敵，打不過自己本人，潛來暗算自己的家小。談五的預備布置，居然在身歿十數年後用著了。然而地室隧道，僅足以片刻之間，暫救危急，終不能度過大難。

仇人蜂擁而至，倪鳳姑自覺獨力難支大廈，幸有老僕是鏢局舊人，她便祕密遣發奴僕，四出求救。談家的前後門已被峨眉七雄暗中監視，一出一入逃不開仇人的眼光。這時候，談五的祕密道地可就有了大用。談家本宅的左鄰和後門對巷鄰院，都是談家的房屋，都潛通著道地，連房客都不曉得，四鄰和魯港居民更說不上來了。以此逃出仇人的監視，求救的人得以悄穿道地，繞出隔巷。

求救的人雖已遣出，猶恐緩不濟急。仇人既到，斷不會久耗時候，容你邀援。幸而峨眉七雄也是西川有名的人物，此來是大舉登門挑鬥復仇，並不想驟施暗殺，還要說出前仇，以洩積怨。他們將這行刺放火留為第二步，萬一談家人頭很硬，自己經十多年的準備，仍然鬥不過談家遺冑，那時他們就不管江湖恥笑，有什麼法，施什麼法了。他們以禮索鬥，給談家三天限，他們很有點江湖正氣了。可是談家勾兵求救，依然趕不上。談門家婦倪鳳姑可就沒有辦法，決計豁出了自己一個人的性命，督同現在家中執役的鏢行舊人和仇人硬拚。她的小叔曾出主意，要去報官，倪鳳姑連忙攔住。仇人已下了警告：「倘敢驚動官面，那就不客氣，一定暗中放火，燒殺你們全家。」

這時候可就趕巧了，彈指神通華雨蒼，率愛女華吟虹、愛徒段鵬年路過蕪湖。

彈指神通華雨蒼和飛刀談五舊有姻親，當然不能袖手。立刻先遣愛女摶砂女俠華吟虹和談大奶奶倪鳳姑見了面。問明原委，立即拔刀。摶砂女俠和倪鳳姑慌忙搭伴坐轎，於白晝回轉魯港福元巷談家本宅。華雨蒼與弟子段鵬年也來到魯港，耗到天暗，從福元巷隔巷，穿道地，潛入談宅。

這一夜，果然展開了決鬥。峨眉群雄擋不住段鵬年的梅花神針和摶砂女俠的五毒神砂，被打得水流花落。峨眉群雄共來了虎爪唐林、海棠花韓蓉夫婦，喬健生、喬健才弟兄和巴允泰、康海、快手盧登等七八個人。康海是尋仇的正對頭，他的父親死在飛刀談五的刀下。巴允泰是尋仇的主動人，他在峨眉七雄中名列第二。這一回來到魯港，是他化裝為賣野藥的郎中，向談家登門挑釁，投鐵彈子，打門匾示威。虎爪唐林和海棠花韓蓉是他們邀出來的幫手。虎爪唐林是四川唐大娘的後代，海棠花韓蓉便是唐家門的兒媳。這唐大娘在四川本以發賣毒蒺藜和苗疆的毒藥起家。

獅林三鳥的師尊南荒大俠一塵道人就是在那老河口被峨眉七雄暗算死的。由海棠花韓蓉假裝拒奸貞婦，由她丈夫虎爪唐林假裝採花賊，夫婦倆做出了強姦拒奸的假把戲，惡圈套，把仗義懲淫的一塵道人誘來。虎爪唐林假裝採花遇阻，含忿行兇，踢後窗逃走；一塵揮劍急追，海棠花韓蓉假裝良家婦，拒奸負傷，躺在床上打滾，乘著一塵冷不防，用毒蒺藜猝施暗算，把一塵打傷，又以纏戰的法子，峨眉七雄齊下手，圍攻一塵，不容一塵道長逃回店房，救療傷處。這一來，生生把一個威鎮南荒、不可一世的大俠暗算死了。雖經楊華陌路援手，一再施救，到底因峨眉七雄的法子太毒辣，一塵竟因毒發，慘斃於老河口客店中。現在獅林三鳥已然蜂擁出來，為師復仇，正滿處搜尋峨眉七雄的下落。

峨眉七雄和一塵道長結怨，歸根究度，還是為了飛刀談五。差不多二十年前，峨眉七雄和飛刀談五因闖鏢道，奪路成仇。兩次械鬥，峨眉落敗。末後他們大舉把談五圍困起來，眼看談五寡不敵眾，勢將血濺荒林。突然之間，一塵道人遊俠路過，趕到圍陣中，向雙方詢問情由，判斷曲直，強勸他們息爭。峨眉七雄全不心服，一塵道人拔劍勸架，以武力弭爭，和峨眉打起來。峨眉七雄不是南荒大俠的對手，結果吃了大虧，丟了面子，被江湖人所笑。

峨眉七雄不甘心受這挫辱，大家臥薪嘗膽，矢志報怨。於是，狹路相逢，既將一塵道人用陰謀毒殺了，他們這才趕到魯港來，再找尋罪魁禍首的飛刀談五。談五已死，他們自然而然「打孽」不休，要找到談五的子孫後嗣了。

不想談門長媳竟把名震晉陝的山陽醫隱華風樓父女勾來，一場決鬥，反被摶砂女俠一口五鳳劍，數把五毒砂，打得他們焦頭爛額。更有三個人受了不治的重傷，經唐林夫妻急忙設法療治，不料藥不對症，病情愈形危急。

虎爪唐林夫妻原也會打毒藥暗器的，並且他們的毒蒺藜和彈指神通華風樓的五毒砂追溯淵源，又是同出於川邊雲貴苗疆的野人用以射獵猛獸的毒藥。這種毒藥力量很大，原藥方先後落到西川唐大嫂和山陽華風樓手內。唐家就使用原方配製毒藥鏢和毒蒺藜等暗器，專賣給江湖人物，另有解藥，也都是賣藥不賣方，唐大嫂由此發了財。華風樓既懂得醫道，卻將這苗疆原方大加增減，摻上了別的藥，又針對這新方，自己另配製出新鮮的解藥。故此華風樓的解藥能治療唐家門的毒蒺藜；唐家門的解藥反不能很有效地救治五毒砂。摶砂女俠是個年輕的姑娘，當時被峨眉群雄環攻，她可就大施毒手，一下子，打傷了巴允泰、喬健生、喬健才三個人。

這三個人敗走之後，毒發嘔吐，眼看不得了。唐林夫妻急忙下藥，藥既無效，他們夫妻倆趕緊地施用死中求活的法子，拿灼紅的烙鐵給三個人火烙斷毒，燒得傷處的肉直冒青煙，嗤嗤作響，三個人疼死過去。峨眉群雄看得毛骨悚然，唐林夫妻滿面是汗，正在掉著眼淚，仍給同伴惡治毒創。不料彈指神通華雨蒼登門找來了。峨眉群雄大駭大擾。又不料華雨蒼這次到來，並不是追尋他們，再來決鬥；也不是追尋他們，強迫他們滾蛋，離開魯港。華老手托著五毒砂的解藥，講出大仁大義的話，說是起初不曉得眾位和唐大嫂有淵源，現在既然知道，彼此都是道裡的人，所以不肯拿毒砂相殘害，「我是特來登門贈藥。」然而話風中，透露出「強給兩家講和」的意思。

虎爪唐林等明知華老是來示惠，欲以布恩的方法，強給雙方弭爭。康海與快手盧以為自己的人，既然灼肉療毒，也可以救命。華風樓雖然不是仇人的正點，實是仇人邀來的幫手，況且這毒傷又是華風樓的女兒打的，但凡有一分生機，斷不應該從仇人手中接受救藥。如果接受了華老的贈藥，簡直無異於跪向仇人，求饒活命。康海再三攔阻，不要華老的藥。不過虎爪唐林卻已發覺自己的藥無效，又覺出這烙鐵療毒，把受傷人一灼一個發昏，實在太殘酷，自己幾乎不忍下手，更驗看創口，似乎沒有轉機，白教病人受苦，以此他很想汗顏收受華老的藥。

康海和虎爪唐林悄悄爭執，華風樓把他們的話全都聽明，竟含笑接聲，先說破他們的藥實不對症，更告訴他們：「火烙療毒，空給病人增加痛苦。你們殊不知道這五毒砂的毒力，早已輸入血脈中，就算把傷口全剜掉，全烙爛，也阻不住毒氣內行。」遂指著受傷最重的喬健生，對唐林說道：「唐兄你看，這位朋友臉上的傷口成了什麼樣子？你再摸摸他的臉，是不是連別處好肉都滾燙的？你再摸摸他的脈和胸口，是不是喘氣漸微，脈息漸縮？我正經告訴你們諸位，再要耽誤，就用我的藥也無濟於事了。」這種劇毒，是過了一個對時準死無疑的。他們又是傷在臉上，不但頭面盡腫，連眼睛都侵得看不見了，口鼻也幾乎腫塞了。

峨眉群雄還在猶豫，覺得再不接受華老的藥，巴、喬三人當真死了，豈不愧對朋友？而且華雨蒼來意可惡，明明是來示惠，若把他拒絕出去，當下就怕翻臉，翻了臉，明明要吃大虧的。他們自料，自己的人全合起來，也鬥不過華老。單單華老一個人就難纏，況又帶了好幾人埋伏在附近。華老的弟子段鵬年隨侍在側，華老的師姪石振英、徒孫陳元照也跟在外面。他們度德量力，勢不能敵，卻又不甘心。

他們這裡面頂算康海態度倔強，因為他是報仇人的正點，他的父親毀在談五刀下。他心中難過，依著他，至死也不受華老的藥。華老卻又點破他們：「他們結黨來清恩仇，雪恥恨，你們是很義氣的。現在你的朋友中，有的受傷垂死，你們還是疑疑慮慮的，你們就坐視這三個人不治而死嗎？你們只知慪氣，也未免太忍心了。你們看看他們受傷的三個人，求死不得，求活不能，疼得直冒汗，你們還打不定主意嗎？」又正色對唐林說：「您老兄，我是曉得的，你應該識大體。你們這位康朋友，原與談家結怨很深，依著他的心，寧看著幫他復仇的朋友疼死，他也不栽跟頭接我的藥。但是，你們不要把我看成偏向一方的人，我在江湖上也頗有一點微名。不錯，我是談家邀來的，然而我的本心是要給你們了事。你們大概因為這一點，所以才不肯接我的藥。好了，現在一切拋開，我只是不忍這三個人中毒慘死，我先給他們三人治好傷，我不給你們勸架，這不可以嗎？」

此時三個受傷人越發支持不住，都咬牙忍痛，景象慘苦異常。海棠花韓蓉終是女子，悄悄問丈夫唐林道：「若不然，我們就栽個跟頭吧。我們的藥大概不行，況且他們盯在這裡，也不容我們動手治療啊！」

彈指神通華雨蒼見他們互相觀望，疑慮不決，竟一笑站起來，從身上拿出一個錦囊，取出來十數包藥放在桌上。虎爪唐林不由得拿起一包來看，又不由得回頭看一看病榻上掙命的巴允泰。康海到此也有點失措，說不出攔阻的話來了。

華風樓更走近一步，笑向唐林道：「唐仁兄，你無論如何也不該坐視令友滅亡！這個藥就給你們也來不及了，不用刀圭針砭，是挽救不來的了。」說罷，這老人竟打開錦囊。峨眉群雄閃眼偷看，這裡面插著小刀、小剪、長針、短鑷，是全套的外科治療的器械，華風樓到此「當仁不讓」，竟拿出小刀、小剪、棉花、艾絨，走到病榻前，強給病人割傷敷藥。

三個中毒的人看外面，好像是巴允泰最痛楚，實際是喬健生最危險。彈指神通華雨蒼也不脫長衫，直趨病榻，先驗視三個人的病狀，喬健生腫了半個腦袋。華老搖了搖頭，急從錦囊護書中先取出一柄銳利的月牙鉤刀和一把勺形的挖刀，對唐林說：「你們不該拿烙鐵灼傷口，反弄得毒氣入脈，再耽誤，準死沒活。這樣子，不用刀不行了，這總得敷一點麻沸藥。」他叫了一聲「鵬年」，掌門弟子段鵬年正侍立一旁，暗中保護老師，聞喚忙將一瓷瓶藥漿取來，拿軟布沾溼了藥，用竹筷夾著，遞給華老。華老用鉤刀把傷口輕輕一挑，很快地把藥敷上。刀挑處，流出黑紫色的血水，藥液塗處，冒出血泡。華老隨手用竹筷夾著溼藥布把血水血泡抹淨。

峨眉群雄鴉雀無聲，圍著病榻看著。喬健生一句不言語，仰面受治，原來他昏過去了。彈指神通等著麻沸藥力行開，換用挖刀把喬健生臉上的肉圍著創口挖去很大一塊。病人還是一聲不響。虎爪唐林、海棠花韓蓉也很知道割毒的治法，曉得這是麻藥奏效。快手盧登一點不懂，免不了和康海嘖嘖喳喳，悄聲議論，似乎有些猜疑。華老聽了，不禁一笑，用純熟的手法，把腐肉割盡，直到流出鮮血，溷著黑水，割成很深一洞，方才住手，笑對唐林說：「你們看，鮮血裡面還有黑水，這就是火灼之害。當時你們不用這惡治的法子，只用嘴把毒代為吮出，還不失為救急一法。現在若不開刀，簡直藥力上不進去，傷處的肉被你們拿烙鐵烙成熟肉了。」

三處傷口全都割畢，華老放下鉤刀，段鵬年忙又給打開一個小瓶，華老接來，往傷口一傾，流出一些紅藥水。傷口登時如開了鍋一樣，沸沸騰騰，往外冒泡，這一來又流出許多毒水。華風樓另拿溼棉，給拭去了毒水和藥沫。這時候，喬健生忽然哼了一聲。康海忍不住過來探頭看，又忍不住問道：「這是怎樣的？」華雨蒼看他一眼，唐林推他一把，說道：「喂！」

康海不言語了，悄悄退後。

華雨蒼笑道：「這位仁兄，還是不放心我嗎？我區區彈指神通華風樓，在大河南北，薄負微名，難道我還會暗算人，給人明著治病，反倒偷下毒手不成？」唐林連忙道歉道：「他是不懂，覺得新奇，老前輩既然慷慨，就請慷慨到底吧！」華雨蒼往四面看了看，俯腰低頭，仍給敷治。段鵬年又遞上來一種淡紅色藥膏。華雨蒼用小刀挑藥，輕輕敷在傷口上。喬健生忽然恢復了知覺，呼痛欲起，不住哎喲。唐林忙把他按住，向華老拱手道：「老前輩真是妙手回春，手法很神速，藥力又真靈，晚生不勝佩服。」然後三處創口又先後敷了一層藥，貼了小小的三張膏藥，用布紮上。華老直起腰來，說道：「行了。」喬健生的傷口腫脹處雖然未消，可是呼吸、神色顯見好轉。

然後，華雨蒼把巴允泰、喬健才也都給挨個割治，敷藥膏，貼膏藥，裹創口，全照樣治療了，隨後便收起刀圭藥物，環顧峨眉群雄，對弟子段鵬年吩咐道：「把那東西拿出來吧。」

峨眉群雄一齊側目而視，華門弟子段鵬年從身上掏出一個紙口袋，上寫「留贈峨眉群雄」。眾人尚在猜疑，虎爪唐林已然大悟，彈指翁未來之先，早已打定了贈藥勸架的主意了。紙口袋中果然裝的是九包藥，足供三個受傷人分服三天。彈指翁對唐林說：「病人症狀如有變化，可到店房給我送信。若是平安度過去，準保七天以內痊癒。屆時你們也給我送個信，我好專程來給你們餞行。」

於是彈指翁華風樓暗示了這一句，此外任什麼也沒說，治完病就走了。峨眉群雄人人心上打了鼓：「華老明明是來宥和的，現在，垂危的病人被他救活，我們是受了人家救命之恩了。談家門報仇的事可怎麼好？華老目下是保護著談家，我們這仇可怎麼報？況且他分明說出：七天之後，病癒餞行的話。這餞行云云，簡直就是逐客令！我們已將一塵道人治死，和獅林三鳥結了深仇，然後辛辛苦苦找到談家，談家才是仇人正點，現在憑空又插入了華老！華老很是不好惹，我們結仇報仇，越報越多，我們可怎麼對付才好？」

虎爪唐林、海棠花韓蓉、快手盧登和康海幾個人通夜議論不決。數日後，巴允泰、喬氏弟兄，全部止疼見輕，能夠走動，傷處雖未收口，只靜養著了。唐林夫妻和康海、盧登又聚在病人床前，商議應付華老和處置談家的妥當辦法。現在他們自知是栽了，可算是恩怨糾纏，進退維谷。若衝著華老，從此不再向談家尋仇呢？華老卻恃強市恩來的，況那五毒砂又是他女兒打的。若從此善罷甘休呢？分明上了華老「宥和」的圈套，叫人心眼裡不舒服。

但是峨眉七雄不是泛泛之輩，他們久闖江湖，什麼把戲都懂。他們在明面上總得說是受了華老的恩，實在他們把華老恨入骨髓。他們經多見廣，大家商議一回，也打定了一個以直報怨的辦法。那就是，有恩的報恩，有怨的抱怨，分開來，教他冤有頭，債有主。

等到七天頭上，巴允泰、喬健生、喬健才，傷口全都平復了，各人在臉上留下三兩個深疤，還沒有生肌長肉，照樣貼著膏藥。三個人換了長衣服，戴上風帽，雇了三乘小轎，一同到店房，去拜見山陽醫隱彈指神通華風樓。

一進店，全下轎；一進屋，全下跪。他們衝著華老，每人磕了好幾個頭，口稱恩公，面謝療毒救命之德。不等華老問，三個人便開口：「此次來魯港，向談家尋仇，乃是受朋友所邀。我們三個人跟談家素不相識，一向是沒怨沒仇的。這一次只為替朋友找面子，倒惹火燒身，險些送了自己的性命。若不是老前輩陌路施恩，我們三個人就死在令嫒的五毒砂上頭了。僥倖遇上你，救了我們三條性命。我們為朋友幫忙，總算是捨命助拳的了，我們已經很對得過朋友。現在我們就退出這復仇的是非圈，再不管他們的事了。我們今明天就要離開魯港，遄返故鄉，從此還要退出江湖。但是我們三個人卻身受著老前輩的大恩，常言說，大恩不言報，從今以後，老前輩如有差遣，不拘赴湯蹈火，我弟兄萬死不辭。至於談家這場事，我們只好不聞不問，也應該不聞不問。談家的對頭雖是我們的朋友，我們已經為朋友賣命，我們只好抽身而退，也不敢再幫，也不敢再攔，我們只能做到這樣。」

隨後巴允泰又單獨說道：「好在他們雙方『事有事主』，他們是否就此罷手，抑或看著老前輩在場，暫且閃個面子，日後別作打算，我們全顧不過來了。我們只能做到『恩怨分明』，兩不相助。若叫我們轉過頭來，強給他們說和，我們實覺汗顏，沒法子饒舌，這一節請老前輩特別原諒！」

冷冷地說罷，巴允泰目視彈指翁。彈指翁黃焦焦的面孔驀地泛赤，厲聲笑道：「好好好！我早就料到，你們必有這樣的說辭。恩怨分明，正是大丈夫應做的榜樣。我早已說過，我絕不會藉著贈藥療傷，強來逼和。但是我卻曉得跟談家做對的，有姓康的、姓唐的幾個人，大概也是晚生下輩，不大知道我的脾氣。我華某的脾氣是凡事不管便罷，要管便全攬在自己身上。現在就煩你的嘴，轉告訴他們：談家門的事，我華雨蒼全個兒過來了。他們果然有膽氣，在這裡逗留不走嗎？我倒瞧他不透，哼哼，堵門口欺負孤孀，我也替他們害羞。依我看，你是他們的好朋友，何不開解開解他們？勸他們不必在此地，偷偷摸摸丟人尋隙了，我家住在山陽縣城內板井巷，他們很可以打起精神來，徑到山陽板井巷去找我！」

巴允泰佯笑道：「說呢！晚生一定去說，可是這話用不著我說。姓康的倘敢辜負老前輩勸架說和的美意，那麼他一定想得到。不用您老告訴，他也懂得冤有頭，債有主。他的對頭既然邀出能人代為拔闖，他自然該怎麼接，就怎麼接，您老不邀，他也會到府上登門請教的……」

華風樓仍沒有拿話堵住這個巴允泰，掌門弟子段鵬年忙發話道：「姓巴的朋友，姓喬的朋友，現在我警告你們一句話，你們是幹什麼來了？」巴允泰剛要說，段鵬年不容他出口，早搶過來道：「你現在話已說明，可以請吧，不必嘮叨了。你不用裝出兩個面孔來搗鬼，我家師乃是成名的前輩，不肯跟你們晚生下輩一般見識。你卻仗著兩片利口，說個不了，你們的伎倆，你道別人真不懂嘛？你好像不知山有多高，水有多深似的。我再警告你，你要小心了！我還奉勸你們峨眉七雄，趕快連胳臂帶腿離開這地方！」且說且招手，平伸雙掌，照巴允泰臉上一揮。相隔遠有六七丈，巴允泰驀地打了一個冷戰，覺有一股銳風，迎面撲到，觸及傷口，突又疼痛起來。段鵬年順勢又照喬健生、喬健才臉上，每人揮了一掌，說道：「你們三位請吧，我家師不遠送你們了。」

掌風襲人，銳利如刀，使得人汗毛發炸，巴允泰、喬氏弟兄不禁吃了一驚。華老的弟子，內功尚且如此強，華老本人可想而知了。虎口上捋鬚，真是惹不得，巴允泰和二喬慌忙作了個揖，轉身就走。華風樓並不送，段鵬年跟出來，直看他們去遠，方才回轉店房。

華風樓當下大怒，決以武力驅逐峨眉七雄，不准他們在魯港逗留。當晚他派人到峨眉七雄隱伏處，監視他們的行動。峨眉七雄竟很快地見機而作，掃數潛蹤他往。卻是走得很曖昧，並沒有留下片言隻字，可就教人猜不透，他們究竟是鎩羽而去，永不再來，還是惹不起華老，片時暫避鋒芒，等到耗走了華氏父女，他們還要再來。他們是這樣啞不聲地悄悄走了，這件尋仇的事，好似了結實在是沒了結。而且華風樓本派了好幾個人監視他們，不知他們用何方法，避開了眼線，潛蹤逃走，更不知逃向何方。

華風樓並不曉得峨眉七雄和蕪湖船幫祕有勾結，他們原是潛乘江船而來，現在又潛乘江船而去。但華老到底是江湖大俠，大罵著，吩咐門徒，放開了搜捕網，分路排查下去，只用半日工夫，便已探出峨眉七雄的陰謀和祕蹤。

他們峨眉派確乎是啣恨已深，尋仇不捨，確乎是不甘心離開魯港。目下果然是暫躲華老，悄悄藏在江船上，只等到華老離開飛刀談五的家門，他們便捲土重來。他們留下了踩盤子小夥計，暗地偷窺福元巷談家的動靜，華老的師姪多臂石振英就由這踩盤子小夥計身上，窺破了峨眉七雄的蹤跡和詭計。他趕緊報知華老，經一度計議，且不捕捉這個小賊，要從小賊身上，將計就計，把峨眉七雄掃數尋獲。這個主意打得很好，可是峨眉七雄也是老江湖了，他們的眼線被仇人倒反過來盯上了，他們立刻覺察出來。他們藏身的江船已被對頭查出，他們慌忙在黑夜裡，乘著滿江迷霧，悄悄棄舟登岸。

峨眉七雄中，康海最倔強，雖然鬥敗，仍不肯罷手，雖被驅逐，仍不肯離開。虎爪唐林和海棠花韓蓉也深以華老橫來出頭、示威逼和為恨。巴允泰受了華老當面奚落，也很著惱。

他們改裝潛逃，只溯著江流往西退出一站地，仍然藏在隱蔽地方，窺伺機會。他們切齒地痛恨華老，他們說：「這一回大舉報仇，連聲名赫赫、武功卓絕的南荒大俠一塵道人也被我們施暗算毒死。你彈指神通華風樓，又有多大本領？」他們痛罵著，發下了誓願，談家門的舊怨，盡可從緩，華風樓這段新仇，必須盯一盯看。他們料定，華風樓救護談家孀孤，乃是過路應邀的，華老自然還有他自己的正事，他不會在魯港久耗下去。康海向師叔虎爪唐林夫妻磕頭打躬，懇求顧念亡人，幫忙到底。巴允泰也說：「康賢姪放心，我們算是禍到臨頭，說不上不算了。明知華老頭子不好惹，現在抓破了臉，只可碰著瞧。不過，我和喬家哥們都算受了華老頭藥救的恩惠，我們三個人既有誓言在先，只可暗中作勁，不便明面出頭了。我們現在趕快再邀幫手。」

海棠花韓蓉道：「對得很，他們邀幫手，我們也邀幫手。拉長線，放遠鷂，破出十年八年的工夫，此仇必報。」這海棠花韓蓉是個中年漂亮女人，善使毒蒺藜，手腕狠辣。虎爪唐林便是她的丈夫，是一個長身猿臂的男子，體格英挺。在峨眉七雄中，頂數他武功強，為人做事尤其果決。他向眾人獻計道：「我們用假採花，誘敵計，制死了那麼英雄的一塵道人。現在我們也該用避實蹈虛的計策，來跟彈指神通華老頭耗個短長。我有一個主意，我們一面在這魯港不放鬆，長遠留下人釘著，教他們天天提防我們；同時我們可以轉託朋友，到山陽縣華老頭子的家裡，伺機尋隙。兩面鼓搗他，教他嘗嘗峨眉派的厲害，是不容易受人挫辱的。」

快手盧登忙說：「我聽朱阿順講，華老頭子已經連夜派人回家送信，恐怕他家中早有防備。在他家門口，他的勢派更大，強龍不鬥地頭蛇，只怕我們在山陽鬥不了他。」巴允泰搖頭道：「不然不然，不管他有無防備，也不管他勢力大小，我們只兩面攪擾他，教他不知我們準在哪裡。我們也許偷放一把無明火，也許丟一封威嚇信，給他一個暗箭難防，死啃不休。我看用不了一年半載，便把華老頭子氣死，明著門不過，我們只跟他暗中作對。」

巴允泰唐林此計一出，雖然跡近無賴，峨眉七雄竟一齊說好，道：「這法子最為陰毒，我們惹不起他，只好跟他耗，專找他的漏洞。山陽和魯港相距不下千里，看彈指神通手掌盡大，也捂不過天來。」立刻議定，暗暗布置起來。

卻不料他們擺下這種歪纏死磨的毒計，彈指神通華風樓和談門孀婦倪鳳姑早已料想到了。他們一面調動華家門下高足弟子，馳回山陽，暗做準備；一面是會集武林能手，在魯港大舉搜捕峨眉七雄。峨眉七雄在魯港畢竟人生地疏，談家邀來蕪湖梁公直父子，卻在當地呼應靈便。又有多臂石振英和師姪陳元照二人從旁相助，一路窮搜之下，凡是魯港的老鄰、舊舍，都替談家做了耳目。峨眉七雄東藏西躲，漸漸弄得畏首畏尾，潛蹤無地，活動不開了。

而且，就在同時，他們所戕害的一塵道長的門徒，獅林觀三鳥謝黃鶴、尹鴻圖、耿白雁一行，也正由雲南獅林觀、豫鄂邊境青苔關獅林下院，遽分兩路蜂擁北上。依照玉幡桿楊華所說，一塵遇害的地點，先趕到老河口，找向店家，根詢一塵臨歿的情形，埋骨的所在，並要開棺重殮，舉殯，移靈。等到發土開棺，三寸木板的薄材，幸還未朽，起出來，打開一看，遺骨猶在，元首已無！不曉得何時，又被仇人掘棺盜墓，割去了首級！

屍體已殘，獅林三鳥撫棺大慟，由掌門師兄做主，遺骸不全，便未焚化，用錦被裹屍，結草代首，易棺移靈，先運回青苔關浮厝。大家在靈前焚香設誓，痛哭流涕，決計苦搜仇敵，不僅要灑血復仇，還要尋回元首，重行舉殯。

獅林三鳥便也展開了搜捕網，到處訪拿峨眉七雄。失去的元首，必須要拿活著的人頭賠償！修道人掀起了無邊怒火，一訪再訪，一踏再踏，終於踩著峨眉七雄的腳印，也撞到這魯港來了。

於是獅林觀三鳥找峨眉七雄尋仇。

峨眉七雄找飛刀談五尋仇，牽連到華風樓。

華風樓也找峨眉七雄，七雄也思索華風樓。

那一邊玉幡桿楊華為了贈劍失劍，曳鞭南遊，當然正找獅林三鳥。鐵蓮子柳兆鴻父女，為了愛婿，結伴前來，也是正找獅林三鳥。

奔波兒女情

在店房中，彈指神通華風樓父女為主，鐵蓮子柳兆鴻父女翁婿為客，敘禮落座，剔亮了燈。華、柳二老彼此看見對方的面貌，一別多年，都增老態，精神儘管壯旺，鬚髮不留情，俱各蒼白皓然了。華風樓首先感嘆，柳兆鴻捋鬚說道：「日月催人，前塵如夢，姪女兒和小女都成了大姑娘了，你我怎能不老？」華風樓嘆道：「仁兄比我強得多，我卻是蒲柳之姿，行將就木，一切都完了！尤其是意趣闌珊，名心豪情都泯，再沒有壯年時那高興勁了。」

兩個老頭子發牢騷，旅舍房間很小，客人聚集很多。華、柳二家之外，還有多臂石振英、蕪湖梁公直，一共七個人，黑壓壓擠滿了內間房。兩個女客，摶砂女俠華吟虹和江東女俠柳葉青，被擠並肩坐在一隅。華吟虹打量這已出閣的柳姐姐，抿著嘴直笑，她把柳姐姐騙了個不輕，使得柳葉青焦急叫囂。現在柳葉青藉著燈火，再三端詳丈夫玉幡桿楊華的臉，臉上受傷處流著血。華吟虹故意說：「姐姐別生氣，饒恕小妹吧。我真不曉得是姐姐、姐夫，我要知道是姐夫，殺了我，我也不敢下這毒手。您瞧姐夫臉上還冒著血漬呢，這是怎麼說的，教姐姐看了，多麼心疼。好在沒有毒，不會往大處爛，至多落兩三塊小疤瘢，像麻子那麼大罷了。這還得囑咐我爹爹，多少給好生醫治，別教它留下疤，破不了五官，攔不了官運才好。」

華吟虹儘管說便宜話，故意窘著這柳姐姐。殊不知柳姐姐面皮不薄而很厚，側轉臉來，衝華吟虹撲哧一笑，輕輕說道：「我謝謝妹子，我感激妳，妳姐夫一定也很感激妳，一輩子也忘不了妳的。這不是別的，真是妳說的那話，要是有毒的五毒砂，妳姐夫一條小命可就玩完了，連累姐姐我也得守寡。多虧了妹子手下留情，妳姐夫不過臉上掛了兩點彩，麻不麻，疤不疤的，姐姐倒不嫌。反正性命保住了，妹子妳就積大德了，姐姐那不得念佛？難為妹子好心腸，衝這一手，將來準得個好妹夫，也許現在早就……」俯身探頭，她的臉緊挨著華吟虹的臉，惡作劇的看了又看，說道：「喲，可不是，原來妹子沒有開臉，沒有出閣。但不知定了親沒有？新郎官是誰？可是的，妹子一個沒出閣的大姑娘，怎的出這遠門？我聽說伯父家教很嚴，平素不許妹子出門，學會了武藝，也不准拿出外面來用。臨到今兒，敢情這話靠不住，妹子也跟我似的，往外亂跑呀！但不知妳手底下毀了幾個？」

二老敘闊，憶舊情深，兩個女英雄低言悄語，舌劍齒鋒，一味互相譏誚。究竟嬌憨癲狂的柳葉青，說話沒有遮攔，又欺負華吟虹是沒出閣的女孩子，不比自己已成少婦，她的話像爆竹似的放起沒完，搏砂女俠華吟虹臉上紅一陣，白一陣，卻也想起了一個陰招，口齒敵不過，就佯痴裝呆。反正玉幡桿楊華臉上還嵌著她打中的三兩粒鐵砂子，就讓柳丫頭嘴頭子快活一陣吧。我卻不給爹爹提醒，讓你們爺兩個聊神吧，反正有人受疼！心中想著，轉嗔為喜，得意之餘，微轉雙眸，瞟了玉幡桿一眼。玉幡桿楊華側坐在黑燈影裡，聽著岳父和華老、妻子和華吟虹，這一邊哈哈嘻嘻，大聲地談笑，那一邊唧唧噥噥地譏嘲，他心中有些不悅。他終於忍不住站起身來，湊到燈臺旁，撕手巾，沾傷口上的血痕。雙目凝寒，打量華老，臉上表情很嚴肅，很冷淡。

原來楊華和華老是有過舊碴的，此刻卻對了臉。柳葉青趕緊把話匣子打住，說道：「華伯父，華伯父，勞你的駕，給看一看我們仲英臉上的鐵砂子，到底要緊不要緊？該怎麼取出來呢？」

彈指神通華風樓收住話頭，站起來了，把楊華冷傲的神情一看，心中明白，忙拱手道：「這位是柳仁兄的賢令坦，哦，好，朗朗如玉樹照人，真乃是玉潤冰清，兼有其美。哦，我記得在哪裡見過，這位世兄尊姓可是姓楊，恕我老耄，多有得罪了。」

末後一句，意含雙關。當年玉幡桿楊華和柳葉青訂婚之後，春閨調舌，武場試技，曾經因疑生妒，是闖過一回逃婚出走。他在這逃婚期間，曾經遇上南荒大俠一塵道長，當一塵被人暗算，命在垂危時，是楊華陌路援手，救了他一回。雖然到底因無救藥而死，一塵卻深感楊華，曾經遺書贈劍，為此楊華才與獅林觀耿白雁相逢慪氣。那耿白雁懷疑遺書是假，兩人言語相爭，發生了扣劍、賭劍、盜劍、騙劍的糾紛，以至於鬧出今日翁婿南來討劍之事。

卻是在楊華未遇一塵道長之前，又曾路過山陽縣，拜訪彈指神通華風樓，偽稱奉師父鐵蓮子之命，特來投謁，願拜門牆，學習點穴法和五毒砂。華風樓這老人卻也動了疑心，楊華並沒有介紹信，他又把鐵蓮子是他岳父的話瞞起來，僅只偽稱師徒。華風樓暗加窺測，斷定楊華必是鐵蓮子門下被逐的劣徒。因此把楊華折辱了一頓，教訓了一回。這還是看在鐵蓮子的面子上，未肯驟下毒手。華老再也料想不到，楊華並不是柳老門下犯過被逐的門徒，反而是柳老門下負氣逃婚的嬌客。楊華又年輕氣盛，經華老拒見之後，不合於夜半潛探華府，本意是要看一看華老到底是真沒在家，還是門房推辭騙我。這一來犯了江湖大忌，若不是華老的掌門弟子持重講情，楊華恐怕就被華老砸折腿，驅逐出境。雖然沒有毀楊華，楊華受辱已然不淺，原已發下憤言，對華老這「不屑教誨的教誨，我楊某遲早必有一報」。不料今朝相會，自己又被華老頭子的女兒打傷，他正是一肚皮悶氣，要向華老發洩。又不料華老乃是老江湖了，及至燈下照面，看出玉郎含瞋的面容，登時憶及前情。哈哈，這小夥子原來真是柳老哥的門徒，而且又變成門婿！華風樓拱手行禮，皺眉一笑。不待楊華發話，先向鐵蓮子柳兆鴻表白起來了。

「哎呀，柳大哥！」華風樓走到柳老面前，抱拳當胸說道：「小弟我可真真對不起你，更對不起你的賢令坦了！」

這話一出，柳老吃了一驚，只道是臉上的傷，還是五毒砂，毒發難治了。他很著急地站起來，忙問：「怎麼樣？不能治，不好治嗎？」華老忙說：「不是，不是，不是說這個。唉，現在您這賢令坦教小女誤傷，傷倒不要緊，很好治。不過您這位令坦在前兩年到過敝邑山陽，是我一時大意，得罪過他。老哥，簡直提起來是笑話，楊世兄他見了我，他不說是你的門婿，他說是門徒。他大概是年輕害臊，他又沒有拿出你的信，他找我好幾趟，定要拜我為師，說是奉你之命。我看見他的話好像不大對茬兒，我把他老兄當作你門下的叛徒了。咳咳，我真正的該罰……」轉臉向楊華，連連作揖：「世兄，世兄，恕我老悖，我太眼拙，當時我真把你當作柳老哥門下，犯了門規、離師潛逃的劣徒了。我以為你是冒著鐵蓮子的名堂，前來混蒙，哪裡曉得你們爺倆竟是翁婿？可是話又說回來，你得坦腹柳門，托福匪淺，你當日怎麼瞞起來，不告訴我呢？現在沒什麼說的，我只有贖罪的一法。我這糊塗丫頭，又三不知傷了你，我父女二罪俱發。得了，恕我個不知者不怪罪吧。我便好好地給你治傷，要治得皮膚光潔如初，不許落半點疤痕，借此以贖我父女無知冒犯的大罪，哈哈哈，哈哈哈！」

哈哈哈，迎頭堵上去，自己把「不是」解說出來了。卻是這麼一解說，玉幡桿楊華驀地鬧了個玉面通紅，煞難為情。他岳父鐵蓮子聽得直發愣，很詫異地說：「你們是怎麼回事？仲英，你多會兒會過華老哥？你們還動過手不成？是怎的還要拜老師？這是哪兒的事呀？」柳葉青也很覺奇怪，詰問楊華：「華伯父說的什麼？我怎麼一點不懂？你什麼時候到過山陽？」

總而言之，玉幡桿楊華自己逃婚出走，因而一路上丟人出醜，像這些事，不一而足。他都咽在肚裡，沒對岳父和愛妻講過，就是講，也都影影綽綽。現在卻教華風樓三方對面，硬給揭開蓋子了。楊華很不好意思，磕磕巴巴地說：「這是很早很早的話了。實在也怨我年輕冒昧，華老前輩教誨我，我是永遠不會忘的！」白腔透露不悅，眼珠直轉，盯著華老的嘴。

華風樓有些瞧科，為了對鐵蓮子多年友誼，當然不肯再窘辱他的門婿。他就衝楊華微微一笑，彼此會心，不言而喻，趕快地揭過這一篇去了。華風樓說：「來吧，我先給楊世兄起出鐵砂子來吧。幸而我身上還帶著瘍科的刀圭針砭。」教女兒掌住燈，他自己從衣底掏出護書，拿出一把很小的竹製鑷子來，又取出藥粉、藥膏、藥布。他請楊華坐下，對著燈光，很快把嵌入肉中的鐵砂摘取出來，一共三顆。然後，敷上藥膏，貼好小小的膏藥，玉幡桿楊華登時覺得臉上不疼了。一抱拳，楊華向華老說道：「謝謝華老前輩！」又轉身向摶砂女俠一拱手，也說道：「謝謝！」這一謝不啻是罵人，摶砂女俠臉通紅，剛要開口，被華老睨了一眼，不敢言語了。華老哈哈大笑，對柳老說道：「我太對不起老哥，我哪裡曉得楊世兄真是貴門下又兼令坦呢。我唯一贖罪的法子，便是好好地給治傷，楊世兄你放心，不出三日，管保平復如初，管保不疤不麻。葉青姪女，我也給你道個歉吧！」接著哈哈大笑了幾聲。

鐵蓮子柳兆鴻起初並沒有思索到：愛婿和華老曾有過舊嫌隙。並且也沒有覺察出愛女和華吟虹正鬥著新嫌怨。他到底是老江湖，只聽楊華的尖刻口吻，再看華老的乾笑神氣，他也就明白過半了。當著眾人，不好攔勸女婿，重重咳了一聲，向華老說：「老哥，他們年輕人，沒有學好能耐，先練會嘴皮子。好在老大哥跟我多年至交，再不會跟小孩子一般見識。我們還是說我們的吧……我說，老大哥，我聽說你隱居山陽，懸壺濟世，已經不出山了。如今這麼千里迢迢，遠下江南，而且帶著掌珠，你究竟有何貴幹？」

華風樓也問柳老：「老大哥，你欣得乘龍快婿，不在鎮江納福，卻攜婿帶女，遠涉長江，我也問問你，你有何貴幹呢？」

兩個老英雄互相問訊，不禁一齊捋鬚大笑了。

華老說道：「我能瞞別人，我還能瞞大哥嗎？只因你姪女也老大不小了，最近有人提道：東臺有位朋友的令郎，小人兒不錯，我要親去看看。不想路過此地，趕上峨眉七雄，欺凌孤寡，找到飛刀談五老鏢頭家，指名復仇行兇。談五兄不在了，只有長媳倪鳳姑，我又與談家有點瓜葛之親，倪鳳姑求到我，我不能不管，就跟峨眉七雄叮噹起來了。我的事就是這樣，大哥，你怎麼著？」

柳老便說道：「我嘛，更不能瞞大哥了。只因為你姪女女婿楊華，陌路援手，救了南荒大俠一塵道長，承他臨命贈劍傳書，把那把寒光劍送給小婿，又被一塵門下三鳥騙奪回去。姑爺丟下面子，老岳父不能不管，我沒有法子，只得親自出頭，打算煩個朋友，跟獅林三鳥講一講，這把劍應該誰得，就歸誰得，同是道理人，不要恃眾強奪，也不要逞能行騙啊。」

柳老說著，梁公直插言道：「柳老前輩要找獅林三鳥，可是從鎮江走魯港，豈不繞遠了？」

鐵蓮子柳兆鴻道：「誰說不繞遠呢，但是沒法子。你想，一塵已死，我怎好徑直登門討劍，好像欺負他們獅林觀似的。我打算拜託一個朋友陪同著去，給他們留一個面子，故此我奔到這裡來了。貴省銅陵地方，有一位老英雄駱祥麟，是我的老朋友，也是獅林三鳥的老交情。我打算麻煩他，替我們說說情。」

華老開言說道：「駱祥麟原來住在銅陵，我和他慕名，但沒有見過。」梁公直道：「柳老前輩要找駱祥麟嗎？聽說他現時不在銅陵了。」柳兆鴻問道：「不在銅陵，又上哪裡去了呢？我在南京，聽說他在蕪湖；到了蕪湖，聽他弟子說，他原在蕪湖，在一個人的家中閒住，兼給護院。可是最近他銅陵老家出了麻煩，被他的姪兒催回銅陵去，這話可確嗎？」

梁公直道：「這話很確，駱老前輩原住在蕪湖一個開糧店的弟子家中，那時常跟我們見面。我們請他設場授徒，他也答應了，居然招攬了七八個弟子，教得很高興。哪知他這新收弟子裡面，有一個犯個大案的劇賊，為要偷學駱老先生的壁虎功、蠍子爬牆的技業，更姓改名，化裝變容，溷跡在一般紈絝子弟群中，當時沒有被人覺察。但是光棍眼，賽夾剪，劣把頭不能充行家，行家也不能裝『劣巴』。駱老新收的門下，儘是些初學。這個劇賊，有著很精深的武學，他卻溷在群庸中裝傻。這瞞得了平常人，如何瞞得住久涉江湖的駱老……」

鐵蓮子柳兆鴻、彈指神通華風樓，一齊問道：「你說這個劇賊是誰？」

梁公直道：「就是這一點憋人，駱老用盡方法，沒有鉤稽出這小夥子的姓名來，他當時用的假名是祝紹熊。」

鐵蓮子是受過這種害的，當年他為女擇婿，曾被仇人談九峰祕遣弟子呼延生，詐入柳門，要乘機暗算柳老父女。呼延生年輕好學，頗得柳老歡心，當時的情形已瀕險境。多虧呼廷生暗暗愛上了柳葉青，不肯潛下毒手，柳老父女倖免暗算。然而柳老卻幾乎上了大當，險將他招贅為婿。這件事柳老所受打擊很大，此刻談虎變色，忙問道：「這小子什麼長相？多大年紀？可是陝西口音嗎？」又叮問道：「後來怎麼樣，老駱上當了沒有？」

梁公直道：「幸而發覺得早，沒上大當。卻是因為這個緣故，他老家裡就被竊了。大概他老人家的一本拳劍譜和些外科祕藥全被盜了，駱老猜想便是這小子干的。這小子年近二十，白淨子，細高挑，只看外表，品貌很不俗。說話是藍青官話，微帶湘鄂口音，多有人猜疑他是擎天玉虎賀錦濤。」

梁公直就說起這個劇賊偷藝的事，當時被駱老看出疑竇之後，也不點破他。他明明有很好的武藝，卻假裝初學，可是一伸手，一立足，處處露著破綻。是真不能假，是假不能真，至少這祝紹熊也有七八年的功夫。他不該自說是初入門徑，引起了人們的疑心。駱老教別人，他要偷看；駱老教他，他每每地提出拳學上許多精微疑難的竅要，請駱老給他解說。

有時候他問的拳經疑義，連駱老也答不出來。駱老很是注意他，屢次地摒人和他私談，問他的出身、出路，他堅不吐實。等到盤詰太甚，他只肯承認他是江寧府屬下的一個小縣小村的富農之子，自幼好武，未得明師。他遠道遊學，就為學會了武，可以防身護產。駱老依照他的話，託人到江寧府打聽，竟沒有這麼一家大戶，也沒有這麼一個小村。駱祥麟為此動疑，越要鉤稽他的來歷。這祝紹熊，當初是蕪湖一家糧商介紹來的。駱老托他的門人，從這一點上，溯訪祝紹熊的來路。結果，據這原薦主糧商說，雖然當初祝紹熊拜師駱門，是由他推薦，可是他和祝某素不相識。這祝某乃是糧商的同鄉，寫薦信轉薦來的。想到這封薦信，不過是舉薦一個學武的子弟，不比營商打保，所以也沒有深慮詳察，就這麼轉薦到駱門。這樣說來，駱祥麟越發動疑，這個祝紹熊簡直是來歷不明。別的弟子都在蕪湖有家有業，祝某卻住在蕪湖的江寧會館中，街面上一個熟人沒有。他自己一點正業也沒有，就這麼孤蹤寄旅。說是專為習武，遠來做客。而蕪湖這地方，又並不是什麼好武之鄉，與曹州府不同。駱老這次設場授徒，又是臨時起意，這個祝紹熊怎會從遠道得知，這麼湊巧地趕來呢？

駱老既動了疑心，遂和開糧店的弟子祕密計議。弟子勸他用好言語，謝絕了祝紹熊，駱老卻以為不妥當。究竟這個祝紹熊抱著什麼企圖來到蕪湖的；又抱著什麼心意才投入駱門？這兩點總該設法刺探明白才好。駱祥麟笑道：「我自問自己沒有什麼驚人的藝業，這個祝某若說他是綠林中人物，他何必下這麼大的苦心，來找我掏弄這點玩意來呢？我想這祝某必定另有不可告人的打算。也許他要盜取我這駱家門的門戶，在什麼地方用一用？」

原來駱老此刻的心情又是駭怪，又沾沾自喜。有人找他偷招，這是他引以為榮的；可是偷招就是盜用牌匾，那就可怕得很了。因為他極想探出祝某的真情來，然後再用好言語，把他善遣走。

自此，駱老每每摒人，叫到祝紹熊和他密談，用種種的話試探。這樣一逗弄，祝紹熊不是傻子，察覺出來了。

同時，駱老既對祝紹熊存了戒心，等到傳授技藝，就不知不覺把拳招訣要藏起來了，再不肯真心實意地教導，只耍嘴皮子，不肯傳授真本領。這樣一作弄，祝紹熊立刻又覺出來了，心中自然起了變化。

師生二人鉤心鬥角，祝紹熊暗暗含怒，漸漸生怨，終於深深地啣恨駱老。於是到了最後，在蕪湖的江寧會館，忽然來了兩個異樣的人，江湖打扮，江北口音，神情很尷尬，向會館中的執事人打聽祝紹熊這個人。可是說的姓名不對，年貌很符，他們打聽是姓賀的，長身量，細高挑，湘鄂口音，活脫是祝紹熊。會館中的司事因為他們問的姓名不符，就回答說，這裡沒有這個人。這兩個江湖漢子轉身走了。就在這一天，祝紹熊突然不辭而別。他住的那間房子也被人打開窗戶，翻得屋中很亂，會館中登時喧嚷出來。

駱門師徒一聽這話，早已留上他的神，立刻派人到會館去打聽，並到屋中窺看。鋪蓋行李一樣不少，只是翻得亂七八糟。那兩個江湖漢子也沒有再來，可是祝紹熊也從此沒了影。

因此有人疑心他大概是躲了，找他來的，大半是仇人。他也許遇上對頭，暫時離開蕪湖了；也許被那兩個江湖漢子殺死在郊外。駱祥麟得了回報，仍不放心，又託人疏通，親自來到會館，重新搜查。會館中所有祝紹熊的衣物件件細檢，卻是片紙隻字沒有，察不出一點疑痕來。祝紹熊就這麼忽然而來，忽然不見了。

駱祥麟和門弟子方在嘖嘖稱怪。也有人說，或者我們錯疑了他，他也許是個良民富戶，是躲避仇人的，現在終被仇人尋著，一手不敵二手，大概慘死了。然而這都是亂猜。沒出旬日，駱老的家鄉來人了，駱老的姪兒來找叔父，說是駱老的老家裡三日前突然被盜！

駱老大驚。因為他在江南是老拳師了，以他的威望，靠他的人緣，有名的江湖人物不肯偷他，無名的綠林小賊不敢惹他，而現在想不到出了這種事！況且家中還有駱老的女兒，也粗通武術，怎的會丟了東西呢？

駱老忙問姪兒，姪兒說：「衣物全沒丟，只丟了駱老半生所掙的五只元寶和駱老妻女的一小箱首飾。駱家的房地契沒丟，而駱老世襲珍藏的拳譜抄本好幾部全丟了。」

駱老聽了，登時大悟，一頓足，一瞪眼，一捋鬍子，一咬牙，罵道：「得，我栽了！」駱老就這樣匆匆地離開了蕪湖，奔回銅陵老家，踏訪到別處。就在這個亂糟的時候，鐵蓮子柳兆鴻攜婿帶女，千里迢迢尋找駱祥麟來了。

當下，蕪湖梁公直把駱祥麟最近遭逢的事告訴了柳老。柳老這才明白，在蕪湖初訪駱門弟子時，怪不得他吞吞吐吐，原來是為尊者諱，以為他老師是鼎鼎大名的老英雄，竟遇盜竊，故此瞞住真相，沒肯告訴柳老。梁公直是局外人，可就滿不介意，全給抖摟出來了。

梁公直又說：「駱祥麟自己講，他家中被盜，定是那個祝紹熊干的，祝紹熊一定是個避仇避案的劇賊。祝紹熊屢向駱老請教壁虎游牆功，駱老一味打岔，暫不肯教，所以才招出祝紹熊的怨恨來。那尋到會館的兩個江湖漢子，據駱老推測，許是祝某的仇人，也許是訪拿祝某的官府捕快。只可惜駱老僅僅從會館司事口中間接聽來，那兩個漢子究竟是怎樣的人物，未經目睹，也就沒法推測。但不管怎麼，二人才到，祝某失蹤，祝某定是躲避二人，斷無可疑。推想起來，姓祝的小子臨走不歇心，才跑到駱老家中，狠狠地偷了這樣一下子。至於駱老的家鄉，本不瞞人，祝某一定是從駱老別個徒弟口中打聽出來。

梁公直說吧，彈指神通華風樓也聽怔了，因想到自己當年拒收楊華一事，不禁得意。這時候可就衝著楊華一笑道：「收徒可不是小事，一點也大意不得。當初駱老只要小心一點，也不致於受這祝某的害。這個姓祝的究竟是誰呢？」

梁公直道：「祝紹熊三個字，當然是假名。據會館司事說，那兩個江湖漢子曾經說出姓名來，不過司事隨聽隨忘了，只記得一個姓，說是姓賀。駱老也猜了半天，沒有猜出來。」

華風樓和柳兆鴻一齊猜想道：「姓賀，是湘鄂口音，細腰扎背，是個細高挑。梁仁兄，你可知這個傢伙素常使用什麼兵器？」

梁公直道：「用刀。」

華、柳二老不禁全笑了，說道：「這可不好猜。」

梁公直也不由笑了，忙找補道：「用的是鋸齒雙刀。」

華、柳二老道：「哦，鋸齒雙刀！這又是何等人物呢？」

這時候，玉幡桿楊華、多臂石振英，聽梁公直說的這個偷藝人物，兩人都似乎恍然若有所悟，若有所見。長身細腰，白面劍眉，姓賀，使鋸齒雙刀？

玉幡桿楊華想起當年在紅花埠，路遇拜兄蕭承澤，搭救宦家小姐李映霞，夜攻菜園子，雙鬥群賊，運連珠彈丸，飛打噴火筒，其中便有這麼一個賊人，使著鋸齒雙刀。因為這個人風度俊雅，所使兵器又不尋常。玉幡桿至今記得他。當時賊人也曾報出字號來，可惜當時匆忙，到現在早不記得了。

多臂石振英卻記得一個少年飛行劇賊，名字正叫擎天玉虎賀錦濤。這個賀玉虎確是使鋸齒雙刀的，身量的確比常人高，為人很漂亮，卻是很歹毒。石振英自己猜疑著，以為事不關己，也就默然緘口。現在他心中結記著他的義姪兼弟子的陳元照，他打算求梁公直幫他出去找一找。梁公直正對柳兆鴻大談駱祥麟，他不好意思邀梁公直出來，便自己悄悄地退出屋外，徑去尋找那被擒含愧、掙斷綁繩、乘亂逃走的陳元照。

這裡，華、柳二老各述己事，彼此歡然。只是華老還是忙得很，他為了保護魯港談五的遺族，必須繼續搜查峨眉七雄的下落。鐵蓮子為了索討寒光劍，也要轉赴銅陵，尋找說合人駱祥麟。梁公直雖說駱老遭逢膩事，未必在家，按理也當登門一拜。華、柳二老盤桓了一日，終於匆匆握別，各奔前程。為了玉幡桿楊華臉上的傷，彈指神通很抱歉，特意留贈了一些藥。

鐵蓮子柳兆鴻便率婿女，策馬揚鞭，西趨銅陵訪友。彈指神通華雨蒼父女，就由荻港，趕緊折回魯港，重新布置了搜查網，水旱兩路尋仇。

武林人物就被這恩怨仇友的感情支配著，東投西奔，著急發愁！

獅林群鳥大舉北上

銅陵這地方，也是江南中部一個要緊碼頭，在長江南岸，順流而下，便到江西行省。縣境以南有一座銅官山（本當作銅礦），早年產銅，現在銅山已空。老拳師駱祥麟便住在銅官山北麓小村中。鐵蓮子父女翁婿，策三騎，沿江往西南行，緊趕了一整天，然後到達銅陵縣城。天色已晚，只好進城落店，次早跨上征鞍，徑訪銅官山麓。

出得城郊，往南走了十幾里地，山峰在望，山村當前。這北麓村，是小小的一座山村，昔日住戶往往掘銅鑄器，販賣到四方，現下大都務農為業。只有駱祥麟這一戶，是常常出門在外的人家，並且擁田也稍多，雖非首戶，卻是本村出名的人物。鐵蓮子一行進村下馬，頓覺這小小山村，負山面江，竹林環植，山岩嵯峨，頗有幽人隱居的氣象。鐵蓮子不禁嘆道：「駱老頭子倒會找地方，這個地方景緻還不惡！」

柳兆鴻直尋到村裡，問明門戶，上前叩門，楊、柳夫妻在旁管住了馬。竹籬疏落，直窺到院內。小小三合房，從正房中走出來一個鄉下打扮的青年姑娘，年約十八九歲，細長身材，秀眉朗目，櫻桃小嘴，穿著半舊的布衣裙，面含憂鬱，徐徐走出來。柳葉青悄聲告訴丈夫楊華：「這大概是駱老伯的女兒，聽說也是個會家子，怎麼這個神氣？」籬障內的姑娘望見三個騎客，男女老少顯似親眷，卻是全不認識。本要過來開門，她凝眸一望，略露詫容，又轉身走進屋裡了。鐵蓮子忙大聲叫著駱老的名號，一面自行報名：「祥麟大哥，小弟是柳兆鴻，由打鎮江專誠拜訪來的！」

這樣說了，立刻又從正房中，走出來一個中年婦人，大約四十來歲，和那年輕姑娘，一同來到竹扉前，隔著門盤問找誰。柳兆鴻重新報了一回名，說明來意，指著婿女，一一介紹了。那中年婦人露出思索的神色，彷彿不曉得這戶親友，疑疑慮慮地還在盤潔。年輕的姑娘卻想起來了，向那婦人附耳低言，說了幾句話，又指了指柳葉青。中年婦人這才恍然，說道：「吆，原來是鐵蓮子柳伯伯，這位可是令嬡江東女俠柳葉青賢姪女嗎？恕我眼拙，快請進來吧。」

大姑娘強作笑靨，用左手開了竹扉，側身往裡讓客。中年婦人喊出一個村童來，給客人照管這三匹馬。玉幡桿楊華從馬鞍上把帶來的土儀禮物取下來，柳葉青跟著父親，走進院來。

她暗暗地留神，竟發覺這年輕的姑娘不但玉面含悲，而且臂上分明像受了刃傷。外面穿著寬袖衣裳，不大看得出來，裡面一定用布包纏著呢，舉動不便，顯見有護疼的樣子。柳葉青心上有點明白了。

當下，中年婦女和這少女滿面堆歡，讓客到堂屋。一度寒暄問話，方知這婦人便是駱老續娶不久的繼室（是個老處女），這年輕姑娘便是駱老膝下唯一的愛女，名字叫駱青桐，今年才十七歲，她的哥哥駱青華在外保鏢為業。

鐵蓮子柳兆鴻和婿女跟宅主婦周旋了幾句，獻上土儀之後，立即動問老友駱祥麟現在哪裡？駱奶奶回答說：「老當家的一回家就忙，這一次趕上我們這裡鬧賊，他才回來，就忙著出去踏訪。」鐵蓮子道：

「我在蕪湖只聽說府上鬧賊，不知都丟了些什麼？」
駱奶奶還沒回答，姑娘駱青桐恨恨地接聲道：「我們娘倆的首飾，和我哥哥一點存項，都教賊子給算計去了。這惡賊太可恨，臨走竟敢動手傷人。」一抬右臂道：「右臂上被賊子打了一鏢，才算是把我爹爹的一點心血保全住了。爹爹回來，還埋怨我，不該跟賊交手。」說時露出委屈的聲調。又打量柳葉青道：「我聽說柳姐姐的功夫很好，我太不濟了。爹爹時常不在家，想學本領，總沒機會，所以吃了虧。」
柳兆鴻道：「原來賊人竟敢動刃傷事主，真太可恨了。不知我們駱大哥訪出眉目來沒有？」駱奶奶道：「說不上來呢，他回到家來，就整天出門。偏偏他不回家，也沒人找；他才一到家，立刻這個人來找他，那個人來找他。我們也不曉得他的朋友怎麼得著的信，也不曉得他的朋友怎的那麼多。」
柳兆鴻聽了，微微失笑。
駱奶奶好像不理會，仍然嘮叨著說：「找他的人也怪，山南的、海北的、在家的、出外的、和尚、老道，我也說不清。就在前兒個，又來了一夥子出家人……」
鐵蓮子笑道：「我們駱大哥仍是武林前輩，交遊廣闊，的確是三百六十行，哪一行都有他的朋友。大嫂說這出家人，是和尚還是老道？」
駱奶奶說：「是老道，是年紀不大的兩個老道，還有一個在家人。也不知道是什麼事，找到我們老當家的，就像孝子報喪似的，一進門就是磕頭，跟著鬼鬼祟祟地議論起來，好像要找誰尋仇，求我們老當家的幫忙。」
鐵蓮子柳兆鴻便問：「大嫂，可知道這老道的姓名嗎？是什麼廟的？」

駱奶奶仰著臉想，但想不起來。她乃是駱老的繼室，新過門不久，駱老生平的事，她是一點摸不著頭緒的。鐵蓮子也看出來了，忙轉問駱姑娘：「大姑娘可知道嗎？」

駱青桐道：「知道，就是雲南獅林觀的謝黃鶴、耿白雁。」

柳兆鴻道：「哦！獅林三鳥，他們師兄弟已經到這裡來了？那個在家人可又是誰？」

駱青桐道：「就是尹鴻圖，他們同門三人，還帶了好些道友，一齊來了，是前天到銅陵的。一到此地，就來拜訪家父，還打聽許多事，還拜託許多事，家父義不容辭，就跟他們去了。」

柳老忙問：「賢姪女可知他們打聽何事？拜託何事？」

駱青桐道：「柳伯父原來不知道嗎？他們獅林觀的老當家的一塵道長，在老河口教仇人暗算毒死了。他們獅林三鳥特意出來起靈尋仇，他們的仇家已經訪實，據說是什麼峨眉七雄和四川的什麼祕幫，聽說恰巧趕到我們江南省來了。獅林三鳥緊追著後腳印，也趕了過來，可是一入我們江南境，就追不著了，不知峨眉七雄跑到哪裡去了。獅林三鳥因為家父是本地人，地理熟，所以登門來請幫忙，好搜拿峨眉七雄。我父親按說自己也正忙著，實在沒工夫幫他們的忙。無奈一塵師伯跟家父是那樣的生死患難交情，謝黃鶴大師兄又給家父下了一跪，沒法子，由打昨天起，家父就跟他們尋訪峨眉七雄去了。把自己家失盜的事反倒放下，交給別人代訪，你說這有什麼法子？家父剛走，伯父就光臨到舍下來了，不知伯父要找家父，又有什麼事情商量呢？」

這駱青桐姑娘說話很是直爽，一口氣全講出來。鐵蓮子和柳葉青父女猝出不意，又驚又喜道：「獅林三鳥全上這裡來了，我們省得遠奔雲南了。大姑娘，他們全在銅陵嗎？」

駱青桐道：「他們昨天還在銅陵縣城，今天也許沒離開。」

柳兆鴻道：「呵呵，這可巧得很。」對婿女說：「省了我們一趟！」又對駱青桐說：「你父親跟他們在一塊嗎？」

駱青桐道：「大概是的。」

柳葉青、玉幡桿楊華這時喜歡得坐不住了，恨不得立刻告辭，重返銅陵縣城，去找獅林三鳥。鐵蓮子不肯失禮，照樣和駱青桐母女談話。不等著重問，慢慢地把自己來意說出：「賢姪女，不瞞你說，我找你父親來，是為了一點閒事，要跟獅林三鳥打對頭。可是我跟一塵雖然認識，跟三鳥卻從來慕名，沒有見過面。我們不遠而來，就是要煩令尊陪我們到雲南獅林觀走一趟，和三鳥商量一件事。現在好了，真是踏破鐵鞋沒處尋，得來全不費工夫。大嫂、大姑娘，我們只好暫且告辭，先返回銅陵，面見我們駱大哥，求他從中引見，會一會獅林三鳥。只不曉得駱大哥在縣城哪個店房？青桐賢姪女，你能陪我們進城麼？我們有馬，可以給你騎，賢姪女會騎馬嗎？」

駱青桐臉兒一紅道：「我不會騎馬，怎麼，柳姐姐一定會騎馬的了。」柳葉青道：「我也不會騎，不過瞎胡鬧，走路圖方便罷了，妹妹可以慢慢試著騎。妹妹多費心吧，你給我們領一趟道；若不然，怕我們找不著駱伯父，一錯過機會，又麻煩了。」

柳氏父女這樣說，駱青桐很有難色，和她的繼母低聲商量了一會兒，很抱歉地對柳老講：「我們這裡正鬧賊，姪女實在離不開身。這麼辦吧，我把我們本家三哥找來，就教他領伯父、姐姐、姐丈去一趟。」

柳老笑道：「也好，倒給你們添麻煩了。」駱青桐立刻喊來那個村童，叫村童到本村尋找本家三哥，並借一匹牲口來代步。過了不大工夫，有一個鄉下壯漢牽著一頭毛驢，跟隨村童來了。這便是駱老的同族姪子，名叫駱青山。

鐵蓮子看這駱青山，重眉毛，大眼睛，是南方人，卻有北方人體格，神情帶著傻氣。駱青山一進門便問：「大娘，大妹妹，叫我什麼事？」駱青桐把柳氏父女給引見了，代為說明來意，叫他引路進城。駱青山把柳老父女翁婿打量了一下，忽然搖頭說：「我不去，大妹妹你陪了去吧，我給你看家。」駱青桐姑娘說：「這怎麼講？三哥不要拿捏人，我去不是不行，無奈我不會騎牲口……」駱青山把眼一瞪道：「什麼，你不會騎牲口？罵那個會騎牲口的？你只是不會騎金頭木老鴉罷了，這頭小驢你騎著正好。大妹妹不要裝傻，趁早你陪了客去。我不去，我是不陪女客的。」這個鄉下人犯了死心眼，把駱青桐鬧得臉通紅。柳葉青笑著過來央求道：「這位大哥不肯去，好妹妹，還是你陪我們辛苦一趟吧。你會騎牲口，你還瞞著我們做什麼？」

駱青桐衝著駱青山豎眼睛發嗔，駱青山做出傻笑來，歪著頭說：「大妹妹不過怕進城碰見『人』罷了，大姑娘騎驢有的是，別人看見了，也不會挑眼。」這個「人」字似乎另有含義。

駱青桐姑娘又愧又怒，竟一甩袖子，進了內屋，口中說：「娘，您聽聽，三哥滿嘴噴糞！」駱青山笑道：「我沒說犯歹的活，怎叫噴糞！」駱奶奶把臉一沉道：「老三，你妹子正有著膩事，你當著生人，還是滿口胡言亂語。你不會，拉倒；你看看，你把你妹子招哭了不是？」

原來駱青桐姑娘賭氣進屋，真躺在床上掉淚了。柳葉青自是納悶，她卻不曉得這裡面有文章。這是最近發生的事，駱青桐姑娘騎驢進城，遇上了歹人盯梢，仗她手底下有兩招，把歹人打傷。當時哄傳開了，「漂亮大姑娘打了流氓」，形容得稍涉輕薄，被駱青桐未過門的女婿知道了。女婿正是年輕人，又被同窗學友所取笑，險些鬧出退婚解聘的笑柄。駱青桐為了這事，差一點被激迫得尋了短見。這個駱青山是有名的半膘子，不管不顧取笑，果然惹得駱姑娘真生了氣，駱奶奶也真發了怒。駱青山這才一縮脖子，連說：「大娘別著急，大妹妹別生氣，我去，我去。真是的，我也不知道哪來的晦氣，抓官差總抓到我身上來。」嘟嘟噥噥，衝著柳氏父女一齜牙說道：「走吧。」

柳氏父女翁婿告辭出來，剛要上馬，駱青山牽了驢，也正要上驢，駱青桐姑娘忽然追出來，把駱青山一推，怒說：「不用你去，當是這非你不可呢。柳伯父，還是我領您老和姐姐、姐夫去吧。」又對駱奶奶說：「娘看家吧，還是我去，就便把爹爹邀回來。」

這樣子慪著氣，到底還是駱青桐姑娘當先策驢引路。她此時也沒有更衣，只罩上一件衫子，繫上一條裙子，卻帶了一柄青鋼短劍，插在小巧的綠鯊魚皮鞘上，另外一隻錦囊，內貯暗器。緣因最近鬧賊，故此帶著武器。

這個少女含著嗔怒，引鐵蓮子和楊、柳夫婦，進銅陵縣城，去到一家客店找駱祥麟。

在這裡，鐵蓮子翁婿果然遇上了獅林三鳥那為首的一人，就是一塵大俠慘斃後，獅林觀新推定的掌院黃鶴謝道長，也就是一塵大俠掌門戶的大弟子、獅林觀第三代的傳人。偏偏駱祥麟先走了一步，致使鐵蓮子柳兆鴻單單和謝黃鶴見面。見了面，為了那柄青鏑寒光劍，二人登時言語失和，當面爭執起來，彼此負氣不相下，連一個說和勸解的人也沒有，頓時變成僵局。

偏偏謝黃鶴這人臉熱口訥，既不如他三師弟耿白雁的利口善辯，又不如他二師弟尹鴻圖的武功超卓。當時他先和玉幡桿楊華、柳葉青夫妻吵了一頓，氣得直打戰，乾著急，抬不過人家嘴多。跟著又和鐵蓮子說翻了腔，被人家拿話茬繞了又繞，擠而又擠，終不免「人頭換劍」，拱手獻出那把青鏑寒光劍，大惹同門之忿。獅林三鳥竟由此和鐵蓮子翁婿反顏成仇。

武林中人最重恩怨，最講究報怨復仇。獅林三鳥為了他們的宗師一塵道長，遇仇慘死，他們特先奔到鄂北豫西的老河口。就在老河口，威逼利誘，追究出一塵的死因和仇家的蹤跡，他們大舉地搜緝仇人，正和峨眉七雄找尋飛刀談五一樣。

獅林三鳥喬裝出現在老河口，事情已在數月前。那時節，楊、柳正在新婚男歡女愛之時，獅林三鳥卻在痛哭流涕，要給亡師復仇，發下重誓。

一塵道長遇難的地方是在老河口福聚客棧附近，殞命就在店內十六號房。獅林三鳥為了移靈骨、勘死因，一直奔尋到福聚客棧，向店主盤問真相。店主怕事，言多支吾。直等到尹鴻圖拔出劍來，拍桌子大鬧，他方才吐露實話。偏偏越是怕事的人，專遇上可怕的人、可怕的事。在群鳥未來之先，在一塵既死下葬後，十數天之中，早有幾個異樣的人物找到福聚客棧，很詭祕地鬧過一大陣了。

福聚客棧的店主東是個五十多歲的胖漢，叫做葛胖子，為人極狡猾難鬥，卻又膽小最怕事。上天故意跟他搗蛋，所以偏在他店中發生客人仇殺的兇案。而且是客人中毒受傷之後，仇家仍然不依不饒，躥房越脊，前來窺伺行刺。結果客人一塵道長毒發身死，屍體青紫，口鼻冒血。店東葛胖子好生害怕，恨不得把垂死的客人硬逐出店外。幸而玉幡桿楊華恰巧在場，仗他熱腸俠骨，援手陌路，替一塵禦侮求藥，運連珠彈，逐走了刺客，雖然無救於一死，終使一塵得在店房木榻上安然嚥氣，楊華又跟店主大費唇舌，擔著私埋人命的罪責，把一塵草草殮埋。又怕仇人尋來，毀屍盜首，未敢公然購買棺木，只用木床的薄板，現造了一具薄材，乘夜悄悄埋在店後竹林邊，連墳頭也不敢起，鋪得平平的，上壓一塊巨石，做了暗記，繪了塋圖。一個轟轟烈烈威鎮南荒的一塵大俠，就這樣草草終場，而且仍有後患！

那店家葛胖子怕打私埋人命的官司，又捨不得錢報官請驗，他便訛住了楊華。軟語央求，立逼楊華給他立了一個筆據：算是同道的客人，半路病亡，由夥伴出資浮厝，與店家無干。店家拿著這個憑據，這才放心把楊華放走。楊華就遠奔青苔關獅林下院，給三鳥送遺囑，傳遺言。這才發生了遺囑筆跡可疑，道侶設謀騙奪寒光劍的糾葛。

當時那福聚客棧的葛胖子，先硬後軟，苦求死磨，把私埋人命的全副擔子都丟給楊華。他又獲得楊華親筆按過手模的字據，做得既很機密，又有把握，料想不會再生枝節了。哪曉得人死下葬，剛剛過了十五六天，便來了兩個異樣人物，前來盤詰一塵道人的下落：「人若在，現在何處？人已死，現埋何方？」口氣半官半私，來勢洶洶，簡直不實說不行。店東葛胖子緊咬牙關，矢不承認有這麼一個人，更不承認有這麼一回事。無奈來人窮究嚴詰，不得實底不休，直麻煩了一整天、一整夜，威迫之外，便拿利誘。葛胖子看出這件事，空口不能搪塞了，只得微微透露出一點口風。先說出確有個道人死在店房附近，跟著略略點明，有一個姓楊的，是死去道人的同伴，是這姓楊的把人埋在此地，地點不很詳細，姓楊的可是撲奔青苔關去了。又說這個姓楊的名叫楊硯青，隨後又說出是什麼長相、哪地方口音。店主這麼繞著圈子說，點到為止，不肯鑿實了講，只教對方揣情會意，極力躲避明說直答。那兩個異樣的人聽了這樣模稜的話，似乎已經很滿意。到底是光棍一點就透，兩人反倒安慰店主：「話出你口，言入我耳，咱們彼此誰也不要說出來。我們只當沒問過你，你也只當我們沒來過。咱們揭過這一篇去，最好不過，倘再有人來找你打聽我們，你也千萬不要說實話，說了對你有害。」又特別叮嚀了一句：「這是件仇殺案子，和尚老道，我們全管不著。我們的來意，只是訪問你說的那個姓楊的，我們是找他的，我們跟他有點說處。」說罷，向店東拱了拱手，驀然走了。

這兩個人言語氣派，舉動形色，處處帶著神祕的意味。店東擔了好幾天心，卻幸無事，方才把一塊石頭放落在地。他所怕的是私埋人命的案子，傳騰出來，免不了打詿誤官司。這兩個異樣人物，究竟抱著什麼目的來的，他並不理論，他也不想刺探。店東一股子私心，已太漠視楊華諄囑的話，這一來哪知倒給自己找來麻煩！隔過數日，店後林中，突在半夜間，發現了憧憧人影，夾雜狗吠聲。事後驗看，土翻石移，情形很不妙！隔過數月，獅林觀的三鳥猝然成群地趕來了，找這個，問那個，頭一個要找的，自然還是這個膽小的店主！

獅林觀一塵道長的門弟子，武功精強，能夠獨當一面的，是一共七個人。為首的便是赫赫有名的獅林三鳥，大弟子謝秋野，號稱黃鶴；三弟子耿秋原，號稱白雁，他們倆全是出家人。唯有二弟子尹鴻圖，乃是一塵心愛的弟子，反而是個俗家人，為種種關係，不能蓄髮修道。若論武功，尹鴻圖可以說已獲得一塵的衣鉢真傳。只是獅林觀師徒授受，並不是以武功分優劣，乃是以入門先後為次序的，所以黃鶴謝秋野得以入門最早，成為獅林掌門的大弟子。論起藝業來，實在是二弟子尹鴻圖位居第一，三弟子耿白雁居第二，謝黃鶴只能算第三人。

除了三鳥以外，一塵門下，還有四弟子祝山農、五弟子胡山巢、六弟子顧山桐、七弟子戴山松，還有一個寄名女弟子杜鵑娘。一塵道人不但擁有這些武功超卓的門人，手下還有許多黨羽，在南荒祕密地做著一些活動。仗著一塵本領出群，又且肝膽照人，遂在雲南蔚成一部分勢力，使江南上人物每提起一塵和獅林觀，便人人咋舌，真個是威震南荒。最近一塵道人正派遣弟子到廣東做一種機密勾當，忽然間，聽說他的四弟子祝山農如何如何行為不檢，一塵不禁震怒。一塵道人的心愛弟子只有三鳥，祝山農以下四個人，在江湖上被稱為獅林四木。現在一塵道長忽聽人說：這獅林四木的第一木祝山農違犯了門規，竟與一個女賊訂了嚙臂盟，觸犯了愛慾之戒，一塵不由大怒。不管江湖傳言是真是假，他必須親自查看一下。遂丟下一切要事，親自出發北上，結果，弟子的劣跡還沒查實，他本人不幸在老河口逢仇遇害了。

白雁耿秋原首先獲得一塵慘死的凶信，根據玉幡杆楊華傳來的遺書，立刻發出獅林赤銅符，通知散在西南的各同門，一齊奔赴青苔關聚會。遂將玉幡杆楊華受遺獲劍、遠道報信、筆跡可疑、設計扣劍的情事，一一向大師兄報告。大師兄謝秋野聽了，毫未入耳。大師兄全部精神都集注在先師慘死這一點上，他們忙著起靈，尋仇。於是立刻由青苔關出發，獅林觀的門弟子和黨羽差不多三停出發了一停，只有長一輩的人留在雲南本觀。三鳥四木都參加移靈，卻是四弟子祝山農居然沒有到場，大家不知他上哪裡去了。大家因此對於他越增疑猜，簡直把祝山農的犯規的罪名，無形中斷定了。獅林三鳥四木，決計一面尋仇，一面還要調查祝山農。因為先師是由於祝山農的緣故才落到慘死，大眾對他當然起了很深的誤會。

這一群鳥，大舉北上，來到了老河山。

開墳悲失頭顱

這一天，黃昏時候，老河口的福聚客棧店主東葛胖子在櫃房端著小茶壺，銜著旱煙袋，心裡頭正在不痛快，先把一個夥計借端罵了一頓，隨後又挑剔司帳的毛病，正在沒事找事，忽然外面有人找他。他抬頭一看，來的客人是三十多歲的一個男子，生著聯翩交鎖一字眉，白淨臉膛，雙眸閃閃發光，穿一身青，腰佩短劍，手提馬鞭。葛胖子站起來，說：「誰找我？」這個客人很簡潔地說：「就是在下，葛掌櫃，請借一步說話。」葛胖子道：「你貴姓？」客人道：「我姓時，請過來，外邊談話。」

葛胖子本來不想搭理這人，不知怎的，覺得這個客人面帶殺氣，他就乖乖地跟著出來。

這個客人把葛胖子先帶到近處一個飯館，面見另外一個客人，跟著又把他帶到郊外。葛胖子忽然害了怕，要想溜走；兩個客人驀地變了臉，左邊一個，右邊一個，把他架起來，拖著就走。葛胖子大恐，要喊叫，忽然噤住了，明晃晃一把匕首，正對著他的肋下。這正是當時祕幫常玩的把戲，刀子刺入軟肋，連柄塞進去，直透心房，人只苦笑似的一咧嘴，便即氣絕，刀不拔出，殺人不沾一點血。葛胖子此時如同遇見了鬼魅一般，老老實實跟著兩個客人，直到郊外。他在路上低聲許下重重的願，兩個客人默然不答，拖著他只是往前走，往前走……終於拖到一個可怕的地方。

這一夜，葛胖子擔了許多驚，受了許多怕，又被人窮詰了一大頓，和打官司過堂訊也差不多。他只道性命不保，哪知到了三更以後，忽然沒事了，被人蒙上頭，堵上耳朵，挾在肋下，把他一直送回店房大門口。

葛胖子嚇了個半死，幸喜無事，叫開店門，一直跑到櫃房，叫了一個夥計給他做伴。店中人問他遇上什麼事了，他搖頭不答。

這樣，過了一天，葛胖子躲在店房，寸步沒有出門。店後竹林中，又在黑夜，忽然發現了幢幢人影，也夾雜一兩聲狗吠聲，也勘出土翻石移的跡象來了！挨到第三天夜晚，葛胖子忽然又失了蹤。同時還有一個夥計、一個廚司務也突然失蹤，全是在半夜被人架走。

這個夥計便是劉二，就是給一塵道人抓過藥的那個店夥。

那個廚司務便是給一塵送過開水，曾用開水壺把探店行刺的賊人打走的人。

廚司務和夥計劉二全是在店中睡得好好的，忽然聽見有人在耳畔喊叫。醒過來睜眼一看，各看見一個黑衣幕面的人物，站在他們的身邊，手裡拿著明晃晃的兵刃。劉二膽小害怕，伸脖子要喊，脖頸立刻被人掐住，頭頂上覺得重重受了一擊，耳輪轟的一響，立刻昏迷不省人事。廚司務膽子較大，一味向這黑衣人說好話，把黑衣幕面人看作夜行人物，自稱是店裡的廚子，身上沒有錢，從不敢得罪人，直央告留面子。那黑衣幕面人並不要他的錢，也不要他的命，只教他跟了走，有一點事，有幾句話，要他跟去對證一下。廚司務知道這是硬的，絕碰不得，忙穿了衣服，跟著黑衣幕面人走，竟被這人蒙上頭面，往肋下一挾，翻牆頭跳出店外。約莫奔出數里地，到了一個地方，撤去面幕，被擺布著坐在黑地上，彷彿是野外古廟，沒有燈火，黑影幢幢往來，周圍似有許多人坐著站著。隨即有人啞聲發話，警告廚司務，叫廚司務實話實說，若不說實話，小心腦袋，跟著便有一個人發問。廚司務戰戰兢兢，舉其所知，有問必答，答必詳盡。影中人似乎認為他答得不壞，很優待他，但仍不准動彈。

那一邊，夥計劉二也被照樣擺弄過來，卻是禮貌上差多了。因為他膽小，總想逃跑，又想喊救，當下，先挨了當頭一擊，背上又挨了幾拳，隨又請他吃了一個麻核桃，把嘴堵住。

趁他昏迷時，也被人挾在肋下，越牆夜奔，帶到那個地方，放在廚司務身旁。先噴他一臉冷水，容他甦醒過來，他發現自己盤膝坐在冷地上，雙手被縛，麻核桃已然掏出。一個幕面人揪著綁繩，敲打著他，警告他，問他話。問的話和廚司務的詞正是一樣，只是問的態度不同。

黑影裡，恍如過陰曹地府一樣，夥計劉二嚇得沒了魂。當然問他什麼，他乖乖地回答什麼；就是沒問他的話，他也竭誠奉告了。他只一味地哀求饒命，連說：「這裡頭沒有我。」這裡頭本來沒有他，倒不用他辯白；他一定要嘵嘵地辯白，揪他的人又拿起麻核桃來，藉以禁制他的嘮叨，他這才嚇得噤聲不語。問完了，仍不放，廚子和夥伴照舊坐在冷地上，不許動轉。黑影中，又有一人重被審問。夥計劉二一聽聲音，忽然聽出來了，這第三個挨訊問的原來是他們的東家兼掌櫃的葛胖子。

葛胖子比起廚子、夥計身分高得多，卻是更加罪孽深重了。廚子沒挨打；劉二挨了打，也不算受毒刑，只是催供時被人連用手掌拍打罷了。店東葛胖子卻是倒剪二臂，一條腿被軋槓子，臉上還挨了好些嘴巴。他所以受刑，就因為他再三地支吾、扯謊、矇騙，偏偏他扯的謊又不圓。他兩次被盤詰，一次比一次害怕，越害怕越要扯謊，越扯謊越多添了許多苦楚。

經過兩個更次的過堂刑訊，黑影中的黑衣幕面人終於把三人審完，又將三人的口供核對了一下，三占從二，大致不差。

葛胖子在飯館說的話，多半靠不住，現在全對證出來，葛胖子又挨了一頓嘴巴。於是黑影中的人一哄而散，生生把三個人丟在原地方不管了，臨行卻囑告了幾句話：「只准說遇盜綁票，不准說過堂受刑；不許妄言，不許洩漏，小心你們的頭！」

三個人全不敢動，也不敢問，更不敢互相通話。直到天色漸明，三個人面面相覷，漸漸地往四面看，四面聽，漸漸覺得四面無人監視。店東葛胖子叫廚司務給他鬆綁，劉二自己也褪了綁。一個廚子，一個夥計，攙著腫了半邊臉的店東，慢慢溜出來。果然這挨打受訊之處，是野外的一座古廟。

胖店東一回去，連氣帶嚇就病了，仍把廚子、夥計通通抱怨了一大頓。廚子和夥計沒有病，卻也直發愣，也不敢告訴人；只他兩個人湊到一處，罵店主糊塗，背著人偷偷嘀咕。

廚司務說：「這準是那個死鬼老道手下的人，我說劉二哥，你看見他們的面目了沒有？」

劉二搖頭道：「別提了，漆黑的天，叫他們整治得蒙過去了，任什麼也沒有看清。」

廚司務堅持說：「我看出人影裡頭有闊袍高冠的人，一準是道家打扮，所以一準是那個一塵道人的門徒。」

劉二仍然不肯說，他說：「一塵道人是教別人害死的，冤有頭，債有主，他們跟咱們無冤無仇，他們為什麼苦苦地收拾咱們？」

廚司務道：「人家沒有收拾咱們，只不過叫咱們把實話告訴他們，他們好藉著咱們的話做線索，去追究仇人。一開頭我就明白這一節，所以我一點也沒隱瞞，也沒說謊，他們對我很客氣。實告訴你吧，他們還給我一錠銀子呢。臨走時放在我手心裡，對我說：『你說話誠實，給你這點東西壓驚。』」

劉二聽了很吃醋，更氣恨打他的人，喃喃地說：「我也沒有扯謊，他們卻苦苦地打我；饒打了人，也不給我一點壓驚錢。」

廚司務道：「你說的話裡面一定有扯不周全的地方，教他們犯了疑心了。我卻是認定了他們是死鬼老道的門人，我就不等他們審，原原本本，一字一板，全告訴他們了。咱們東家一準是信口胡亂支吾了，所以他就受了刑，挨打比你還重。他一定說一塵道人死在店外，沒死在咱們店內，所以惹起他們的煩惡了。」

劉二和廚子此時全都猜出來了，黑衣幕面人定是慘死的一塵道長的門下，他們這一定是特來起靈了。他們一起靈，發現了屍骨已殘，故此又悲又痛又怒。第一次在飯館客客氣氣盤問店主，認為店主欺騙了他們。第二次這才連夥計帶廚子一齊架走，三方對證，細追前情。這一來，便確實訪得一塵下葬不久，先有兩個異樣人前來老河口刺探，那一定是仇人了。經過這一番刺探，然後南荒大俠一塵道長的屍體竟被仇人殘毀，盜去了他的首級，割裂了肢體，把三寸床板裝成的薄棺也給拆散！

獅林三鳥乘夜起靈，依楊華所畫的葬圖，對證著店中人的口供，在夜闌人靜時，蜂擁到店後竹林邊。到場的人，計有掌門大弟子黃鶴謝秋野、二弟子尹鴻圖、三弟子白雁耿秋原，以至於五弟子胡山巢、六弟子顧山桐、七弟子戴山松，和四個再傳弟子，還有三鳥的幾位師叔，有如赤面道士一粟道人和一瓢道人、瘋道人等等，都是一塵的師弟。至於四弟子祝山農，因行止不檢，正被查究，此時行蹤不明，自然不能到場。還有女弟子杜鵑娘，正跟隨師叔一葉道人等，前往廣南，也沒有趕來。照這樣，獅林觀的首要人等，僅僅留下少數人坐守本觀，少數人主持各下院，其餘凡是一塵嫡傳的弟子，幾乎掃數全來了。本來這是獅林觀一件大故，起靈不用多人，尋仇必須眾力。又況群徒乍聞噩耗，莫不憤激悲痛，人人爭著要北上赴難緝仇。

獅林群鳥先到青苔關，經過一番協議之後，依遺囑共推定謝黃鶴為下一代新觀主。由他抱著招魂旛，改穿喪服，佩上鎮觀之寶，便是由楊華手中奪來的那把青鏑寒光劍，立刻星夜奔來鄂北，奉安遺骨。到達老河口，由二弟子尹鴻圖捧持遺囑，由白雁捧持遺書，左右護持著掌門師兄，其餘同門相隨在後。

謝黃鶴看外表，像個四十幾歲的人，其實他已經五十二歲，面色淡黃，長身修髯，鬢髮已蒼。驟逢大故，他椎胸悲痛，幾乎要以身殉。二弟子尹鴻圖，年約四十歲，不是出家人，人極精明強幹，行事決辣，咬牙切齒，滿腔騰起怒焰，一心要給先師復仇。他卻沉住了氣，精神上絲毫不亂。三弟子白雁耿秋原見大師兄過於悲痛，在旁極力照護著，時時勸解師兄勉抑悲懷，起靈報仇為要。其餘獅林弟子，人人都悲怒交迸，一塵的師弟本來散在南荒各地，分主著廟觀，現在大家共推謝黃鶴、耿白雁、尹鴻圖三人為喪主。其餘的人全換了黑衣，一律短裝幕面，各持兵刃和發土移靈的器具。夜到三更，兩位師叔一粟道人和一瓢道人，率再傳弟子先馳赴福聚店後梭巡。然後尹鴻圖、耿白雁，左右翼護著謝黃鶴親臨葬地。首先找著那塊巨石，立即移開了，按圖勘定了埋骨的土穴。黃鶴、鴻圖、白雁，先行叩拜祭奠。五弟子胡山巢、六弟子顧山桐、七弟子戴山松，也依次叩過頭，及再傳弟子和一粟和一瓢先後祭奠。

大家全都默默行禮，忍淚無聲，景象慘淡異常。發土以後，由黃鶴跪在那裡，口誦經文，耿白雁、尹鴻圖手執孔明燈，對照葬圖，指揮再傳弟子，仔細起土尋棺。約略地點，掘下去三五尺深，未見薄棺，竟發現了碎木片。尹鴻圖跪下去，捧土細看，半晌起來，吩咐再掘下去，一直又掘出一堆土，竟沒有發掘著完整的棺木。

白雁和尹鴻圖都覺得情形不好，忙又換手，親自持鏟發土，由掘深改為掘廣。把竹林邊掘出五六丈，方才發現了盛殮亡師一塵道長的腐碎殘棺，但是棺中的遺屍竟已斷爛不可收拾，而且殘缺無法辨認。

幸而他們預備到了，忙即展開了兩匹白布，舉著孔明燈，把掘出的遺骨放在白布上面。卻是照這樣掘開五六丈，掘深八九尺，僅僅發現碎骨殘骸，破碎布條，腐朽木片，到底沒有獲得全屍。連掘了兩個更次，把東一塊西一塊殘骨對起來，四肢尚且不全，首級遍掘不見。白骨腐肉混在糞壤中，萬惡的仇人竟暗算到屍骨！

他們本來預備著，依出家人的葬法，用火焚化遺體，裝入骨瓶，奉安歸葬，然後根究仇敵。現在四肢僅僅尋齊，元首渺然不見。又且經過暑勢，葬地卑溼，骨肉成泥，殘骨不俱，幾乎無法成殮，而且又怕尋錯了！

這時候月暗星黑，風吹竹葉，沙沙作響。掌門大弟子謝黃鶴淚眼模糊，跪在亡師殘骨之旁，吞聲嗚咽，用低沉的聲音哀禱，如泣如訴，幾乎要放聲長號。三弟子耿白雁雙眸通紅，瞪視著葬穴，又瞥一瞥遺骨，神情慘厲異常。一粟、一瓢悲誦上真，何故不佑，何故加罰我們的師兄？教他罹逢這樣的慘禍？

我玉清上真莫非不許我們師兄重興基業，恢復舊時興盛嗎？嗚呼，或者是上天特命我師兄捐軀碎骨，為武林殺戒贖罪嗎？哀怨之言，說得群徒莫不落淚成聲。

二弟子尹鴻圖不是道家，他此時心頭怦怦亂跳，不住口地說：「師父，可憐！師父，可憐！師父，我們一定拿血還血，拿肉還肉。師父，師父，魂兮歸來，弟子們全在這裡接您老人家來了，你可不要教我們把你接錯了！」磕了幾個頭，禱告又禱告，站起來請問師兄弟，老師身上有什麼特具的記號，可資辨識？

獅林群俠忍痛茹悲，一齊思索。先說出形體上的特徵，如今血肉成泥，也已難辨了。大師兄謝黃鶴跟著想起師父腰間繫有一塊玉虎符，乃是漢玉，大拇指上有銅箭環，雖不常帶，必在身邊。一粟和一瓢也想了半晌，舉出一兩點來。獅林群鳥這才忍哭重搜，要在黃土壤中發現一塵的遺物，藉以證實殘骨無誤。

三弟子白雁耿秋原和一粟道人，提著孔明燈，把楊華所畫的葬圖重新展開細看。端詳良久，核議一回，拿起道家的方便鏟動手再掘。尹鴻圖教一個同門替他舉著孔明燈照著，他自己爬伏在地上，細細檢視那崛起來的土。別的門人見這樣子，也都重新動手，把已經掘出來的泥土一點不剩，重新過細驗看，誠恐目力不濟，大家棄鏟用手，甚至於碎土塊都用手捻碎。但是一塵道人身上的玉虎符到底沒有尋見。又費了很久的工夫，這才在土坑中又發現了幾縷碎布和一枚古錢。尹鴻圖記得師父身邊曾有此物，忙用衣襟擦乾淨了，就孔明燈細看，確是漢五銖錢，忙又把這錢遞給大師兄看。大師兄謝黃鶴淚眼模糊，像傻了一樣，教他看，看了半晌，他只是發怔，一言不發。耿白雁很著急，站起來，湊到跟前，細細地辨認了一回；又請師叔一瓢、一粟二位鑑定。二位師叔說：「是。」

既然是一塵的遺物，那麼這些殘骨當然無可疑了。一個再傳弟子又從泥土中搜出來一根斷玉簪，交給三鳥和一瓢、一粟辨認。白雁潸然淚下，說這確是師父頭上之物。大家對這斷簪，全哭起來了。

大家只顧得傷心，尹鴻圖看了看天上星斗，催促道：「時候不早了，快把師父的遺骨收殮起來吧。」

既然由遺物鑑定了遺骨，現在就當趕緊盛殮。幸而獅林三鳥預先準備了，在老河口鎮外，停著空車一輛，車上載有空棺。謝黃鶴哭著說：「把師父入殮吧。」尹鴻圖、耿白雁齊說：「等一等。」兩個人撲到遺骨前，命再傳弟子提四盞孔明燈照著，由獅林三鳥親自下手，把殘屍設法對整。這樣一對，皮肉腑臟斷爛脫落，膏血混化為泥，不僅元首喪失，四肢碎骨也不甚全，但到此時，已無法可想。只得大致對整，用白布纏裹起來。尹鴻圖命五師弟胡山巢去到鎮外把靈車喚來，然後卸下棺木，舁屍入殮，獅林群鳥到此一齊誦經舉哀。

然後群俠共議：尋首、復仇之事大，應集全力；運靈回觀之事小，應交給一兩個高足弟子辦事。又議定：在元首未有尋回，仇人未曾捕獲之時，先師的遺骨不能火化，必須尋回首級，使亡師得以全屍全歸，使師門奇恥得以濺血滌盡，然後再舉哀火葬。至於仇人的人數、年貌、口音，有一個使用毒蒺藜的女子，有一個長身量的男子，有名叫晉生、晉才的兩個人，當楊華傳送遺囑時，耿白雁曾經仔細詢問過，當時並經筆錄下來，一塵的臨歿遺言，也都寫下了。先時已經抄尋了許多份，此刻就在亡靈之前，分發給獅林同門諸人。獅林同門一一接受了仇人年貌單，就在靈前發下重誓。

大師兄謝黃鶴過於悲戚，此時神智迷惘，遂由三師兄耿白雁幫助他發命。首派獅林三鳥，秉承兩位師叔，奔逐中原，苦搜仇家，限半年內獲得仇人主名。如何殲仇雪恥，以慰亡靈，須屆時開壇公定。大命既下，由二師兄尹鴻圖代眾跪領，發過了誓言，抹淚站起來。次命五師弟胡山巢、六師弟顧山桐火速押靈回去，但不運回雲南本觀，只運往豫鄂邊界青苔關獅林下院，暫行浮厝。胡、戴二弟子跪地領命，也行了誓言，仍要求掌門師兄准許他二人運靈事畢，再北上參加尋仇之舉。謝黃鶴答應了，二人叩頭立起來，立即押運喪車，登上程途。獅林群俠一齊哭送。

等到喪車去遠，獅林群鳥立刻大舉尋仇。

根據楊華的語錄，對證店中人的口供，作為搜尋仇人的線索。正是若要人不知，除非己莫為。峨眉七雄潛害一塵，做得何等機密？卻抵不上獅林群俠怨毒太深，苦心鉤稽，分路踏訪，到底訪出底細來了。最露破綻的一點，倒不是由於晉生、晉才兩個人名（這兩個人名其實錯了一個字，應該是健生、健才；一塵中毒神昏，當時聽訛了），反而是那個喬裝貞婦的女刺客，打在一塵身上的那兩顆毒蒺藜。

那兩顆毒蒺藜，實是四川唐大嫂祕製的獨門暗器。縱然那蒺藜上面並沒有標誌，卻是會打毒蒺藜的，當世武林中，並沒有許多人，尤其是女子會使用這種暗器的，少而又少。峨眉七雄巧設採花計，暗算一塵，陰謀行刺時，本來窺準一塵道長隻身孤行，以為七個人圍攻他一人，先下毒手，再施鏖戰，當時定可把一塵活擒生誅，殺人滅跡，人死無對證。他們算計得千停萬妥，一點破綻也不留。哪裡知道，天不從人願，半道上出現了一個逃婚出走的玉幡桿楊華，和一塵道長恰巧同店投宿。

對一塵是陌路援手，遇見了救星；對峨眉七雄，可就憑空添了一個橫身打岔的討厭鬼。一塵的性命雖沒有救下，卻是一塵的死況的遺言，統被楊華輾轉傳遞過去了。

而且，殘害一塵遺屍的那兩個異樣人物，也在福聚店露了相，年貌言談被獅林群鳥嚴訊店中人獲得了線索。獅林群鳥，以二弟子尹鴻圖、三弟子耿白雁最為英明。兩人一路推測，既知仇人是四川口音，又知毒蒺藜乃四川唐大嫂祕製的毒藥暗器，那麼仇人定是四川一路下來的了。而先師一塵當年確曾遊歷過川陝，縱然與誰結仇，現時尚不可考，單就這點線索，足可以根尋的了。

獅林群英麇集在鄂北老河口，就近先分四面，搜詢了一回，一時渺無消息；又商量一下，決計溯江入川尋仇，找唐大嫂要人。大家都去，只分兩路，且行且搜。獅林觀在武林既夙歲盛名，又與江湖上知名之士多有淵源。他們沿江打聽，分批而行，自信不久必可發現仇人的主名。

剛剛走出不多遠，掌門大師兄黃鶴謝秋野忽地作冷作燒，猝然跌倒。這個掌門大師兄傷感過甚，尤其是亡師的首級被盜，據店中人說的話，他自認為是他給耽誤的，若依師弟之意，早來起靈，或者不致如此。他悲憤感傷，竟支持不住了，以至於一陣狂熱，大發囈語，痛罵仇人，狂哭先師。白雁和尹鴻圖面面相覷，束手無策，計議了一回，與其客中求醫，不如回觀養病。只得派一個小弟子，暫時把這掌門的師兄送回青苔關療養，他們大家仍然可以往前趕路。

大家安排著，正要護送黃鶴，謝黃鶴忽然清醒些，堅絕不肯回觀。他說：「入川尋仇，無論如何，我應搶在前邊，我不該落後。」尹鴻圖、耿白雁再三勸道：「師兄有病，請暫駐青苔關，這也是很好的打算，你可以居中調度。至於入川訪仇，恍如水中撈月，乃是沒有把握的事，小弟等可以代兄服勞。等到訪得仇人主名和準確下落，我們絕不敢擅自動手殲仇，我們要留幾人盯住仇人，一定還要分出人回來送信，邀集全觀同門道友，協力擒凶，還要共同訊罪。」

謝黃鶴呻吟搖頭說：「我必須入川！」兩位師弟勸了半天，又由一瓢、一粟兩位師叔勸說著，不妨暫且留後，病若稍愈，盡可跟蹤入川；病若見重，只好用安車護回下院。黃鶴方才應允，瞪著鴻、雁二師弟說：「你兩人找著仇人，千萬不要下手，務必給我送信。」尹鴻圖、耿白雁道：「師兄，你現在是我獅林觀全觀之長。恩師已逝，我們一定秉從師兄的命誡的，師兄放心養病吧。我們分兩路訪賊，不拘哪一路，獲得消息，一定馳赴青苔關送信，師兄正好坐鎮指揮一切。」

謝黃鶴點了點頭，說：「我且在這裡歇兩天，實在不行，我再回去。」又把背後的寒光劍解下來，向尹、耿二人說：「我們要用這把寶劍，殺死仇人。我沒出息，病了，這劍你二位誰先帶上？就算是我既受先師遺命，執掌這劍；我再暫時傳給你二位，算替我推行報仇之事。」

尹鴻圖要接劍，忽想先師遺言，曾說劍不傳俗家外門，遂拒絕敢受；耿白雁因為自己現有二師兄在場，也不肯越俎承受。二人你謙我讓，師叔一粟道人說道：「你二人全不必讓，黃鶴師姪，你乃是掌門戶之人，這劍還是交你佩帶。你有病不過是一時的事，還能永遠生病嗎？你無故地傳劍做什麼？」簡直說，他認為黃鶴此舉，似有不祥之兆，很不高興地攔住了。

謝黃鶴迷迷糊糊地說：「既然如此，這劍我先帶著，二師弟、三師弟，你們誰把害師父的仇人尋著，我就把這劍讓給你們誰。」

黃鶴的話還是有點不吉。一粟道人十分不悅道：「那不行，黃鶴你病得失神了，這劍數代相傳，只給掌門弟子，你不能隨便授受。」黃鶴道：「哦，是的，我忘了。但是，我既一日承接門戶，我也可以另發遺命，現在我還是說，誰能替師父……」

一瓢道人也聽不下去了，怒道：「咳，黃鶴，你這是怎麼的？你現在有病，你不要說了！你怎麼……真是的，一塵師兄慘遭不幸，你正該聚精會神主持大事，怎麼顛倒了！」立催黃鶴躺下歇歇，教六弟子顧山桐代雇安車，要立刻打發黃鶴隨靈車回青苔關。一瓢道人皺眉對眾人說：「黃鶴驟遭大故，精神很有些失常；鴻圖、白雁二位師姪，你倆要多多偏勞一下。你們千萬不要因為他是你師兄，又掌門戶，便聽他的主意。你還看不出來麼？他病糊塗了。等他病好些，神志清明了，我們再尊重他的意見。現在還是我們打算我們的吧。」

尹鴻圖、耿白雁不禁嘆息道：「大師兄侍師最久，感恩最深，一向又是忠厚善感的人，這幾天我們早就覺出他精神不好來。不過恩師既歿，師兄繼承法嗣，我們必須處處推重他。師叔的話很對，現在這件事就依著師叔這麼辦，將來等他好了，我們再秉承他。」於是，大家把七弟子留下，教他護送抱病的掌門師兄。其餘的人一粟和尹鴻圖等為一撥，一瓢和白雁為一撥，立即分途入川。一方要遍訪西川武林名流，打聽當年一塵與何人曾結宿怨；一方就專訪四川唐大嫂的後裔，指名索要那個打毒蒺藜的女賊。

獅林群鳥翩然溯江入川，沿江歷訪江湖群豪。剛剛踏到川邊，問這個不曉得，問那個不知道。歷歷問了十幾處，陡然抓到了線索。

他們由鄂北老河口西行，一路要走旱路，越陝入川；一路走水路，要穿行巫峽。他們還沒有分途，剛剛到武當山，便聽到一樁祕聞，說是峨眉七雄最近東下尋仇，要找江西魯港鏢頭飛刀談五的後裔，算一算十五年前的血債。

獅林三鳥聽了這消息，莫不聳然心動。尹鴻圖頭一個禁不住哦了一聲，忙問：「尋什麼仇？」說這話的人是武當山少林寺的師父，名叫照空。照空回答說：「知不清。」尹鴻圖又問：「峨眉七雄可是康某等人嗎？」回答說：「老七雄聽說已經死了好幾位，這大概是後七雄。」白雁忙問：「後七雄的名字都是誰？」照空師父舉出幾個名字，竟也說不全。這和尚微笑道：「這都是武林後起之輩，我們出家人偶然聽到，如春風吹耳，實在不曾留意。」

獅林群鳥又打聽四川唐大嫂的動靜。據說四川唐大嫂早已死掉，現在是她兒媳婦唐三秀當家，因發賣毒藥，屢遭地方汙吏惡隸的騷擾，只時有綠林豪客恃勢強買祕方，不賣就搗亂，唐三秀一怒搬了家，已經離川赴陝了。

這少林寺僧照空和尚，此時還不知道一塵的死耗。一塵的慘死，只有楊華耳聞目睹，外間人十九不曉得。這照空師父既沒問，獅林群鳥要說，又嚥住了，覺得大仇未報，頗以為羞。

而且師父赫赫一世威名，竟死在無名宵小之手，臨歿又被盜去首級，真是奇恥劇痛。外人不問，獅林同門諸人竟不忍說出口外。就這樣模模糊糊和照空談了一陣，告辭下山了。這也是他們一時的失策！

他們在武當山麓重行祕議。頭一件事情是根究毒蒺藜。這仍由二師兄尹鴻圖率眾循陸路入陝，重訪四川唐三秀，教她交出那個會打毒蒺藜的女人。第二件事情便是峨眉七雄東來復仇的事。尹鴻圖和耿白雁因年齡關係，都不能深知峨眉七雄和飛刀談五結仇的細情，也不知是否與亡師之死有關。卻是亡師一塵的兩位師弟，一瓢和一粟，均曾親聞一塵的往事；而且大師兄謝黃鶴侍師年久，大概也許曉得。經彼此對證，一瓢、一粟都說，一塵生前確曾參與過峨眉派和飛刀談五的鬥爭，而且曾經仗劍解圍，以武力給他們雙方弭爭。一瓢、一粟所知僅僅如此，並不知一塵和峨眉派曾經反顏成仇。然而，僅就所知道的這一點，訪仇的事已算有了明朗的線索了。

一粟道人首先提議，勸耿白雁暫停入川，莫如還訪江西魯港。料想飛刀談五已歿，談五的子嗣現尚健在，我們尋著他，向他細問，定能獲得峨眉派的行蹤；我們由此既獲得峨眉七雄的下落，跟他們會面，定能訊出仇人的主名。獅林群鳥到這時候，還不敢斷定先師之死與峨眉派是否有關。他們想，峨眉派久居四川，耳目靈通，必能曉得一塵當年在川陝跟誰結隙的詳情。

這個主見說出之後，耿白雁還有些疑慮：這好像望風逐影，他怕撲空了，耽誤了正事。縱知先師的仇人是四川口音，怎敢斷定操川音的必是川人？又怎敢斷定：凡是川籍綠林，必為峨眉七雄所深悉？

可惜的是先師一塵已死，人死無對證，事後訪仇，本無把握，只可這樣多方摸索了。議論到歸結，三方兼顧，便是多分出一路人來，東赴魯港，問談五的後人，刺探峨眉七雄的來意和動態。大家推白雁去訪談家，白雁不肯。他要輾轉入川，打聽那叫「晉生」「晉才」的兩個人名。因為他最先聞得一塵死耗，最先開始稽訪。經多方鉤稽，他已訪明四川有個「趙晉才」，是川東有名的土豪。這幾日他又究出趙晉才有個弟兄，叫做「趙晉英」，也許「晉生」與「晉英」是一音之訛。他認為這一條線索最可採信。土豪大抵行止不軌，而亡師疾惡如仇，免不了跟他們結隙。

當下決策，尹鴻圖去陝西找唐三秀，白雁去川東找趙晉才、趙晉英。師叔一粟撤回來，去上魯港，找飛刀談五的後嗣，帶訪峨眉七雄。於是分途，於是開手，於是乎變成三路尋仇。川陝兩路全都徒勞，反惹起大糾葛。那唐三秀也不是泛泛的女流，被人堵著門來，逼獻使用毒蒺藜的女人，未免是無妄之災，莫大之羞！而那趙晉才、趙晉英，還有他們的老兄弟趙晉洪，在川東橫絕一時，都與一塵的不幸事件渺不相涉。一旦突被人找上家門，氣洶洶地指名索見，惡狠狠地徹底盤詰，好像審賊一般；而又逼他們對天鳴誓，證明近半年確不曾到過鄂北，也不曾殺害過任何人，更不曾掘墳盜墓，竊取死人頭。這也太難為情了，當然受不了，也掀起大誤會。究竟殘害一塵道長的兇手既不是什麼趙晉才或趙晉英，實在是峨眉派下的小卒喬健才、喬健生。垂死人口中的音訛，以及方音不同的傳誤，給獅林群鳥招出來偌大的是非，多惹出許多意外的仇恨！

次日天破曉，獅林群鳥就在武當山下分途。一雁一鴻分入川陝；一粟道人攜師姪戴山松和再傳弟子等徑行入皖。

由武當山下江南，迤邐千里，恰可由山麓坐小帆船，駛到谷城。上岸住一夜，再循漢水，改乘江船，順流南下，過襄陽，直抵武漢三鎮。另行換船，入長江東航，一直可達魯港。

估計行程，至少也須一個多月。一粟道人惦記著掌門師姪謝黃鶴的病，暗想他若病癒，必然追上來；他若病重，必然被送返青苔關。一粟道人就稍稍繞遠，仍走故道，奔回老河口。到了地方一打聽，方知謝黃鶴昨天剛走，果然奔青苔關去了，猜想著他的病必還沒好。一粟道人嘆息一聲，這才踏上征途，駕江舟馳抵襄陽。他本可以坐船一直地奔武漢，為了沿路還要刺探峨眉七雄的行蹤，只可逢碼頭必停。在襄陽竟勾留了兩天，遍訪當地武林人士；到宜城又勾留了兩天，也照例地訪問江湖同道。等到達武漢三鎮，更盤桓了五六天。

一粟道人這樣的走法，乃是根據線索，出於不得不然。既然是訪仇，就不得不到處稽留。卻不料他走的路，恰巧踵繼了峨眉七雄的前塵。峨眉七雄由西川東下尋仇，先在鄂北暗算了一塵，次到江南找尋飛刀談五，正正地也走的是這條水路。自出三峽，也正好循漢水，入長江，過漢口，奔魯港。只不過時日參差，一粟比峨眉七雄遲了三四個月。然而蛛絲馬跡不無形象可尋。一粟在宜城一無所得，在襄陽就訪實了峨眉七雄的消息。襄陽的武林人物，有某某兩位拳師，確曾瞥見改裝急行的峨眉派踩盤子的快手盧登，還陪著一個夥伴，在襄陽水路碼頭上，驀然露面，忽又一冒不見。

而且這快手盧登，躲躲閃閃，形跡詭祕，似畏人知，似避人見。旁的細情固然打聽不出來，就這一點已經夠了！他們峨眉派一向活動在川陝，無端地到下江來做什麼？

一粟道人乍聞此訊，不由一動。再問時，這兩位老拳師不肯多說了。然而這也無須再問，既已探明快手盧登那天是在碼頭上打聽武漢的船幫，這就暗暗指出一條明路。所以，一粟道人毫不踟躕地登上江航，直訪武漢。

江邊勘仇蹤

一粟終於到達了武漢，這武漢三鎮卻是五方雜處，江湖人物麇集的所在。更有獅林觀盟外的道侶，可做居停，可做耳目。一粟道人和戴山松等在武漢勾留了數日，越打聽消息越多，竟探得峨眉七雄在此地與長江祕密船幫有名的鐵錨幫，有了進一步的勾結。

一粟道人深深曉得祕幫人物最重義氣，最講究恩怨。他遂與獅林盟外道侶密商，自己不出面，就拜託道侶向鐵錨幫輾轉刺探，峨眉七雄現在上哪裡去了？他們抱著什麼主見出離巢穴，遠涉長江，到武漢盤桓了多久？有什麼陰謀詭計？他們是否在武昌已安下祕密的堆子窯？他們一共來了多少人？都是什麼人？一粟在武當山，從照空和尚口中，獲知峨眉七雄已非原班人物，老七雄多半凋落，如今是後七雄，後七雄的名單到底卻是哪幾位？

這卻是應有的盤詰。還有，在鉤稽時必須審慎措辭的便是峨眉七雄在武漢可曾向當地人物打聽過獅林觀？可曾打聽過飛刀談五？最要緊的，還是要立刻打聽出七雄的人名和現時的下落。

這獅林觀盟外道侶，也是武昌府一座有名道觀有職事的出家人，道號叫修樸山人。修樸山人也是武林人物，因遭大故，悲憤厭世出家，和一塵道長只慕名，未見過面，跟一瓢道人卻有過患難的交情。一粟道人登門找他，因為修樸不比他人，把要緊的事打聽完了之後，隨把實話暗暗地告訴他：一塵道長已中宵小暗算慘死。修樸聞言大駭，不禁下淚，忙追問死因，施暗算的對頭是誰？一粟道人略略說出，對頭的主名現時正在尋訪，又說出求他幫忙。修樸道人慨然答應了，等到一粟說出仇人大概就是峨眉派，修樸又不覺愕然了。跟著一粟便拜託他設法去見鐵錨幫，代訪峨眉七雄的下落，修樸可就越發面露難色了。但是他又沒有拒絕一粟的勇氣，經一粟再三情懇，到底勉強答應了。卻不肯出面，只祕密代訪。他是出家人，自覺代人尋仇，不甚合理，因此堅囑一粟，千萬不要露出他來，一粟當然答應了。

這修樸道人竟替一粟訪實了峨眉七雄現時的下落。果然是糾聚多人，潛往江南魯港，找飛刀談五的後代，算那半只胳臂、兩條性命的舊帳去了。

此外還訪了些別的消息，說是峨眉七雄跟鐵錨幫聯了手，曾經劫了一隻商船，戕害了幾條性命。據說一半為圖財，一半仍是為報仇。又訪出峨眉七雄，雖然沒有吐露和獅林觀一塵道長有仇的話，卻也像獅林群鳥一樣，曾經轉託鐵錨幫，代訪過獅林三鳥的動靜，又打聽過飛刀談五死後的遺族，究為何人，作何生理？

修樸把這些話暗暗告訴一粟。至此，一粟所得線索已多。

同時，一粟又從武漢武當派名家黃天球那裡，於縱談當代江湖人物時，無意中套弄出峨眉派喬健生、喬健才兩個人名。

這兩個人名，修樸道人其實已從鐵錨幫一個小角色口中全訪出來了。修樸一時小心，沒有說出，僅僅告訴一粟：峨眉後七雄，有姓康、姓巴、姓喬諸人，沒有舉出每個人的名字來。

然而至此已足，一粟道人把這些情報彙總起來，加以考慮：健生、健才的名字，已見於一塵遺囑，口操川音，又很相符。一粟認為「對手」已獲，此時必在魯港，更無須他求。一粟立刻修書兩封，把戴山松和再傳弟子全派出去，分兩路馳赴青苔關下院送信。教青苔關留守的同道火速派專人馳赴川陜，把一鴻一雁全數撤回，越快越好。

一粟道人信上最要緊的話，就是說：「仇人主名已得，確是峨眉七雄，現時麇集江南。峨眉支黨中，有喬健生、喬健才兩人，恐即逝者所說的晉生、晉才。凡我獅林道友務必丟開他事，放下別路，集全力下江南。」更說到仇人現與鐵錨幫合手，「人多勢眾，斷不可侮」。

一粟他把所帶來的人全數遣回送信。他自己火速地登江船，由武漢東下入皖，先到銅陵。

當此之時，獅林觀新觀主、一塵掌門大弟子黃鶴謝秋野道長，因病淹留，恰與先師遺骨，先後被送回青苔關下院。

秋野道長既抵下院，扶病祭奠亡師，暫且把遺骨浮厝起來。他感情激動，恨不得立刻病癒，便好以掌門大弟子的身分親身主持復仇大計。他痛憤自己的病，既不甘落後，尤不肯自逸。在青苔關獅林下院，恨病吃藥，只休養了幾天，便對師弟們說：「我覺得好多了！」立刻要率大家，追蹤鴻、雁二鳥西行入川。師弟師姪們一齊勸說：「當家的千萬保重！師尊的大仇必須報！可是當家的今日為一觀之主，為我黨眾望所歸，憂深責重，千萬要保重！」謝黃鶴哪裡肯聽，反倒悻悻然面泛怒容。

獅林觀的規律本嚴，弟子們不敢再勸了。黃鶴遂吩咐下院同門，一方守亡師先靈，一方執行傳達消息的事。雲南本觀遠在南荒，地太偏僻，黃鶴傳命，暫把下院作為中樞。黃鶴道長立刻背起青鏑寒光劍，帶好先師遺囑的抄本，率眾出發。

謝黃鶴出發不到十天，一粟所遣戴山松已然星夜馳回。青苔關下院留守的人把一粟的信當眾拆開一看，立刻照抄了三四份，又遣全觀道侶，分頭傳送出去。頭一個先馳報新觀主謝黃鶴；其次一方請鴻雁二鳥遄返江南；一方派撥強援，先跟戴山松入皖，追隨一粟，追訪峨眉派。其他散往別處訪仇的也都遣急足，把一粟的來信抄本投了去，教他們看事做事。如果訪獲新的線索，自然繼續往下訪；如無所獲，即速回青苔關下院聽命，或順道逕趨江南入皖。

獅林觀群俠施展夜行術，恨不得插翅橫飛，一個跟一個，沿長江，紛紛馳往江南。自然是增援的人隨戴山松先到，其次便是新觀主黃鶴謝秋野道長。秋野道長是在鄂西得著急足信，讀信甚快，立刻把他所率帶全撥的人都撤回來，只留下兩個人。一個人命他入川，給三師弟耿秋原轉送這個信；一個人命他入陝，給二師弟尹鴻圖也送這個信。獅林道侶原是祕盟中人物，彼此之間，傳遞消息最為靈通。每個人都負著傳祕訊的使命，故此活動起來，最為迅捷，所謂耳目靈，自然腳步快。四面八方，散往尋仇的獅林群鳥，都由一粟這條線索一牽一引，錯落地飛集到大江之南。新觀主黃鶴謝秋野坐了江船，星夜急趕，費了二十多天工夫，和師叔一粟道長會了面。

但是鄂豫之西和皖江之南，遙隔一二千里，獅林群鳥行蹤儘管迅速，也趕不及。黃鶴抱病，當然落後，一粟道人最為先發，等他剛一踏入皖南，峨眉七雄早已離開魯港了。

峨眉七雄在魯港欺凌孤寡，要殺飛刀談五的後人，竟倉促碰上了硬對頭，彈指神通華雨蒼父女橫來出頭。七雄被搏砂女俠的五毒砂打得頭破血出，被彈指神通夤夜登門，強獻殷勤療傷，以療傷救命市惠，挾威力強做調人，勸架逼和。峨眉七雄惹又惹不起，拼又拼不過，忍氣吞聲，潛離魯港。可是他們萬分不甘心，認定彈指神通由陝入皖，臨時幫助談門，絕不會永遠給談家做看門狗。他們咬牙切齒地說：「我們先藏起來，就算給老殺才留一個面。我們等著他，他父女反正得走開！」峨眉七雄與鐵錨幫勾結起來。鐵錨幫是長江一帶水路的一霸，峨眉七雄由鐵錨幫代做居停主人，獲得了棲身匿跡之所，避出了魯港，藏在極祕密的地方，自有鐵錨幫代做耳目。峨眉七雄遙指福元巷談家門，頓足罵道：「彈指神通華雨蒼，你能把我們怎麼樣？」

彈指神通果然幾乎沒了招，明知峨眉七雄一時潛避，實際沒走，自己替談家弭爭，反而激成隱患，越發防不勝防。這老人大怒，現在只有一條道，便是暫勸談家寡孀老弱，遷地避仇。同時彈指神通率大弟子、愛女、師姪多臂石振英、徒孫陳元照和梁公直等，在魯港附近，窮搜峨眉派的下落，徹底以武力剷除害苗。

就在這時，一方華老仗義救孤，窮搜寇仇；一方峨眉包藏禍心，潛匿無蹤；獅林觀的一粟道人和新觀主謝黃鶴，急匆匆地先後掩到了。

一粟入皖，於峨眉七雄的蹤跡，亦續有所獲。首先訪實峨眉七雄入皖的用意，確是專找魯港飛刀談五的後人，要報復隔輩的舊仇；又訪實飛刀談五早已謝世，子孫改業，個個文弱無能。只是一粟道人一向是在西南「傳教」，往北只到過豫南，對東南江湖情形不很熟悉。他雖是一塵道長的師弟，年紀卻不甚大，比起師姪謝黃鶴，還小著四五歲。一塵在江南遊俠的事跡，他也不甚清楚。因此他所得的消息並不多，他只得尋找銅陵的駱祥麟，請駱老幫忙。駱祥麟此時並沒在家，正在蕪湖做客。一粟道人既想入魯港，訪問談門，又欲赴蕪湖，面訪駱老。一個人下江南，要顧好幾面，可就孤蹤隻影，有些擺布不開了。

一粟先到魯港，略一打聽，這時賣藥郎中巴允泰親登談門，擲彈示威的話，已經傳遍了魯港。但是談家門夜月糾眾、江邊禦敵的詳情，當地的人曉得的並不多。談家在魯港憑著鄉紳地位懇求四鄰，代為守祕。一粟道人卻以一個外鄉出家人，很眼生的模樣，猝到魯港，逢人探問；又當鬧事之後，魯港鄉鄰很有義氣，竟沒有人肯把詳情告訴他，反把他當作尋仇的峨眉派了。在茶寮酒肆，打聽不出來，末後他親登談門來見，可是談門要人已經搬了家，家中只剩下二三個奴僕，不覺又碰在釘子上了。總之，一粟在魯港只訪得峨眉派尋仇不成的消息，別的一無所得。他又趕到蕪湖，駱老這時偏偏又由蕪湖折回銅陵了。一粟恰好撲空，不由得動了疑心，以為糧店的人不肯說實話，朦騙了他。他遂一怒，僕僕道路，由蕪湖，經魯港，到銅陵，潛蹤密訪，晝息夜出，經過十多天的鉤稽，峨眉七雄的確實下落雖未訪出，他居然把鐵錨幫在皖南活躍的情形大致訪明。而駱祥麟家中鬧賊的事也被他探聽出來，由此證明駱老並不是躲避不見，實在是自己有了煩心事，行蹤不準。

一粟繼續往下訪，可惜只他一個人，顧了這面，顧不了那面。終於這一天，戴山松帶著人折回來了。隨後，獅林新觀主謝黃鶴也到了。一粟道人也把鐵錨幫勾結峨眉派的頭緒訪實了。

一粟道人和謝黃鶴相會，是在銅陵附近一個小碼頭，地名叫大通鎮。獅林同門人數既已到足，立刻大舉搜訪。一粟道人把自己訪得的線索，一一都告訴了黃鶴。謝黃鶴派獅林同門，馳往無為州、黃陂湖、白蕩湖、菜子湖，踏訪鐵錨幫祕密活動的底細。黃鶴本人卻隨師叔一粟再往銅陵，入銅官山，登門拜訪駱祥麟。

獅林群英終於在銅官山和老英雄駱祥麟見了面。駱祥麟此時已經獲悉一塵道長遇仇慘死，卻不知其詳，也不知獅林觀主已易新人。駱老這時候正因誤收匪徒，家中失盜，匆匆由蕪湖奔回故鄉，查究這個長身玉立的姓賀的匪徒。猝然間，黃鶴謝秋野和一粟道人悄然登門，升堂直入，把駱老嚇了一跳。

駱祥麟和一粟道人是慕名初見，和謝黃鶴不但是舊識，而且是老同鄉。駱老年將六十歲，黃鶴年已四旬有零。武林中最講究輩分，從前兩人曾訂為忘年交。駱老跟一塵、黃鶴師徒，前後有二十年的交情，卻已十來年沒見面了。乍見黃鶴，幾乎迭面不能相識。黃鶴竟顯得如此憔悴，駱老十分詫異。他想不到黃鶴一個修真練武的人，竟比自己還帶老態，更想不到幾年未通音信，今日猝然登門來訪。

黃鶴稱駱老為老叔，給師叔一粟引見了。一粟打量這駱祥麟，氣色紅潤，白髮修髯，是個矮胖子。他的女兒駱青桐隨侍在側，他的續娶夫人藏在簾子後偷看，覺得兩個出家人闖進院內，一聲不言語，直入上房，似乎無禮。

駱祥麟看這一粟道人，四十來歲，衣履整潔，英氣十足。

彼此拱手，各稱幸會。遜座之後，駱老直叩來意，他遠不知黃鶴已升獅林觀主，殷勤說道：「秋野師父，今天多暇，又出來雲遊嗎？你可接著我的信沒有？」謝黃鶴不答，反詰道：「駱老叔，你可聽說先師下世的事嗎？」駱老淒然說道：「前三月，我在蕪湖影影綽綽聽人講過，說是死在鄂北，是受了人家的暗算。我很不相信，我託人給你寄去一封信，就是打聽此事，是直寄雲南的，難道你沒見著嗎？」

謝黃鶴道：「沒有接著，您老是什麼時候發的？」

駱祥麟屈指一算道：「大約五十多天以前，那信上就是打聽你，令師究竟在鄂北遇見什麼事？遭誰暗算？你們怎樣善後？」

黃鶴道：「老叔，弟子此來便是辦理先師的善後。老叔，先師在南荒遊俠，威名赫赫，不意竟因四師弟私行不檢，先師親自出去查究，以致在老河口，遇上仇人……」將前情細說了一遍，又道：「現在全觀公推弟子為喪主，繼掌獅林全觀，決意代師復仇。」

駱祥麟道：「仇人的主名，可曾訪實？」

黃鶴道：「已經訪實，就是我這位一粟師叔訪出來的，仇人十有八九便是峨眉七雄。」

駱祥麟駭然道：「是峨眉七雄嗎？他們真敢暗算令師嗎？」

一粟道人接言道：「駱老前輩，此事已由出家人訪而又訪，確無可疑。他們峨眉七雄，乃是糾眾大舉，要報復十五年前的舊怨，不但害了先師兄，還要根誅飛刀談五的後人。出家人現已訪明，峨眉七雄勾結鐵錨幫，最近由川邊來到貴地，在魯港福元巷談家，直接登門示威，不知怎的，談家門原是一群孀孤老弱，峨眉七雄竟碰了個硬釘子，在魯港吃了虧，突然藏起來了。是我再三尋訪，沒有訪出他們現時潛藏的地點，這也是出家人許久未到江南，人生地疏之過。我想駱老前輩在此地乃是土著，跟江南武林多有聯絡，必能……」最後還是說到奉煩代訪的話。

駱祥麟聽得直發愣，咨嗟不已道：「一塵道長，真的仙逝了，可真想不到！可惜可憐……你說什麼，教我代訪嗎？我雖然是此地土著，我也不常在江南，但是，我總能想法子……」

說著不由站起來了。黃鶴和一粟聽駱老口氣，知道他已慨允助訪仇敵，叔姪二人一齊行禮道謝。

駱老又細問了一回，忽然說道：「峨眉七雄既在飛刀談五家碰了釘子，他們乃是死對頭，我想談家一定曉得七雄的下落，你二位沒有去打聽麼？」

一粟道：「就是這一節，叫人沒法著手。魯港福元巷談五家，現時成了空宅，出家人已經去過兩次，始終沒見著談家的要緊人。他們把家眷全搬走了，本宅剩了一座空房子，只有僕人看家。還有一個姓謝的，叫謝品謙吧，是個武林壯士，我和他談過一回。他對我似乎很存疑忌，不肯說實話。」駱老道：「謝品謙，哦，我知道這人，大概是蕪湖梁公直的門人。他莫非給談家護院嗎？」一粟道：「像是看空房的人。駱老前輩如果跟他們熟識，就煩您分心，代為探問一下七雄的蹤跡。他人不知，談家利害所關，定必知道。」

駱老低頭沉吟良久道：「談家既然離開本宅，必是畏禍避仇，必是曉得峨眉七雄尚在魯港附近。二位既欲根究七雄，所謂同仇敵愾，正應該和談家合手。」黃鶴道：「弟子也這樣想，只是弟子只認識老鏢頭飛刀談五，和談五的後裔，素常沒有見過面。駱老叔可以介紹一下吧？」

駱老道：「聽說談家現在只有長媳倪鳳姑略懂武功，談五爺的次子和孫子都改業習文了。我又跟談家交情疏遠，不大好介紹。但是，令師一塵和我是多年至交，曾共患難，無論如何，替他尋仇，我是義不容辭的，我們可以大家設法。」低頭思索了一回，說道：「一粟師兄既然訪知峨眉七雄現在已和鐵錨幫勾結，又推測出他們至今沒有離開江南，那就著手搜訪，很有範圍了。第一，他們必不出江南蕪湖、安慶一帶；第二，他們必是潛藏在江濱碼頭上。我卻曉得鐵錨幫在此間活動的地界，比如我們銅陵附近吧，在獺橋湖、白蕩湖，都有他們幫子頭的下處，現在我們不妨就按照沿江碼頭訪起來。」又對黃鶴說道：「我還有點小意思，峨眉七雄若真是用暗算把令師害死，他們必然慮到一報還一報的道理。你們諸位全是道家打扮，可以不可以臨時改為俗家，以免打草驚蛇，被七雄窺破？」

謝黃鶴道：「這個……」

一粟道人為人最開通，立刻說道：「這有何不可？回頭我就改換俗裝？」又對黃鶴道：「你自幼出家，不慣俗家打扮，你可以裝一個化緣賣卜的遊方道人，出去踏訪。我便扮成一個走碼頭、賣野藥的串鈴郎中，戴山松他們也可以改一改裝。」遂向駱祥麟再三稱謝，當日商定，告別回店。次日凌晨，駱祥麟丟下了自己的私事，親到銅陵城內與獅林群英相會，即刻幫助獅林群鳥開始了搜訪。黃鶴把已派出去的人也都依著駱祥麟的主意改裝改道，仔細密訪。最要注意的，便是峨眉七雄的四川口音。

一來是「冤家路窄」，二來是此番有了準確的線索，只幾天工夫，便在白蕩湖畔，抓到了峨眉七雄的潛伏之處。卻不是獅林群英訪得巧妙，反而是峨眉七雄自己疑心生暗鬼，露出破綻，教私訪的人看穿。但在同時，私訪的人的形跡，也被七雄窺破。

獅林新觀主黃鶴謝秋野分派同門，每兩人為一撥，依照駱祥麟所指點的路線化裝進行排搜。黃鶴本人同著駱祥麟，由銅官山麓，先到銅陵縣臨江碼頭。碼頭上有鐵錨幫的密窟，謝黃鶴親自勘訪，一連兩天，晝訪夜探，居然查出鐵錨幫作奸犯科，確係行為不軌，卻是窩藏峨眉派的痕跡迄未證實。黃鶴道長正在著急，那另一撥，一粟道人和戴山松，渡江北訪白蕩湖，居然碰上了硬對頭。一粟道人和戴山松全都改了裝，戴山松扮作小販，一粟道人扮作賣野藥的郎中，兩個人一前一後，假做沒關係，卻暗暗互相關照著，沿白蕩湖濱開始勘訪起。只訪了一天的工夫，便把駱祥麟所指點的鐵錨幫最大的幫子窯尋著了。

鐵錨幫這一座密窟，地點很僻，內中局面，比銅陵碼頭那一座更大。這密窟設在白蕩湖西岸漁村之內，是很大的一所宅院，有樓有廈，前後三十多間房。房主人姓姜名海青，年約五旬，是此地人，擁著慶字號四艘江船。他在當地堪稱富戶，在外面也算是紳董；暗中卻是鐵錨幫的二舵主，在江南水路上稱雄爭霸。他卻只有暗中主持船幫，並不露面，也不露名，因此外間很有些人摸不清他的底細。那銅陵碼頭上的密窟，乃是這姜舵主的大徒弟虞百城主持著，兩處實是一事。峨眉七雄第三人虎爪唐林和鐵錨幫大舵主有交情。大舵主名叫顧鑑庭，他的幫子窯設在武漢三鎮。峨眉七雄齊下江南尋仇時，曾由虎爪唐林面見顧鑑庭，請他幫忙。顧鑑庭和峨眉老七雄共過事，當然義不容辭，特意發下船幫密柬，囑咐沿江同幫，暗中照應峨眉七雄。峨眉七雄被彈指神通華風樓趕逐得走投無路，虎爪唐林這才投密柬，見幫頭，把實情告訴了荻港的鐵錨幫，由荻港鐵錨幫，撥船把他們送到白蕩湖。

峨眉七雄由魯港撤退，靠著顧鑑庭的密柬關照，一直就隱遁在白蕩湖姜海青的巢穴內，暫不露面。仍由鐵錨幫的幫友暗中幫忙，替七雄刺探彈指神通的動靜和飛刀談五後人的下落。

眨眼過了六七天，鐵錨幫替他們訪出談門後裔攜眷潛藏，福元巷已成空宅，卻是彈指神通的蹤跡，太詭祕不測，一點也沒摸著。峨眉七雄聽了，又是高興，又是生氣，又是擔心。談氏已遷居，足見是怕了他們；華老無確訊，卻教他們納悶擔心。他們正要撥出兩個自己人，也來化裝私訪新仇華氏父女，不想這時他們的另一撥舊仇人獅林三鳥追到了。一塵門人代師尋仇，他們固然料得到，卻想不到獅林三鳥來得會這麼快。

這天過午時分，初夏天長，氣候正熱，他們在姜海青宅內潛匿無聊，幾個人便上樓納涼。巴允泰和快手盧登祖胸悶坐，喫茶閒談，實在煩惱，兩人就鬥牙牌。喬健生、喬健才，兩人倚窗往外閒眺。虎爪唐林夫婦卻在樓下睡畫覺，康海也懊惱睡了。二喬弟兄靠樓窗竹簾，往莊院外面看，直看到白蕩湖水面上的往來小船。一陣風吹來，喬健才說道：「好涼快！」悵望良久，撫著臉上的傷，發狠道：「我們憋了這些日子了，到底怎麼辦，才是個了局？」喬健生不語，半晌道：「我的意思，簡直丟下飛刀談五這一面；我們莫如趕快離開此地，徑奔陝西山陽縣，打華風樓的家眷算帳去。也狠狠地毀他一下，或放火，或行刺，一不做，二不休。」

弟兄兩人嘮叨，巴允泰正和快手盧登玩牌，聽見了喬氏弟兄的話。巴允泰扭頭說道：「你不要說孩子氣的話，由江南奔陝西，一二千里路，談何容易？前天我和虎爪唐林又拜託了姜舵主，姜舵主已經轉託他們的幫友，到蕪湖、魯港續訪去了。你要曉得，你們哥倆和我，都跟華老頭有了交代，在這裡我們三人全不便出面。我們三人算是叫華老給抓住了小辮，面子拘住了，我們既不好上前，又不好退後。現在我們只好暫閃一步，一切全聽唐林夫妻和康海的調度。這正是我們的義氣，不得不然。」

巴允泰和喬氏弟兄確是受了華老的療傷救命的挾制，弄得進退失據。快手盧很是了解巴允泰的這份心情的，只要康海和唐林夫妻不肯罷手，巴允泰勢須隨著。

喬健生被巴允泰頂了幾句話，也說不出所以然來，怔了一會兒，又說：「華老兒這一招真損，算把我們三人全咬住了。我們又惹不起他，所以我想趁這老頭子在這裡，只顧給談家當護院走狗，我們索性偷偷溜去找到他家裡，給他一下辣的。他把我們思索得很苦，難道說我們還真感激他不成麼？」巴允泰道：「誰感激他，恨還恨不過來呢。不過按江湖義氣上講，雖然不情願，到底我們已然接了他的恩惠，受了他的逼勒。我們當面答應了他，反而去暗算他的家小，若教合字朋友曉得了，不知底細的必定說我們忘恩負義。依我說，這老頭子既然使損招，出頭市惠賣恩，我們也得假模假樣，明裝感激，暗加報復，陰招換陰招，才是辦法。至於談家門，現在雖然藏起來，他們卻不能丟了房宅田產，永遠躲著。康海和唐林他們既主張我們留在此地，暗中釘著談家，這不過多耗時候。耗不到一月兩月，華老必離江南，談家必回本宅，那時我們再去尋仇，給他一個死纏沒完，料想老頭子也沒法奈何我們。」

巴允泰說罷，喬氏弟兄說道：「這主意我們不是不知道，只是我們歡蹦亂跳的人，現在都像大姑娘似的，窩在深閨，不敢出頭露面，實在憋得難受。」

快手盧登冷笑道：「誰說不憋得慌，可是這是沒法的事呀。唐林夫妻別看這麼主張，他們兩口子也膩得直睡覺。康海更是唉聲嘆氣，十分著急。好在我們再耗上二三十天，就可以把華老頭耗走了。」談著，推開牌，打了一個呵欠，也站起來了，信步走到窗邊，也往外探頭，乘風納涼。巴允泰說道：「你們三個人都擠到窗口，一點也不顧忌。還是小心點吧，萬一教人看見……」

喬氏弟兄笑道：「這地方很僻靜，華老頭子就有本領，也不能搜尋到這裡。並且這一面樓窗，外頭還有竹簾子擋著，我們看見外面，外面看不見我們。」巴允泰不悅道：「我不跟你們吵，反正你們多加小心，不要大大咧咧才好。」操起扇子，忽達忽達地扇著，身子往籐椅上一躺，閉上了眼睛。快手盧向喬氏弟兄擠眼，喬氏弟兄也笑了。這時候，巴允泰的譜兒彷彿很大。

喬健才眼望外面，忽然似有所睹，向快手盧登連連招手，教盧登上他那邊去。他那邊樓窗外有竹簾，盧登那邊的窗是洞開的，由外面也能望見樓內。盧登搖搖頭，滿不介意。忽然間，喬健生也臉色一變，催快手盧和康海趕快過去。盧登倚窗外眺，仍不肯動；康海正在屋中走遛，立即移步挨了過去。

喬健生一指樓下院外，路邊樹蔭下，有一個人正往這樓上打量。喬健才扶著康海的肩膀，也教他注意這個人。

這個人的打扮，是身穿灰布長衫，肩背小木箱，手搖串鈴，頭戴馬連坡大草帽，從那邊走到這邊，從這邊再走到那邊，正在圍著這樓繞圈。

這個人分明是賣野藥的郎中。康海看了，不以為意，眼仍往別處尋找。喬氏弟兄卻很吃驚，這個人總在這邊轉，喬氏弟兄看他好半晌了，卻是始終沒離開這地方。

康海恰立在二喬中間，隔簾往外望，一直看到湖邊船上，同二喬道：「你們看什麼？可是這白帆航船？」二喬道：「你瞧瞧這底下，這個賣野藥的郎中，他可是轉了好久了。你聽聽他的口調，你看看他的模樣！」

康海立刻一提神，收回視線，再往近處看。這個賣野藥的，果然形貌與眾不同。隔得稍遠，縱然看不分明，卻是此人赤面青髯，相貌不俗，口音高朗，不像是江湖上的苦人。而且口音也怪，聽不出是哪裡人，很有些藍青官話的口腔。

康、喬三人隔簾注視，這個賣野藥的依然在樓外路邊打轉，眼神往高處看，恰好正盯著快手盧登當前遠眺的那面窗。

二喬、康海正在猜議這個人，以為這個人跟宅主鐵錨幫也許有點說處。他三人正要再關照快手盧登，不想盧登也驚覺了，急急一縮身，離了樓窗。這時候，那個郎中本來徐行緩溜，翹望樓窗，此刻竟住了腳，假裝站在樹下納涼，伸著頭頸，極力往樓窗注目。盧登一把將巴允泰拉起來，叫道：「巴二爺，你快來瞧瞧，這個人可很怪道！」

巴允泰驟然張目道：「你說什麼？」盧登道：「院外小路上，有一個賣藥郎中，在這裡打晃……」巴允泰道：「什麼！」霍地站起來，揉一揉眼，就奔樓窗。盧登忙將他攔住，徑行引到喬、康三人站立的有簾窗前。快手盧登這時候比哪個都小心。

巴允泰順著盧登的手，隔簾往外看，果然望見路旁樹下的那個人，頭戴馬連坡草帽，遮住了臉，卻是抬頭望樓，面目全見。巴允泰目光銳利，竟看出破綻，急急告訴二喬、盧登和康海：「這個人太可疑，你們誰去跟他搭訕搭訕去？」

二喬踴躍道：「我去。」康海也說：「我去。」巴允泰道：「不好，健生、健才，你兩個跟彈指神通有過交涉，最好別露面。康海是尋仇的正點子，也該藏一藏，我看我們莫如煩房主人，把這人邀來，好好盤詰一下。」

大家說著，生恐那人走掉，慌忙地下樓梯，劈頭遇見了虎爪唐林正要上樓，彼此匆匆一說：「外面有人窺探，不知是窺探我們，還是窺看鐵錨幫。」唐林也吃一驚道：「你們別亂，我先看看！」匆匆奔上樓頭，隔簾看下去，那人仍然沒走。虎爪唐林眼力更銳——他是善打暗器的人，當然須有好眼力——他竟看出這個賣野藥的郎中，那把招子內暗藏兵刃。那頂大草帽，扣著很長的頭髮，鬢角微露，這個人不是俗家。

峨眉七雄認定這人是個探道的，大家要通知宅主。唐林搖手，不以為然，叫快手盧登道：「你去把這個人邀進來，你千萬改換口音，沉住了氣。你要隨機應變！」快手盧登道：「曉得！」如飛地往外走，唐林又將他喚住，切切囑告了一番話。

於是快手盧出去喚那人，其餘諸友暗中準備。

唐林立刻把妻子韓蓉也喚醒，一面關照宅主，一面煩宅中人開後門，出去巡風。

快手盧登換穿上長衫，找到那個賣藥的郎中，叫了一聲：「先生！」明明知道他是賣野藥的，偏問他：「先生可是算命的嗎？」

那人回顧快手盧登，盧登外穿長衫，腳打綁腿，顯見帶出江湖人物的模樣。盧登細打量那人，年約四旬，赤面青髯，目光灼灼，顧盼驚人。盧登死盯他，他一點也不怯，微微一笑，往四面看了一眼，徐徐回答：「二爺，在下是賣藥治病的。」

盧登道：「你不會細批八字嗎？」那人遲疑說：「算命也行，不知是哪一位算命？」快手盧登道：「先生，我一看就知道你會算卦，好好，你跟我來吧。」那人又往周圍看了一眼，說道：「可是這樓裡嗎？」

快手盧登道：「對了，要算卦的人就住在樓下，先生裡頭請！」竟上前推著賣藥郎中的後肘，半領半推，徑往樓裡讓。

盧登的舉動稍涉孟浪，賣藥郎中稍露詫容，卻將腰一挺，伸手把盧登一撥道：「爺們，我不是雙失目，用不著你攙。」盧登道：「好好，我在前面領道就是了，我是怕你走錯了道。這樓房是個大雜院，不止一家，你別亂闖。」

賣藥郎中終於昂然進入大院，連穿兩層院，被盧登讓到樓下大廳。這時候，峨眉七雄早已布置妥當了。

這樓下大廳進身很廣大，三間明間，似是穿堂，陳設不多，迎面有一畫屏，左右有暗間。盧登把賣藥郎中讓到側首茶几旁，在椅子上坐下。先是喬健生走出來，給先生備茶，順口搭訕幾句話，隨後康海假裝宅主，出來問卜。虎爪唐林與白蕩湖鐵錨幫舵主姜海青，暗藏在屏風後面，都拿著兵刃暗器，按著機關。

康海假裝宅主，向賣藥郎中舉手道：「先生請坐，給我算一算。」又衝著喬健生說：「喂，給先生倒一杯茶來。」喬健生假裝僕人，應了一聲，早端過茶來，說：「先生喝茶。」卻又說道：「先生，你把你的招子、藥箱子放下吧！這府上很得算一回工夫呢。」伸手就摸招子。賣藥郎中早將招子一順，放在自己腿旁，把小箱也靠在身邊。喬健生就像侍僕一樣，跟快手盧登分立在門口下首，監視著賣藥郎中。康海遂即念出一個八字，無非是甲子年、乙醜月、丙寅日、丁卯時生，請先生給細推流年。

賣藥郎中大概不懂算命，此時也就念念有詞，替這一造算起命來。卻是一臉的油汗，不住用手巾擦，兩眼東張西望，打量康海和喬健生。

康海和喬健生任賣藥郎中細算流年，他卻用冷眼查看這賣藥郎中的舉動。同時屏風後，暗間竹簾邊，也潛伺著兩人，也都思索這個賣藥郎中。賣藥郎中掐指念叨了一陣，說道：「不知這一命，問的什麼事？」康海道：「君子問禍不問福，請問這個命，今年流年怎麼樣？是否犯小人？圖謀事情，奔哪一方好？」

賣藥郎中把草帽一推，說道：「若按這一命……」如此如彼，順著溜口轍，批了一陣。屏風後的巴允泰嫌康海敷衍的話太遠，他大步走出來，說道：「先生，你先不要給別人算命，你先給我算一算。我問你，你大遠地找到這裡來，可真不容易。我問你，你到底是走江湖的金皮采掛四行？你還是釋道儒三教？」走到郎中的身邊，伸手來揭他的草帽：「你進了屋，還不摘帽子涼爽涼爽，你不嫌熱嗎？」

巴允泰手很快，那賣藥郎中猝然立起身，往旁一閃，比巴允泰還快，冷笑道：「不勞費心，我自己會摘！」把馬蘭坡大草帽往背後一推，露出頭來，果然是蓄髮的全真，並非剃髮的藝人。

峨眉群雄不禁譁然，康海跳過來，指著這個出家人喝問：「呔，你是個賣野藥的，還是個奸細？你受誰的指使，來到這裡刺探？趕快說了實話，有你的便宜。」

這個賣藥的出家人微微哂笑，站起身來，說道：「不錯，我是出家人。出家人賣藥，不算犯歹呀。也不是我故意要上你們這裡來，乃是你們這一位把我叫進來的呀！」

快手盧登也搶過來吆喝道：「我瞧你也是道裡的人，你不要裝糊塗，你的來意早教人看穿了！你究竟是奉誰之命，找什麼人來的？趁早說了，有你的好處。你一個出家人，為什麼改裝俗家打扮？你一個賣野藥的，為什麼圍著這座樓房打轉？相好的，招子要睜亮點，你露相了，說真的吧！」

康海、盧登、喬健生，緊緊訊問。巴允泰跑過去，伸手便拿這出家人的市招。這出家人精神很足，身手很快。巴允泰剛一探手，他便一彎腰，又把市招搶到自己手中了，哈哈仰面大笑，說道：「你們這些人到底是怎麼回事？看這樣子，要欺負我出家人不成？你要明白，出家人走四方，吃四方，沒有兩下子，也不敢出來闖江湖，你要問我是哪裡來的嗎？告訴你，南邊來的。你要問我要找誰嗎？我卻有個盟友是這個，叫這個。」

做了兩個手勢，接著說：「我卻想不到犯了你們的忌諱。朋友，你們不放心我，我再說一句犯惡的話吧，你們幾位大概是這個，一準是這個！」說時把手指一比，做了個鐵錨形，卻又單對著巴允泰、康海說：「你們二位口音各別，又不是這個了。

聽你們的口音，大概是四川來的。四川我也有好幾位朋友，內中如同唐大嫂，如同打虎鄒山郎，但不知你們二位是跟姓唐的有干連？還是跟姓鄒的有干連？我看哥們也許就是鼎鼎有名的峨眉七雄，那老七雄卻真是好朋友，我在下跟那老七雄，也有交道。」

這個出家人，明明白白，點出西川群雄和峨眉派的名堂。

峨眉群雄登時變色，這不用推測，只看蓄髮、口音、氣派，便已斷定來人必與獅林觀有關了。而且孤身一人前來刺探，不用推測，必定是很扎手。虎爪唐林和巴允泰同時發話道：「朋友們小心，這是梁子！」快手盧登趄上一步，厲聲喝道：「你是哪廟的老道，竟敢跑到這裡來滋事，你好大的膽量！你來是容易，你要想走，可有點犯難。相好的，說實話吧！你是哪個廟的？你的師父是誰？你叫什麼名字？」

出家人冷笑道：「諸位休要問我，我問你們的話，請你們先答對出來。你們這些人氣勢洶洶的，要打算怎麼樣？對不住，我出家人不跟你們凡夫俗子慪氣，咱們改日再會！」舉步便往外走。

其實，這出家人正是獅林觀的一粟道人，一粟道人正是專程來探訪峨眉派的下落，好不容易才獲有線索，他豈肯輕輕易易地退走？他卻故意示弱，假裝勢孤懼眾，抄起市招，拿起藥箱，奪門要逃。他要借此詐出對方的敵對態度，敵對言詞出來。他只知這些人是鐵錨幫，也還不敢斷定必是峨眉群雄。他深知此地是鐵錨幫的巢穴，更知鐵錨幫殺人戕仇，伸手便做，一點不怕王法。一粟道人便暗暗將一隻銅飛鈴扣在掌心。在這樓外邊，還有他一個伴侶，他打算通知一聲。

可是峨眉群雄到此，情知大敵當前，自己形跡已露，人人又急恐，又驚恐。康海頭一個厲聲喝道：「哪裡走，站住！」抽出匕首，掄上來橫攔一粟。卻彼一粟軒眉一笑，容得匕首刺到，身軀不退，就用小藥箱子一砸，突然飛起一腿來。康海只顧躲藥箱，沒躲開這一腳，手中匕首騰地被一粟踢飛。疼得他大叫一聲：「好老道！你們快動手！」

虎爪唐林大怒。一粟道人僅僅踢出這一腳，可是這樣飛快的身法，已被唐林巴允泰看出不好惹，也就料到獅林觀的高手到了。唐林趕緊自救，第一必須把一粟扣住才行，但是不能力敵，應當智取。唐林大喝道：「併肩子後退，封門口別上前，我來對付！」他搶行一步，奔屏風後。屏風後藏著鐵錨幫的舵主姜海青。唐林催請姜海青發動埋伏：「這是棵硬菜，不能不硬摘！」

悵望水火牢投鼠忌器

一粟道人略試身手，峨眉群雄紛紛驚竄，知道這是對頭找來了，一迭聲地喊，快撥動機關。鐵錨幫舵主姜海青卻不肯隨便發動埋伏，從屏風後閃出來，大叫：「你這老道好大膽！喂喂，幫友們快動手，把這老道拿下！」

唐林、海棠花韓蓉、巴允泰，一齊叫道：「姜舵主，喂！還是底朝天！」

姜海青還是嚷：「幫友快來動手！」他暗想：你們好幾個人，難道拿不住一個死老道？一賭氣，自己把芭蕉扇一丟，登上拖著的鞋子，抄起一柄倭瓜錘，搶上來，照一粟便打。

一粟冷笑著，還是說：「你們這是做什麼？無故打我這出家人，豈不是欺負人太甚！」說時，姜海青的錘已當頭打到，想是不願出人命，略閃開頭頂，奔一粟右肩砸下來。一粟道人紋絲不動，直到錘距肩頭不到一尺，才猛然一側身，舉手中市招，往上一削。的一下，力量極猛，竟把薑海青的銅錘騰空打脫。眾人大驚，一粟道人更不容緩，往前一進步，把市招摟頭蓋頂打下。姜海青急急閃身，哪想到一粟這一招乃是實中虛，把對手的眼神往上一領，連環步更往前一上，突然飛起一腿，正踢在姜海青的肩頭。姜海青受不住，仰面就倒，被虎爪唐林趕步上前扶住。

就在這時，暗間潛藏的海棠花韓蓉立刻抄起折鐵鋼刀，嬌叱一聲：「好雜毛，敢來找死！」一個箭步，挑簾躥出去，斜堵堂屋門，迎住一粟，立刻動手。卻在同時，那巴允泰早大吼一聲，拔匕首，先一步搶上來。這樓房大廳十分寬廣，韓蓉和巴允泰竟圍住一粟道人，惡狠狠動手。雙方沒有一個人肯承認峨眉派或獅林觀的字號，竟一味啞打。

一粟道人看出對方變了臉，要拚命，心中也就明白過半，急將市招一甩，甩去市招子的竹筒，露出裡面的鋼短鐧。把俗裝長衫一拽，掄動銅鐧，和韓蓉巴允泰對打。百忙中，一粟卻又一甩手，突突一聲響，把銅飛鈴向門外拋出去，吱溜溜的銳嘯，騰空又下落！這是獅林觀關照同門的暗號。

海棠花韓蓉、巴允泰，先後擁上來，和一粟交手；康海和喬氏弟兄也蠢蠢欲動。那邊宅主鐵錨幫首領姜海青愧忿已極，捏唇怪嘯了一聲，向大眾叫道：「你們快閃開，看我收拾他！」

韓蓉、巴允泰早已忘其所以，憑恃人多，正要施身手把一粟打倒。虎爪唐林卻知姜海青要發動埋伏，忙大聲呼吆著，催韓蓉巴允泰趕快撤下來。韓、巴夾攻一粟，康海在旁幫拳，竟未能理會；只有二喬弟兄，聞聲往旁急跳。姜海青厲聲揮手道：「你們快往黑地板上站，快往牆根跳，你們堵住了門。我可要下絕情了！」

韓蓉、康海、巴允泰憬然省悟，忙虛掩一招，分別後退。

一粟道人厲聲道：「你們少要弄鬼！」立刻也往旁一退，倏地往堂屋門口奔去。

這時候，宅主姜海青已奔到屏風後，按住了機關樞紐。峨眉群雄一齊閃退，一粟也覺出古怪來，奪門要走。快手盧登大驚，忙道：「快堵門！」他頭一個跳到門口。就在這快手盧登跳過去的同時，一粟道人也恰好跳到。快手盧登急忙抽匕首，照一粟面前一晃，他的意思不是要刺一粟，是借此嚇退一粟，好教一粟落網。他卻忽略了一粟道人的武功。他的匕首剛剛照敵人面門一比，便被一粟道人側身探爪，一把捋住了手腕，立刻借力打力，往懷裡一帶。快手盧登站不住，就往前一栽，卻又將左手的匕首一提，照一粟刺去。一粟道人微微退後一步，用銅鐗一擋。

就在這時候，兩個人都退到堂屋當中。那時鐵錨幫舵主姜海青發動了埋伏，巴允泰、唐林、韓蓉、康海、二喬，一齊驚喊，叫盧登速退，但是哪裡來得及！樓下大廳的地板陡然掀起來，同時，屋門口突然從上面翻下來黑乎乎的一塊閘板，把門口出路整個堵住。但聽機關軋軋聲中，一粟道人竟翻在滾板之下，快手盧登也被一粟抓住手腕，狠命一拖，一齊墜到滾板之下了。

這滾板的機關非常靈活，乃是鐵錨幫用以自衛的設備。滾板之下，是深夠兩丈五、四丈見方的地牢，有放水、放火、放煙的機關。一粟道人和快手盧登一齊墜下翻板。一粟道人逢危不亂，身形往下落，猛一個雲裡翻，腳著實地，往旁一閃，又摸黑一撲，快手盧登元寶式掉下去，剛剛鯉魚打挺，往上跳起，被一粟撲上來，一拳打倒，又掄市招銅鐗照頂門一下，竟把盧登打暈過去。然後一粟道人往開處一跳，急攏目光，察看四周。

這翻板很快地翻起來，又很快闔上，下面的地牢，頓時黑洞洞昏暗無光。一粟道人自知陷入虎口，幸而抓住一個陪綁的，可也情知結局不妙。他正要拿火摺，取亮照看地牢全部的情形，不想這地牢四角上都有很小的鐵檻天窗，由這一角天窗放出光亮來，由那一角天窗便顯露出三個人臉。一個是虎爪唐林，一個是海棠花韓蓉，一個便是鐵錨幫舵主姜海青。還有二喬、唐海、巴允泰，也在另外兩角天窗上，微露半面，往下窺看。他們再想不到，用翻板擒拿仇敵探子，反而把自己人也拐進去一個。地牢內有火穴，可以燒死陷牢的仇敵；又有煙穴，可以熏死人，也可以把人薰昏過去；又有水穴，可以放水把人淹死。現在他們就趕忙預備著。

唐林和姜海青並頭露面，立在天窗一角上，忙把暗號唇典，向盧登打招呼。盧登已被一粟襲擊，打暈過去，再叫不應。姜海青以為快手盧登已死，便要發動機關，用煙把這個仇敵熏死。他吩咐手下人，先準備煙。虎爪唐林說：「使不得，我們必須問一問，這個老道到底是衝誰來的！」巴允泰也湊過來說：「我見盧登躺在地牢上，看樣子，不會是摔死過去，怕是受了老道的暗算，我們得先看明白了。」

姜海青說：「這容易。」他把機關一按，又露出一個小小天窗，忙點著一盞孔明燈，居高臨下，往地牢照看。看出快手盧登身形蠕動，似乎沒死。可是同時見那一粟道人退到暗隅，忽又跳過來，把快手盧登按住；抬頭往上一看，很快地把快手盧登點了軟麻穴，不能動彈了。還未容牢頂上的人發話，一粟道人先開了腔，厲聲冷笑道：「你們好大膽，真敢私設地牢，因陷良民！你們又跟我不認識，為什麼下這毒手？你們把我誆到這裡，到底跟我有什麼仇，要把我怎麼辦呢？」

虎爪唐林和姜海青一齊喝問：「你一個出家人，假裝賣藥郎中，走上我們這裡刺探，你到底是誰打發來的？你也是道裡人，你快說了實話，我們還可以把你放了，你不要痴迷不悟，我們這地牢是水火牢，你倘有半句虛言，我們便把你熏死，淹死。」

一粟道人負隅怒叫：「你們這些東西太可惡！我出家人賣藥賣卜，並不犯法，你為何暗算我？我一時驟出意外，入了你們的牢籠，可是你敢把我怎麼樣？來者不善，善者不來。你們不怕遭天報，有本領儘管施展出來瞧！」

身在陷阱，口齒這麼硬。二喬沉不住氣，脫口罵道：「好雜毛，至死還叫橫。我知道你，你一定是鳥！」

一粟道：「是鳥便怎麼樣？是鳥就不止一個，料你也沒這膽量開籠放鳥！」

康海道：「好好好，不用問了，一準是獅林三鳥，我們快把他打點了，這一下斬草除根，免去後患！」

一粟道人冷笑道：「免去後患，不大容易；可是這裡頭，還有你們一個同伴陪綁呢，你不嫌投鼠忌器嗎？」嘴裡說著話，猛然一抬手，發出一件暗器，直射到天窗上，咯噔一聲，碰上了鋼絲網，撞回來了。陷入地牢的人，不利於發暗器，上打天窗上的人。天窗上的人，除了發動水火，也不能用鏢箭打地牢的人。

康海很生氣，就向居停主人說：「這東西身陷地牢，還敢行兇。舵主，你何不把水火牢發動了？」二喬忙道：「不行，那一來，豈不把快手盧登也毀了。」

康海抓耳摸腮，正要說話，這時候，地牢中的快手盧登忽然發出低嘶，用很微的聲音說道：「我受了暗器，教他點了軟麻穴了。你們想法子，快把他弄倒了。」他已望見天窗上的人頭，他的意思是教他們發暗器，將一粟道人先行打倒，便可以把他救出去了。他卻不知這地牢天窗是為預防陷牢的人穿窗逃去，內外布上鋼絲網，實在沒法子發暗器，而且，與其發放暗器，還不如放水、放煙。

巴允泰、唐林、韓蓉、二喬等全很懊喪，想不到快手盧登太屎蛋，竟被仇敵一同拖下去，成了現成的肉質，使他們不得不投鼠忌器。幾個人發急，盧登一說話，他們更沒了主意。姜海青大笑道：「這有什麼為難的？諸位，你們是打算要活的還是要死的？」

康海心最狠，咬牙切齒搶著說：「要死的！」唐林道：「不行，姜舵主，我們還是要活的，不要傷了盧登。」

姜海青立刻吩咐手下人發放濃煙。這種煙燃放起來，可使地牢灌滿煤氣，可以把人熏死過去。然後進去人，把盧登救出再治活，把一粟捆上再弄醒，便可以訊供了。但是康海立刻說：「如果是煤煙，未免太厲害，弄不好，怕把自己人也熏死；要是柴煙，又怕熏不倒敵人。」因請姜海青還是發放水吧。姜海青道：「也對！」

放水的機關，立刻被鐵錨幫的幫友撥動開了，驀地從地牢四隅小洞中噴發出很猛烈的水流。一粟一見這情形，如負傷猛虎般一轉，跳起來要堵水穴，哪知這地牢中一樣的水穴很多，大小有四五處，堵不過來，轉眼間水已沒了腳面。

一粟大喝道：「你們快把水停住，你再灌水，我可要把你們的夥伴先收拾了。」他拿著匕首指著快手盧登，做出威嚇的樣子，教天窗上的人看。不想他的威嚇話已沒人聽，也沒人看了。水才一放，上面天窗頓時關上，火光頓隱，地牢中立刻覺得漆黑。

於是不到片刻間，地牢的水滋滋地由下往上泛濫，已然深有一尺多，沒有淹著一粟，先把快手盧登泡起來了。一粟連聲大叫，快手盧登也發出低嘶，可是天窗上的人似乎都走盡，沒有一個人搭腔。

一粟又如猛虎一般，把快手盧登的軟麻穴解開，持匕首照盧登胸口一比，逼著他呼救止水：「相好的，你快叫你們同伴把水停住，要不然，淹不死我，我先把你宰了。」

快手盧登此時心中也很著急，既覺著委屈，又不由怨恨。

自己不幸和對頭一塊陷入水牢，他們在外面，竟不管不顧放起水來，豈不連自己也要淹死？但是一粟向他威嚇，他仍然驕蹇不理，卻大聲地招呼巴允泰和虎爪唐林。叫了半晌，竟無反響。地牢的水越發泛濫，起初滋滋地吼，後來汩汩地流，轉眼間已然達到人的膝蓋。一粟固然下半截沒入水中，快手盧登卻全身整個的教水淹沒。一粟一想不好，淹死盧登，反與自己更不利，他趕緊地想法，只捆住快手盧登的手，替他解開腳上的綁繩，使得盧登能和自己一同立在水中。

於是水越放越多，約過了一個時辰，這水已然到達七八尺深，將近一丈了。一粟道人和快手盧登雖為仇敵，這時候，都在水中掙命。同時峨眉七雄和鐵錨幫都在地牢上面窺伺著，靜觀結局。

鐵錨幫舵主姜海青一面指使黨羽，開放水閘，一面告訴峨眉群雄，這水可以直放到兩丈深，灌滿地牢。那時候，陷在水牢的人就不淹死，也要憋死。他打算只放到一丈深，便即停住。只把一粟和盧登淹個半死，失去了抵抗力，便可開閘門，進去人，把一粟捉住，把盧登救出。姜海青又問峨眉群雄，快手盧登會水不會？巴允泰唐林說：「他倒是會水，苦不甚高。」

姜海青聽了，點了點頭，照樣開閘放水。峨眉群雄在地牢上面，側耳聽著水嗤嗤地往上噴灌，等到牢中積水漸多，水聲便越來越小。唐林唯恐把盧登淹死，不時地問姜海青，水灌到怎樣深了。又過了一會兒，姜海青吩咐手下人，到樓後水塔上看一看，回來報說：「水大概灌入一丈多深了。」姜海青忙吩咐打住，於是幾個人將地牢天窗打開一個，用孔明燈重往裡面照看。這一照看，頓見快手盧登乍沉乍浮，漂在水面上。那一票道人也泡在水內，正挨著盧登，看樣子也像浮起來似的。只是牢內過於黑暗，看不分明。

峨眉七雄都很擔心，連連叫著盧登的名字，似乎只聽見應聲，不能答話。又衝一粟叫道：「朋友，怎麼樣？你是不是獅林三鳥？你還不說實話嗎？再不實說，可就活活地把你淹死了。」水中的敵人也還是不回答。峨眉群雄無計可施，拿著孔明燈，從這邊照到那邊，從那邊照到這邊，努力地照看，要想察明水中人的生死。

鐵錨幫舵主姜海青卻不管這些，只用燈照看水牢中水的深淺，看了半晌，問手下人：「到底放進去多少水？」手下人說：

「水塔已然放出一半水，至少也夠一丈多深。」姜海青搖頭道：「不對，大概水門水閘有了毛病，據我推測，這牢中的水不過一人多深，七八尺罷了。這一定是哪裡漏水了。」轉身來把峨眉群雄領到地牢旁小室。小室有洞，可以平窺水牢，便請他們偷開小洞，不用燈照，從暗地裡偷偷查看水中人的動靜。姜海青自己卻去查勘地牢四周有無漏水的地方。巡了一周，果然發覺這地牢水閘久備未用，有了漏水的地方。地牢左右原是地窖，現在左地窖已然流進來不少的水，當然是從地牢漏過來的水了。姜海青忙命手下人，用敗絮和泥沾水，把漏水處草草堵塞了，一面仍命加緊放水。水只要放到兩丈四五尺高，人在水中必被憋悶得暈厥過去，那時再開天窗，派人下去捆拿，便好探囊取物，甕中捉鱉了。

峨眉群雄在耳室小洞窺看良久，深恐盧登一同受害。康海、二喬仍在小洞旁盯著。巴允泰和虎爪唐林夫妻一齊上來，向姜海青說話，打算此刻就停止放水，遣人泅進地牢，刺殺了一粟，救出來盧登。姜海青笑道：「二位，這可不是我不惦記那朋友的安危，無奈我這地牢蓋得太嚴密，唯恐陷牢的人毀洞逃跑出來，故此只留下很小的放水小洞，下通水管，並沒有留下泅水進牢的隧道，除了天窗，實在沒法子放人進去。現在只有一招，就是趕緊灌滿了水，把老道泡得半死，然後我們再開天窗下去，拿人救友。除此以外，再無別法。」

虎爪唐林道：「這法子當然最穩當不過，我只怕盧登受不了，仇人沒淹死，倒把他先淹死了。」姜海青搖頭道：「盧朋友也是個好漢，真格的比人家老道還不如嗎？」唐林強笑道：「他真不如人家老道，你不見剛才，人家老道剛一失陷，立刻把盧登抓住，一塊拖下去。」姜海青仍然搖頭道：「泅水進去救人，當然爽利，實在是這地牢沒有築下出入口，也就無可奈何了。得了，唐仁兄、巴仁兄，請放心吧，再過一會兒，準可以得手，你就不要小不忍，則亂大謀了。」

巴允泰和姜海青交情疏，沒肯深說。今見姜海青堅持己見，也就不便再講，只向唐林發話道：「這老道定是獅林群孽，我猜他來這必非一人，我們應該到外面搜搜他的黨羽去。」

姜海青道：「這倒對，剛才竟忘了這一層。」他立刻派了兩個幫友，陪同巴允泰出去看。唐林忙道：「巴大哥去，不大相宜，莫如教二喬去，因為巴大哥在魯港白天露過面，怕被人看出來。」巴允泰道：「我可以改裝，不是我說二喬，他哥倆實在是太愣。」

說著，巴允泰和鐵錨幫兩個幫友換了衣裝，開後門溜了出去，圍著莊院蹚了一圈。覺著周圍沒有什麼異樣的人物出沒，遂又到湖邊碼頭上巡視。圍著湖堤，繞了一圈，並沒有發現什麼。巴允泰正要往遠處蹚下去，旋遇見在湖邊巡風的一位鐵錨幫友，正匆匆走過來。巴允泰迎上去問話，這個幫友說道：

「哦，巴爺，我正要回莊報信，您老三位來了，很好，省我一趟。剛才碼頭上有五十多歲一個老頭子，二十多歲一個小夥子，從南岸渡過湖來，賊眉鼠眼的，在這裡徘徊很久，偷偷地衝人打聽我們鐵錨幫，打聽我們姜舵主。又打聽四川口音的人，又問人瞧見串村鎮的賣藥郎中沒有，情形非常怪。那個年輕的更像道門，一腦袋長頭髮。」

巴允泰聽了，忙問：「這兩人現在哪裡？你跑來送信，豈不把他們放走了？」這巡風幫友很得意地一指，道：「我們還有一個同幫幫手，替我盯著呢，現時兩個點子全在茶館裡。」巴允泰立刻託付同來的一個幫友，馳回送信；自己忙跟巡風人，急急撲奔湖邊茶館。

剛到湖邊，已見那個同幫幫手翻著眼珠子，四面張望。巡風人忙叫道：「阿四，你尋什麼？」阿四往四周看了一眼，方才忸怩道：「我正尋你，你叫我盯的兩個點子，剛才一轉眼，竟沒影了。偏巧我去小解，兩個點子抓著這個空當口，給我一個下不來！」巡風人唾道：「阿四，你真屎蛋！」巴允泰道：「快上碼頭看看。」

四個人翻來覆去，尋了兩圈，竟沒再遇見那老少二人，更打聽茶館中人和碼頭上人，有的說沒看見，有的說這兩個人已然坐船過江了。

巴允泰直尋到江邊，依然沒尋見，便囑咐碼頭上的鐵錨幫友處處多留神，遇有眼生之人，趕快回莊院送信。囑完，便回轉莊院，見了姜海青，細說此事。姜海青沉吟一回道：「他們如果真是獅林群孽，那麼他們忽然丟了一個人，他們一定要百計搜尋。我們這幾天，日裡夜裡，都要小心一點才好。」

虎爪唐林、海棠花韓蓉夫妻插言道：「可是落在地牢內的這個傢伙，到底也沒有切實招認，連萬兒也沒擠出來。我們必須設法逼出他的口供才好。」姜海青道：「這時候大概泡得差不多了，我們再看看去。」

幾個人正打算重開地牢天窗，提燈照看，猛聽到耳室發出銳叫。幾人慌忙奔過去看時，只見康海一個人正在耳室小洞口瞪眼著急，衝地牢大罵。

這時候，地牢又灌進許多水。不知怎麼一來，快手盧登浮在水面上，似乎剛恢復知覺。一粟道人泅在盧登身邊，連下辣手，逼問口供，快手盧登竟大叫起來。康海正在洞口窺望，似見盧登一點抵抗的力量也沒有，任憑一粟在水中擺布。竟不知一粟道人施了一個什麼手段，也不知低低地說了一句什麼話，盧登矢口大叫道：「你宰了我，我也不能栽給你。」隨又大叫道：「併肩子，我可教人制住了。你們快弄吧，我情願拼給他，我不願當肉票；我情願跟他一塊死，也比受他思索強。哎喲，哎喲，你真可惡……併肩子，他灌我喝臭水，他點我軟麻穴，你們快快放水吧！他要拿我的命換他的命，我可不能跟他換，你們快下辣手吧！」這一嚷，唐林夫婦、巴、姜諸人，全奔來了，二喬也從樓上奔了下來。

峨眉群雄聞聲大怒，立刻把天窗洞口重行開放，各用燈光照著，往水牢內窺看。巴允泰一面向盧登發話，教他努力支持：「不出片刻，我們定有惡辣的法子，收拾敵人。」一面又向一粟威嚇：「你不要逞兇，你反正也逃不出我們手心。你只管毀我們的夥伴，可是你既在地牢，這輩子休想再活著出來。你說好的，還有個商量；你別自覺挾著肉票，你就放心大膽，為所欲為了。小子，我們拿兩天三夜的工夫熬你，你就是老虎，也有閉眼的時候。你除非把我們的夥伴弄死，可是弄死他，你更活不了，我們更不教你痛快死！你識相的，老老實實投降，供出來歷，我們還能饒你的命。」

威嚇的話步步逼緊，頗有投鼠不忌器的打算了。可是一粟道人泗在水中依然不答，依然是盧登被懲治的怪聲喊叫。

峨眉群雄乾著急，束手無策。鐵錨幫主姜海青就說：「這沒有別的招，還是灌水。」虎爪唐林看了看天窗鐵網，向姜海青建議：「可不可以揭去鐵網，我們從這四個小窗洞發暗器，收拾這東西？」姜海青道：「你們可以試試看。」

這時候，已然天很黑了，鐵錨幫舵主姜海青仍催門徒狠命放水。偏偏這水鬧出了毛病，只放到一丈三四尺深，再也不能多放，水牢左地窖剛剛堵好不漏水了，水牢右地窖又沁沁溢出水來。姜海青大為暴跳，他很想把水放到兩丈多深，水面可抵翻板，那時就可以探手擒拿落網之人了。現在竟灌不滿水，遂含怒吩咐手下人，一面細堵漏洞，一面加緊放水，把水塔的水全灌下來。他自己見天色已晚，便派人監視著，親邀峨眉群雄，暫且上樓用飯。

大家匆匆吃完飯，時候已近二更了。於是大家抖擻精神，齊拿袖箭、弩弓，打算掀開鐵網，由天窗小洞往水牢中試擲暗器，把一粟打傷，就容易活捉了。

巴允泰、唐林、韓蓉、二喬、康海，都跟隨鐵錨幫舵主姜海青，先到水牢兩廂，二番查看灌水的情形。經不住手的灌注，歷時已有四個時辰，可是驗查水線，剛剛一丈七八，距離牢頂還差六七尺。大家又悄悄開了洞口，往牢內窺望。牢內黑洞洞，任什麼也看不出來；而且不拘仇人也罷，朋友也罷，除了水流響，全沒有一點聲息。群雄在外面低聲議論，康海、二喬仍打算請求姜舵主大開天窗，他們三個人要持兵刃，結伴下去救友捉敵。姜舵主仍不肯冒險，巴允泰、唐林也說使不得。

結果仍依原議，命工匠拿鉗子、鑿子，先把天窗小洞的鋼絲網卸下來。天窗小洞一共四角四個，都設著鋼絲網。一霎時，全把網拆下去了。峨眉群雄立刻從小洞探頭往下看，當然裡面昏黑，仍然看不出什麼，只聽見流水嘩嘩的微響罷了。巴允泰、唐林、姜舵主、韓蓉，各個端整了暗器，命二喬、康海等提孔明燈，急急往內一照，依稀照見水面上仍然漂著一人，細看還是快手盧登，那個仇敵一粟道人仍然沒有露出水面。

其實，一粟泅水的功夫並不強，他絕不能泅入水底，久不出頭。他只是把盧登擺布成一具死屍也似，教盧登漂在水面上，他自己就隱藏在盧登身畔。因為天窗太小，水又波動，峨眉七雄倉促之間，竟不曾看清。他們原打算往裡打暗器，可是照這樣，水面只有幫友，沒有仇敵，依然投鼠忌器。

峨眉七雄用孔明燈趕忙地一照，又趕忙地退下來，聚在一處，互相問訊：「那個點子怎麼沒有漂上來，莫非跑了？」

姜舵主冷笑道：「他往哪裡跑？」康海說：「況且我們在這裡始終監視著，沒有離開人，他斷不會飛上翻板。」

大家商量了一會兒，仍然一聲不響，分四個人立在四個小洞口旁，兩個人用孔明燈往裡照看，兩個人借這燈光，往裡發箭。他們也料到仇敵如果未逃未死，必然泅伏水中，把面目口鼻露出，潛伏在盧登身旁。他們就用很準的手法，嗖嗖幾下，連發出六支箭。支支都打在盧登漂浮的水面周圍。

這一來，居然有了動靜。快手盧登本如死人般，不再出聲，可是這一陣箭雨打過後，仰面漂著的盧登竟浮浮游游地漂動起來，一直漂到地牢的一面牆角，恰當天窗水門之下。峨眉群雄登時看出來，一齊驚叫道：「不好，點子還在水裡泅著呢，盧爺大概教他毀死了。我們不要顧忌了，快下毒招，給盧爺報仇吧！」

剛這麼喧嚷出來，立刻聽見水牢中發出陰森森的冷笑，道：「你們的夥伴沒死，你們投鼠還得忌器。我不騙你們，我叫他出聲，給你們聽聽！」

這冷誚聲就發出在盧登身畔，海棠花韓蓉和巴允泰手疾招快，登時循聲發出兩箭。猛然間見盧登全身一動，同時聽得他發出尖銳的叫聲：「哎呀，好雜毛，你害苦我了。」

這一喊，又證明快手盧登並沒有死。峨眉群雄到此忍無可忍，七言八語，主張硬下去捉人。虎爪唐林再向姜海青問計，姜海青皺眉道：「且再放煙試一試！」忙招呼手下人，燃火生煙，開放煙閘。峨眉群雄仍向一粟一面呼叱，一面發箭遙射。

正亂得不可開交，突然後院牆外，發出警報，說是有夜行人襲進來了！

姜海青和峨眉群雄一齊震驚。姜海青不禁狂笑，繼以暴怒道：「我在此地不是一年了，想不到今天，真有人欺到我門口上來！」峨眉群雄互相顧盼，疑心是找自己來的。姜海青正要親率能手，前往查看，卻是他的幾個高足，早有六七個人不待吩咐，各持兵刃，打著火把，向後院去了。姜海青見狀甚喜，忙說：「你們不要全奔後院，後院要是進來奸細，留神前院，也必有人窺伺的。」一個門徒應道：「我帶幾個人去。」姜海青道：「你們可以圍著莊院都看看去！」門徒答應著，一面到各處知會同伴，一面分道前往查勘。

工夫不大，鐵錨幫的副舵主劉子英和幾個門徒前呼後擁，押著一個短衣壯士，吆吆喝喝進來。姜海青手持火把，正在當院巡候，劉子英搶上前說道：「大哥，你看，真有人思索咱們！這傢伙攀後牆往裡探頭，我剛一喝問他，他就給我一鏢。經我一誘，他竟敢跳進來跟我動手。手底下還真毒，若不是我把他誘到坎兒裡，我真要吃他的虧。」說著，把這少年帶到。姜海青舉火把一照，這少年才二十二三歲，圓臉大眼，十分精幹。

他被兩個人倒剪二臂架了過來，他的兵刃也被人拿下。

姜海青打量這人，素不相識，喝問：「你這小子，是哪裡來的？為什麼攀牆頭，可是要偷盜？」這少年瞠目不答，也無懼色。手下門徒把這人的兵刃呈遞上來，姜海青一看，這是一對短兵刃，形狀很怪，像是虎頭鉤，又沒有鉤，柄有護手，尖有卍字錠。姜海青竟不認得這是什麼兵刃。

峨眉群雄的虎爪唐林和巴允泰恰巧走來，看見那少年的模樣，立刻心中生疑，又一看兵刃，頓時說道：「不好，這小子是彈指神通華風樓的晚生下輩。不好，不好，這小子一到，華老頭一準也來了！」唐林很透驚慌，先告訴姜海青：「這是找我們來的。」又問巴允泰：「我們應該躲躲，我們不要給姜舵主找出麻煩來才好！」巴允泰躊躇未答，姜海青道：「你們躲什麼？人已經來了，我們不論怎樣，只有頂著幹就是了。」立刻請劉子英把這夜行少年押到大廳，大家坐下來，預備用嚴刑訊問。

這個夜行少年不是別人，正是多臂石振英的師姪和義子——少年陳元照。

陳元照被柳葉青、楊華夫婦縛擒後，乘亂掙斷了捆繩，含愧逃走，依然要追緝峨眉群雄。不想竟被他誤撞，尋到這白蕩湖。在這湖邊，他發現鐵錨幫許多幫友氣焰囂張，個個都有武功。他料定這幫人必非良民。卻不合單人匹馬，硬來探莊。當下他勘準了鐵錨幫的密窟，竟一個人乘夜潛來窺探，剛攀牆頭，便觸動鐵網銅鈴。他應該退下去，偏遇上鐵錨幫副舵主劉子英在後院解手，喝問了一聲，打他一磚頭。他竟一怒發鏢，劉子英假裝受傷倒地，把他誘下牆來，又爬起來逃跑。陳元照掄卍字銀花奪，苦苦一趕，結果被劉子英誘入陷坑，即時遭擒。

陳元照不怨自己年少無智，辦事疏忽，反而自恨運氣不好，到處碰壁，姜海青、劉子英把他帶到大廳上，厲聲詰問姓名和他的來意。陳元照橫眉豎目，抗不置答，反而厲聲謾罵。

他自稱是辦案的，要拿這群臭賊：「你們少要作威作福，少時我們的人就尋來，把你們拿住，全當土匪反叛辦。」他還妄想威嚇人，他竟不知這鐵錨幫作奸犯科，殺人不眨眼，往往以私憤活埋人。

姜海青高坐堂皇，在那裡審問陳元照；虎爪唐林暗把自己人叫來，教大家認一認。峨眉派的人都說：「這個人確是彈指神通一夥的晚生下輩。康海首先主張，要把陳元照活埋了。海棠花韓蓉因見陳元照身雖被擒，不住拿眼打量她自己，她更生氣，要動刀子，先把陳元照的一對大眼挖了。巴允泰和虎爪唐林都不以為然，說是：「這小子絕不是官面，一定是仇人派來搜尋我們的。我們總得設法問出他的姓名來歷，他若是彈指神通門下的徒子徒孫，我們應該向他究問彈指神通現在何處？為什麼要熱心幫助飛刀談五的後人？」

但是陳元照很橫，被擒之後，已將生死置之度外，威嚇刑訊，都問不出實話。唐林、巴允泰祕密對姜海青說：「這是個小渾蛋，吃軟不吃硬，我們可以換個假面孔，用好言語誘供。」

姜海青笑問大家道：「你們誰會套供？」巴、唐二人說：「舵主，咱們幫友裡一定有能說會道的，可以找兩位去試試。」

很快地商定誘供辦法，姜海青當著陳元照的面吩咐門徒：「這東西無故夜入民宅，實在可惡，多半是小偷。你們快把他押下去，吊起來。他再不說實話，你們候到天亮，就把他活埋了！」兩個門徒答應著，立刻把陳元照推推叱叱，押到另一間小屋，把他吊在梁上。

正要吊他一會兒，再派兩個生臉的人去解縛騙供，忽又聽見後院鐵網銅鈴琅琅作響，後院的人驟又發出警報。大家一愣，連說不好，今天晚上一定要大動干戈，恐怕點子全尋上來了！

峨眉群雄既防備彈指神通，又擔心獅林三鳥，所以他們比鐵錨幫更是心驚，面上卻不露出來，暗暗自相關照：「看情形不對，我們不妨躲一躲，不要給人家鐵錨幫找出大麻煩來，顯著對不起人。」鐵錨幫舵主姜海青卻昂然不懼，說道：「誰找上我的門，誰就是衝我來的仇人。我不管那些，軟的來，軟的去；硬的來，硬的去。幫友們小心戒備著，這一定有道裡朋友光顧，我姓姜的在這裡接著，絕不含糊！」竟教半數幫友，打起燈籠火把，拿了武器，由大舵主姜海青、二舵主劉子英親自率領，奔往各處搜尋；三舵主、四舵主也都出來搜查。峨眉群雄暫不同去，仍監視著水牢。

鐵錨幫友一直尋到後院鈴響處，遠遠望見牆根橫躺著一個人影，旁邊正有兩三個人影，東張西望地喊叫。姜舵主巡視過去，遠遠喝問是誰，那兩個人站著叫道：「來的可是幫友嗎？不好了，你們快拿燈亮來，這裡躺著一個死人。」

姜海青道：「噢，死的是誰？」說時率眾奔了過去，用火把一照。地上躺著的竟非別人，乃是本幫今晚值夜的一個小夥計焦二。他肩上微微冒血，人卻臉朝地躺著，僵挺不動。姜海青命人把焦二翻轉來，仔細驗傷。焦二肩頭上似乎中了袖箭飛鏢，已經拔去，雖然沁沁出血，卻不是致命傷。更仔細驗看，才查出焦二頭頂上曾受一擊，所以被打暈了。姜海青心中含怒，一面命手下人快把焦二救醒，一面吩咐大家快搜。這分明是夜行人的手法，千萬留神黑影。大家領命，分頭活動起來。

姜海青這所莊院非常大，有五層院落，有許多間堆棧。院外還有臨湖的數十間茅舍，乃是白蕩湖漁戶，都歸姜海青掌管。前前後後，搜尋起來，很得一會兒工夫。倒是小夥計焦二先被救醒。姜海青問他遇見了什麼人？怎樣受的傷？據焦二說：正在巡更，瞥見一個矮胖的夜行人從後面掐他的脖頸。他掙命脫開，正要呼喊，被那夜行人一袖箭射倒，過來踩住身子，拔去袖箭，拿刀比著腦袋，連問我許多話。他先問我：「這裡是鐵錨幫不是？」又問我：「有峨眉派潛藏沒有？」最後問：「可有一個黑面大眼少年上這裡來沒有？是不是已被拿住？」焦二當時據實回答，那夜行人又叮問了一遍，便猛然用力照焦二頭頂上一砸，立刻就砸暈過去了。

姜海青聽了，越發生氣，又問焦二：「到底你遇見幾個人？」焦二捫著後腦道：「就看見一個人。」姜海青道：「一個人你都對付不了？這個人從哪裡進來的？」焦二一指東北角，道：「恍惚是從這裡鑽進來的。」姜海青急帶眾人到東北角驗著，東北角牆上鐵網已被豁開，銅鈴已被割去。姜海青不會上高，便命手下人搬梯子，上牆巡看。這時三舵主姚紹華、四舵主阮世昌已然繞圈巡到。他們立刻躍上牆頭，往裡外瞭望，恰值夜色黯淡，任什麼也看不出來。姜海青憤怒不已，連罵：「這是什麼人來攪亂？」正要率同大眾往外搜，卻不料他們中了調虎離山之計。這時已有好幾個夜行人，由打西南隅偷襲進來，直入腹地，一面搜找少年陳元照被囚繫的平房，一面窺探鐵錨幫是否隱惹著峨眉派？

偷襲的夜行人已然乘亂進了莊院，分立在房脊上，往下窺看。首先發現夜行人的正是峨眉派。看見房上人影，峨眉七雄中的幾人仰面喝問了一聲，房上人影公然回答，卻是回答的口音不對，像是華風樓的門下。他們倒噎一口涼氣，急急退回來，守住水牢，暗教別人給鐵錨幫大舵主姜、二舵主劉送信。

二舵主恰好來到，望見大廳房頂上、二道門房脊後，恍惚都有人影出現，抗聲喝道：「房上來的，是哪一路朋友？為什麼事，夤夜到我們敝處？你們是誰？你們可曉得我們是誰？」

房上一個人應聲道：「請了，請了，下面的朋友，大概是鐵錨幫幫友吧！對不住，我們是過路的人，無故不敢登門，我們是要找峨眉七雄，跟他們有一點小小的說處。請你們費心，把峨眉派唐林夫妻、巴允泰師徒、喬氏兄弟邀出來，我們談上幾句話。我們寸草不沾，立刻就走，絕不敢多騷擾。」

二舵主劉子英急急尋聲抬頭查看，月影迷離，看不出究竟是誰，厲聲答話道：「閣下原來是過路朋友，卻高抬貴腿，走到我們房上來了。朋友既知道我們是鐵錨幫，我們鐵錨幫小小也有點名聲，從來沒曾被人欺上門來。你們要找峨眉派，峨眉派不是沒家沒業的人，他們在四川，也有堆子窯。你們怎的不登門去找，反而找到我們頭上來？」

二舵主氣勢洶洶的反詰，房上的夜行人微微冷笑道：「朋友，你這話也有理。但是道裡人不要說假話，我卻知道峨眉派老早離開四川，大批南下，訪友尋仇，到了江南，一路全仰仗你們鐵錨幫護庇照應，兼做居停主人。我們不願摸空，這才履著腳印，找上門來。你們不須詭辯，我只請教你一句話：峨眉派七個人落在你們這裡，已有數日。我們一直跟蹤綴下來的，他們始終不曾離開。幫友你要講江湖義氣，我請你通知他們出來；你若護庇他們，不肯說出口，那自然是你們的義氣，不過……」說到此聲音提高道：「冤有頭，債有主，我盼望峨眉派的朋友不要裝聾作啞，不要給主人找麻煩。趁早自己出頭，來跟我答話。」

這些話峨眉派已然聽見了，不肯迴避，正要由唐林出面答話，鐵錨幫幫友卻攔住他，說道：「我們舵主一定有答對的辦法，你們幾位先聽聽。」

果然，鐵錨幫二舵主劉子英十分不悅。鐵錨幫其他幫友都聞聲尋來，把大廳二道門全圍住，七言八語，出聲恫嚇，房上人傲然不懼，並且很冷峭地說：「人多嘴雜，我只聽你們舵主的話。」

劉子英厲聲道：「朋友，你們無故夜入人家，指名要人，我先問問你們，憑著什麼，這等厲害！」

夜行人冷笑道：「就憑著親的親，遠的遠，光棍眼，賽夾剪。我既然來了，自然有來的道理。」

劉子英罵道：「你……」一聲未了，大舵主姜海青已然來到，將雙方問答的話聽明，立刻接聲道：「朋友賞臉光顧，自然你們心上想是衝著峨眉派來的，區區不才，卻以為是衝我鐵錨幫來的。朋友，咱們交交吧，你貴姓？你們哪道而來？來了幾位？」

忽然在大廳房頂上又出現一個人影，用很深宏的聲音說道：「下面可是鐵錨幫姜舵主嗎？對不起，我就是山陽醫隱華雨蒼，我要找令友峨眉巴允泰和二喬說話。他們三人現在廳內，請你喚他們出來。」

彈指神通這一報名，鐵錨幫群眾一陣大亂。姜海青、劉子英兩位幫主尤其吃驚。

群俠環攻鐵錨幫

這時房上先後出現三個人影，姜海青忙退後一步，拱手道：「原來是山陽醫隱華老先生，我不知您老駕到，有失禮待，我這裡道歉了。華老先生要找峨眉派，是有點說處嗎？」

華雨蒼道：「正是。」

姜舵主眉峰一皺，道：「華老先生，我先請教一句話，峨眉派若是我的朋友，我實不能丟掉江湖道的義氣，把他們獻給人。峨眉派若不是我的朋友，我絕不會無故收留他們久住。不過華老先生乃是武林前輩，別人來要人，我可以不給；您老親自出來登門要人，我焉敢拒絕！可是華老先生久闖江湖，也當明白外場面子，我要交出人來，我便栽了；我若不交，老先生便不好看了……」說到此，略略沉吟道：「這樣辦，華老先生請回，就便求你指定一個地點，一個時辰，我明日一定叫峨眉七雄登門領教。這一節，老先生想來不會拒絕。這一來，就算老先生給我鐵錨幫留臉，也就是給峨眉派留臉了。」

姜海青辭婉而理足，彈指神通倉促不好拒絕。明天再見的話，萬一鐵錨幫變了卦，或者峨眉派懼敵潛遁了，豈不是上了當？卻是武林道以肝膽相許，又不能逆詐。

彈指神通正在躊躇，不想他身旁站立的夜行人突然大聲叫道：「喂，峨眉派的巴允泰，我看見你了，你還不出來？」

同時，鐵錨幫幫友眼見房上出現三四個人影，幾句話便會震住了幫主，覺得幫主出辭太弱。內中便有兩三個愣小子很不服氣，從人叢鑽出來，溜到大廳附近，一來要登高窺看來的眾人究有幾個，二來便要乘機潛施暗算。

這兩個愣小子，一個是鐵錨幫幫友，名叫孫紹武，一個卻是太湖水寇鄒占川。兩人從暗影中挨到大廳旁，躍登牆頭，貼房脊蛇行，掩到彈指神通的背後。立刻看出彈指神通一共不過三人。孫紹武使刀，鄒占川使峨眉刺，兩人漸漸溜到彈指神通身旁不過兩丈遠，瞥見彈指神通面向平地低望，好像不曾提防背後。孫、鄒兩人大喜，悄悄互打手勢，突然一躥，欺上前來，喝一聲：「下去吧！」掄刀背，挺刺鋒，各認準一人，驟下毒手。

哪知房上站的這三個人影，第一個是彈指神通華雨蒼，乃是武林前輩，技藝精深；第二個是梁公直，第三個是謝品謙，都是成名的英雄，膽敢深入虎穴，焉能顧前不顧後。就在孫鄒兩人剛剛迫到身邊，梁公直側耳留神，直容得敵人合身欺入，他這才驟然一閃，只錯開一二尺，突然飛起一腳，把孫紹武連人帶刀，咕噔一聲，踢落到大廳庭前。

那彈指神通華雨蒼手段更厲害。太湖水寇鄒占川舉峨眉刺讓開要害，照華老後肩刺去，他還不想一舉殺人，只打算把華老刺傷活擒。他不相信來人是華老，他這麼欺敵太甚，遇上華老這個硬手，華老竟不躲不閃，也不回頭，直等到鄒占川的刺離身不足數寸，他才使一個拿法，用空手入白刃的功夫，微微轉身一捉，恰好捉住鄒占川的手腕，用力一扣寸關尺，鄒占川立刻半邊身發麻。他又被華老點了一下，竟作一堆軟癱在房上，他的峨眉刺已被華老奪下。

彈指神通華雨蒼厲聲高笑道：「朋友這怎麼講，迭面說話，怎的暗中使人抄後路？」先將峨眉刺照姜海青拋去道：「朋友，這是你的夥伴的兵刃！」又將鄒占川舉起，叫道：「這是你的夥伴的貴體！」唰的也拋下平地來。

鄒占川本已渾身麻痺，卻被華老掠起一拋，順手拍打了一下，居然血脈活動。趁著被擲之勢，鄒占川急提一口氣，到底氣提不勻，也咕噔一聲，摔在平地了，被他一滾爬起來。

鐵錨幫一陣大嘩。彈指神通哈哈大笑：「朋友不要來這個，有話好說。」這越發激怒鐵錨幫群豪，由各層院落奔來許多人，拿著兵刃火把，把彈指神通、梁公直、謝品謙打圈包圍，怒罵連聲，催他們下來動手。有的人更掏出暗器往上攢擊，另有的人跑來扶救孫紹武、鄒占川。姜海青和劉子英也大怒，正要發話，可是內外亂成一片，已然聽不出話聲。

鐵錨幫人數雖眾，彈指神通一行昂然不懼，既不下來，也不退去，依然高踞房上。鐵錨幫的人連發暗器，他三人就抽出兵刃來磕打。鐵錨幫的人跳上房來，要逼近來動手，彈指神通竟用他的無毒梅花針，過來一個打一個，沒有一個人能夠迫近華老和梁、謝二人身畔。梁、謝二人也是用兵刃打暗器，用暗器阻擋來人。當下雙方支持了好久，並沒把華老逼下來。

鐵錨幫的人粗漢居多，猜不透華老的陰謀詭計，只顧包圍大廳，堵住出入口，聚鬥遙攻。幫頭姜海青卻覺得華老這番流連不去的態度，實在可疑。他這裡剛剛動疑，第五層院落已襲入敵人了。

原來華雨蒼在此處登高叫陣，用意乃是誘敵。當他們在這裡叫囂不已之時，那華老的師姪、陳元照的師叔多臂石振英已率領兩個壯士，乘亂潛入鐵錨幫腹心之地，冷不防攻進空舍，正在解救探莊被擒的陳元照。還有華老的掌珠——搏砂女俠華吟虹，也已暗暗進入莊院，只不過不跟石振英合手。她和大師兄段鵬年獨當一面，正在潛搜峨眉七雄的蹤跡。

多臂石振英率兩個壯士很快地跳到中層院落，很快地搜著空舍。一盞孤燈照耀之下，少年陳元照被吊在空舍房梁上，有兩個鐵錨幫友，各持兵刃和皮鞭，一面監視，一面逼訊口供。

他們的皮鞭剛響了幾下，陳元照小小吃了些眼前虧，便被多臂石振英尋來。由打窗隙門縫，認準了出入口，石振英請那兩個少年壯士，一人一個對付那兩個訊供的幫友。石振英自己窺準了部位，抬手一蝗石，打滅了空舍的燈光；又一聲輕哨，兩個壯士急襲鐵錨幫友。

兩個鐵錨幫友驟見燈滅，不覺擾動，幸而他倆也是行家，急喊一聲：「不好，有人！」等到兩個壯士襲來，兩個幫友已然攏住目光，背對背互相掩護著，各舞起刀鞭，一面防暗算，一面奪路大聲呼喊。兩個壯士不容他叫喚，也不容他往外闖，摸黑動手，只幾下，便把兩個幫友刺傷倒地。多臂石振英趁這時候，早就認準部位，摸黑上前，到了陳元照懸吊處，輕輕叫了一聲：「元照，別動，是我來救你來了！」一手提腰，一手帶刀割繩，很快把陳元照救下來。

陳元照已然被捆麻木，那兩個壯士立刻過來，一人把陳元照手腳鬆開，一人把陳元照背起。多臂石振英喝問元照：「你的兵刃呢？」陳元照的卍字銀花奪，已被鐵錨幫奪了去。陳元照很羞慚地說：「教他們給洗去了。」多臂石振英更不再問，喝一聲：「走！」當先開路，往外急闖。不料他們剛奔出空舍，峨眉七雄已然撲來，把石振英一行攔住。

峨眉七雄此時明知華風樓追來，而且已和鐵錨幫過了話，交了手，更知獅林三鳥也追來了。華風樓不過要驅逐他們，獅林三鳥卻要找他們拚命。冤有頭，債有主，峨眉派處此局勢理應上前，情難袖手；他們反而退下來，趕緊祕密傳語，巴允泰立催虎爪唐林、海棠花韓蓉夫妻，掩護著康海，背走那只機密的藥箱，悄悄切切地告訴：「看情形該留則留，不該留就快走。但必須設法把快手盧登好好救出。」巴允泰要和二喬自去出頭，向華老交代話。唐林又驚又怒，點頭默喻，和妻子韓蓉一扯康海，疾往後邊宿舍處走。巴允泰滿腔怨毒，一聲狂笑，和二喬忙往前廳迎。

他們暗中的打算是要逃走。華風樓父女來了，該逃；獅林三鳥來了，更該逃。他們惹的禍，他們自然明白。固然這一來，倒給居停主人鐵錨幫惹了糾紛，倘若抽身一走，勢成嫁禍。他們卻想，糾紛可用言語抵擋，而仇恨卻須用刀劍。因此他們立刻打定主意，他們要無毒不丈夫，他們要「見機而作」。

因此，他們分開來，分頭辦事。唐林夫妻飛奔到後面，巴允泰和二喬飛奔向前面。

巴允泰剛往前面奔，恰巧迎著了多臂石振英。巴允泰喝了一聲，被石振英抖手打出一暗器。巴允泰往旁一閃，正要再問；二喬忍不住，竟搶上前，掄兵刃就剁。於是石振英和一個少年壯士各展兵刃，並肩迎鬥這峨眉三雄。另外一個壯士背負陳元照，覓路外闖。

二喬這時怒焰滿胸，只想把對頭撂倒。巴允泰卻還是惦記大廳上的華風樓。華風樓既是衝自己來的，誠恐自己避不上前，落在人眼裡，將被鐵錨幫看不起。他掄動手中兵刃，恨不得立刻把石振英刺倒。石振英志在救出陳元照，且鬥且退，把口中呼哨吹得直響，暗中是通知同伴，救人已然得手。當下他們衝到第四層院，峨眉派也就追到第四層院。那邊第二層院樓房下，鐵錨幫早和華老動起手來。

華風樓、梁公直、謝品謙，三個人居高臨下，揮刃而鬥，眼見鐵錨幫的人越聚越多，同時聽見石振英哨聲。梁、華二人互打招呼，立刻施展身法，如風飄落葉，華風樓第一個跳下大廳，把手中劍「夜戰八方」一揮，鐵錨幫的人紛紛被逼後退，喊了一聲，又圍上來。梁公直和謝品謙趁此時機，也飄身跳下來，大呼道：「鐵錨幫的朋友，快快閃開，我們找的是峨眉派。你們不要拚命，你們保護的朋友，到現在全不出頭，個個是懦夫，你們犯不上衛護他。」

華風樓一行三人陸續撲下來，揮刃往四層院內闖。鐵錨幫幫友有的恨華老登門欺人，各擺兵刃，上前攔截動手；有的人就張目四顧，果然不見峨眉派出頭。他們勃然發怒，向頭子薑海青大叫：「舵主，他們峨眉派全不出頭，這怎麼講？」姜海青很不高興，但不能不把事攬在自己身上，向二舵主劉子英招呼了一聲，然後厲聲叫道：「華老前輩，不要欺人太甚，你要找峨眉派，另有準地方；我姜海青的堆子窯，不能讓任何人隨便出入。華老前輩不肯留情面，我姜海青只好盡其所能，要在名人面前獻拙了！」把手一張，立刻有一幫友將兵刃遞過來，是一對鐵鞭。那二舵主劉子英也把兵刃握在掌心，是一把單刀加鐵拐。

大舵主掄雙鞭，奔華風樓；二舵主劉子英掄單刀鐵拐，奔梁公直；另有兩個幫友，運鉤鐮槍和峨眉刺，雙戰謝品謙。雙方很快地交了手，所有鐵錨幫友紛紛傳呼，幾乎像湖水般湧出來，到各處搜戰。彈指神通華風樓傲然不懼，單接舵主姜海青，向姜叫道：「姜舵主，你這樣替峨眉派拔闖，太不值得。峨眉派不夠朋友；你看他們全藏起來了，你犯不上！」

姜海青已經變了臉，厲聲道：「他們不夠朋友，我姓姜的卻不能含糊。華老前輩，你找上門來，你就賜教吧！」雙鞭一錯，穿花式一鞭護身，一鞭進攻，躥上前「泰山壓頂」，照華老打來。華風樓雙眉一挑，把身一側，不往後退，反而往前硬上一步，運手中劍鋒，照姜海青右手腕寸關尺便點，姜海青微微一驚，趕忙退步，用左手鞭往外一封。華風樓劍鋒只一閃，又奔敵人左手腕脈門點去。姜海青不禁又一退，忙用右手鞭架擋，可是華老的劍又貼鞭抹上來，硬削姜海青的左臂。姜海青膂力甚強，鞭法很精，竟抵擋不住華風樓這口劍。華風樓這口劍像毒蛇吐信般總在他的要害處劃點。姜海青空握著一對鞭。

像華老這樣以攻為守，整個身子硬上的鬥法，倒把薑海青直逼得有招數施不開，只五六個照面，便被擠得連退回三四步。

姜舵主倒吸一口涼氣，這才曉得彈指神通名震江湖，果然不好惹，原來他確有出奇的劍術。姜海青把牙一咬，往後猛退兩步，掄動雙鞭，拚命地搶攻過來。但是，華風樓並不打算戰敗姜海青，更不想傷害他。華老本意只是用純熟的招數，使姜海青知難而退。當下華老連發數劍，又猛一衝，姜海青輸招往後倒退。華老這才向梁公直、謝品謙叫了一聲：「搜！」三個人如蛟龍一樣，揮動兵刃，很猛烈的一衝，早已衝到第三層院；再一衝，便到第四層院了。

他們只想搭救陳元照，同時想搜尋峨眉派，把峨眉派驅走。

這時候，巴允泰和喬健生、喬健才弟兄恰好上來。

當下彈指神通、梁公直、謝品謙一直往前衝，攻到角門：姜海青、劉子英在後急趕。巴允泰大喝一聲，從四層院撲出來。正來到角門，把華老擋住。巴允泰和二喬散開來。當門而站，厲聲大叫：「華老前輩，久違了。前幾天，你勸我們離開魯港，我們就謹遵臺命，離開魯港。但是我們來到白蕩湖，您老人家為什麼追到白蕩湖？我們住在鐵錨幫姜舵主這裡，我們是朋友。我們到朋友家盤桓幾天，須知沒有犯了江湖忌禁，也沒有違背了你我的約定。請問您老人家又一直趕到姜舵主這裡來，這是怎麼個講究？」

彈指神通立刻止步，命梁、謝二人站在後面堵御追兵，他自己提劍向巴允泰喝道：「哦，巴朋友，果然是你！巴朋友，你休要瞞我，你三人在此地看朋友，我管不著。可是你峨眉七雄大批的住在這裡，不斷派人窺探談家門的動靜，又派人刺探我的行止，又把我的徒孫活擒，你當我一點都不知道麼？你不要花說柳說，你本來答應我，不管同黨唐林、韓蓉如何，你和二喬一定離開江南，回歸四川。可是你們所謂峨眉七雄竟說謊話，一個人也沒走，你把我當作瞎子！現在我只告訴你一句話，我華某斷不容許你們峨眉派在江南逗留，我要你們給我立刻返回四川去！如不聽話，你們可以上來動手！」

巴允泰心中十分惱恨，雖然惹不起，卻也耐不住了，強笑道：「華老前輩，你也不要欺人過甚。這裡不是魯港，乃是白蕩湖，鐵錨幫安櫃的地方。我是很留面子了，你不要連我的朋友也找尋，你不要擠得我喘不出氣來。」

彈指神通哼道：「不用說了，你我還是手底下見分曉吧。」

立刻挺劍一指，巴允泰揮刀一架，退後兩步，喊道：「華老前輩，我可沒有法子了！」把左手一舉，二喬往兩旁分抄，三人齊上，衝華風樓做出圍攻的形勢。

巴允泰此刻心中別有陰謀，暗想：你華風樓儘管本領大，也擋不住人多。況且這裡是鐵錨幫的下處，鐵錨幫是當地地主，他斷不容你猖獗。當下，巴允泰和二喬盡力阻鬥華風樓；姜海青、劉子英率門徒追梁公直、謝品謙。地主勢眾，華風樓三人眼看落在包圍圈中。卻不料彈指神通劍術實在高超，巴允泰和二喬三個人竟擋不住彈指神通的一口劍，反被彈指神通的一口劍逼得亂轉。倒是斷後的梁公直、謝品謙，二人竟攔不住鐵錨幫師徒。鐵錨幫由舵主姜海青、劉子英，率同二十多個精悍門徒，如潮湧上來。梁公直年歲較大，把功夫擱下已久，謝品謙又太年輕，沒有經過大敵，既在敵窠，又當夜間，兩人並肩拒敵，漸漸不支了。

當這時，彈指神通華風樓所布置的埋伏早已趕到。他的愛女摶砂女俠華吟虹、愛徒奪命神針段鵬年，陡然在三層院廂房現身。兩個人一聲不響，往下一望，頓時望見梁、謝情形危急。二人忙取出暗器來，暗打招呼，雙發梅花針。頭一手便分衝大舵主姜海青、二舵主劉子英，連發三針。跟著又用甩箭，照鐵錨幫那些門徒打去。姜、劉二舵主俱是久經大敵之人，縱然圍攻梁、謝，都已提防著暗器。不過梅花針破空之聲太小，及至聽清，已到身旁。姜海青、劉子英急忙退閃，已然各挨了一下。二人忙喊道：「小心暗器！」可惜喊晚了，他的門徒已然有三四個負傷，喧叫著撤退下來。

摶砂女俠華吟虹和師兄段鵬年伏在房脊後，仍是探身連發暗器。姜海青、劉子英退下來，掏出梅花針，抬頭尋看，立刻發現施暗算之人，不禁勃然震怒，喝命門徒，快看房頂上，房頂上有奸細，又命門徒：「快把我們的暗器拿出來。」

一聲傳呼，鐵錨幫的弓弩手紛紛出動。鐵錨幫動手的人急往後撤，弓弩手急往前攻，華風樓一行眼看要被亂箭攢擊。忽然間，鐵錨幫瞭臺上，發出警報，鏜聲連敲。同時後面院內，突發煙火。鐵錨幫大眾又驚又怒，一齊大罵華風樓，既不該登門尋隙，更不該縱火燒宅。所有的人一面救火，一面大舉來攻打華老一行。卻不知這火並不是華老師徒所放，放火的竟是獅林觀的群鳥。

獅林三鳥之一，黃鶴謝秋野，竟率獅林觀群俠大舉襲來，如狂風驟雨一般，在北面放火，在東西南三面紛紛跳下人來，尋人而鬥。

獅林群鳥專為找峨眉派尋仇而來，可是他們憤怒已極，並不像華風樓那樣，先向地主客客氣氣地講交情。

獅林群鳥為報師仇，是要找峨眉派拚命，同時也要找收留峨眉派的人拚命。他們並不分別誰是峨眉派，誰是鐵錨幫。他們已經訪實峨眉派的落腳地點，就在鐵錨幫的堆子窯內。而且他們更知道一粟道人前來勘訪，失期未歸，一定是吃了鐵錨幫和峨眉派的虧。他們獅林觀的人，此刻幾乎是來了一半多，著名的三鳥掌門大師兄新觀主黃鶴謝秋野、三師兄白雁耿秋原，均已趕來；只有二師兄尹鴻圖入川未得趕回。其餘的胡山巢、顧山桐、戴山松，以及師叔一航道人、一清道人、一凡道人，也都從雲南本觀趕到。

華風樓只是要驅逐峨眉派，並不一定要殺人。這獅林群鳥卻紅了眼，不管是誰，凡是窩藏峨眉派的、包庇峨眉派的、幫助峨眉派的，全都算是跟獅林觀有不共戴天之仇。

謝黃鶴率領獅林群鳥，一面縱火，三面撲攻，逢人便砍，遇人便鬥，不分男女，不分首從，而且一句話也不說。

於是他們才下手，便碰上鐵錨幫二舵主劉子英。劉子英厲聲喝問：「道裡朋友，你們不打招呼，就闖進來動手，你們到底是什麼人？衝誰來的？」黃鶴謝秋野不肯回答，抗聲反問：「我先問你，你是什麼人？」劉子英傲然答道：「朋友你太難了，不打聽明白就來？告訴你，我乃是鐵錨幫……」

二舵主劉子英自以為鐵錨幫的威名遠震，任人不敢惹。哪知鐵錨幫三個字剛出口，謝黃鶴哼了一聲道：「鐵錨幫！好！」

唰的一劍，照劉子英刺去。劉子英大驚，揮鞭急架，只聽嚓的一聲，鋼鞭被削折。原來謝黃鶴使的正是獅林傳觀之寶，那柄青鏑寒光劍。劉子英驟出不意，不覺慌神，被謝黃鶴緊跟著第二劍又削來。劉子英再躲不開，慘呼一聲，仰面栽倒。謝黃鶴趕上一步，頓足騰空，從劉子英身上直跳過去，掄劍前進，恰碰上梁公直。

黑影中混戰，敵友不分。謝黃鶴和一航道人揮劍撲上來，恰見梁公直、謝品謙兩人和鐵錨幫大舵主姜海青師徒搏鬥。謝黃鶴默不一語，照準正當他側面的梁公直就是一劍。梁公直和謝品謙正是背對背互相掩護，忽聽背後劍刃劈風之聲，急往外一跳，便躲開了。謝品謙一手掄刀，一手持鐵拐，趕緊迎敵。

大聲詰問：「我們是彈指神通華家門，單找峨眉派，不與別人相干，你是什麼人？」

黃鶴道人這時候一連三劍，恰把謝品謙的鐵拐削掉一段，謝品謙驚呼倒退。謝黃鶴卻也聞言哦的一聲，往後一退，注視對手，喝道：「你不是峨眉派？可是鐵錨幫？」謝品謙回答說：「全不是。」又喝問：「你們到底是誰？」謝品謙忙說：「跟我們動手的就是鐵錨幫。我叫謝品謙，是蕪湖武林，來幫華家門！」

謝黃鶴更不多問，略略辨清了仇敵和非仇敵，便呼喚道：「一航師叔，這邊是什麼華家門，那邊是鐵錨幫！」這兩個道人頓時奔姜海青師徒攻來。弄得姜海青莫名其妙，一面率門徒迎鬥，一面喝令放箭，一面喝問來人，盤詰來意。獅林群鳥只是展開迅疾的劍術，往後層院攻打，不管是誰，誰擋道，誰攔阻，就衝誰下毒手。

這從正面襲進來的獅林群鳥，由謝黃鶴起，很快把鐵錨幫的弓弩手掃蕩了。緊跟著給了姜海青一劍，把薑海青的兵刃砍折。姜海青驟出不意，越發地喪失了抵抗力，誠恐暗襲的人從西面掩來，落得腹背受敵，他就率黨羽退到第三層院。謝黃鶴揮寒光寶劍，也就率領同門，追進第三層院。

這時候搏砂女俠華吟虹、奪命神針段鵬年，已從房上跳下來。華老一個愛女、一個愛徒，雙雙奔來援應彈指神通華風樓。華風樓便與一女一徒，趕緊撲入第三層院。走正廳，穿中堂，將次攻入第四層院，猛回頭，不見梁公直和謝品謙跟來。

華風樓恐怕人力散弱，忙又挺劍翻回來，接應梁、謝兩友。

這一來，華老恰與敗退的姜海青相遇。姜海青不曉得外面殺進來多少人，驟見後院火起，又驟被寒光劍削斷兵刃，自知情形不妙。他頓時想起了誘敵之計，更不肯鬥，手指謝黃鶴，連聲大喊，警告同伴：「這是寶劍，不可力敵，你們快跟我來！」急率門徒，斜走遊廊，火速地退到別院。別院中另有埋伏。究其實，華老並不願窮追鐵錨幫，仍在尋找梁、謝二友。

就在紛亂中，梁、謝兩人由東角門奔來，獅林觀謝黃鶴由西角門追來。

謝黃鶴和一航道人恰巧望見華風樓父女由中堂跳出，謝黃鶴頭一個大呼一聲，搶先猛攻過去，施展獅林觀獨門天罡劍，照華風樓當心一劍。華風樓恰聽見姜海青臨退時的呼聲，早凝眸盯定謝黃鶴手中的那把劍，果然見青光瑩瑩，不似尋常兵刃，便暗暗留了神，命女兒、徒弟靠後，自己揮手中劍上前迎敵，卻不肯硬碰。容得謝黃鶴的劍刺到前胸，立刻吸胸納氣，身子不動，腳步不挪，竟會退回一尺。這一下，使得謝黃鶴心中一動，剛待喝問，華風樓早將掌中劍照黃鶴右腕上一點。謝黃鶴急忙側身收招，翻腕子揚劍一挑，往上尋削華老的劍刃，跟勢往前上了一步，滿以為華老躲劍救招，勢必後退。哪知華風樓是西北成名的英雄，武功實在驚人，並不管對方的寶劍來削，他卻凝身不動，將自己的劍猛一收，唰的發出來，截斬黃鶴的右臂。

這是一種以攻救攻的硬拚戰法。謝黃鶴到底是經多見廣的人，立刻看破敵招，心知遇見了勁敵，收寶劍往後一退，於黑影中凝眸打量來人，同時喝問道：「你是什麼人？可是峨眉派的幫手？」

彈指神通華風樓內功絕頂，二目能夠夜中見物，早看出對面的人穿一身夜行衣，卻露出帶髮的鬢角，略一尋思，知是出家人。更猜知出家人找到這裡來拚命，定是峨眉派的仇人獅林群鳥了。他也就往後微退一步，收劍抱拳道：「老朽乃是山陽彈指神通華風樓，是專誠來找峨眉七雄問話的。看閣下是出家人，莫非就是雲南大俠，替師復仇的獅林群鳥嗎？」謝黃鶴十分詫異地答道：「哦，不錯，貧道我正是獅林觀的黃鶴謝秋野，閣下真是山陽醫隱華雨蒼老先生嗎？」

華風樓笑道：「不敢，正是老朽。我也是找峨眉派算帳來的，謝道長你自己自然也是找峨眉派報仇的了？」

他們兩個人互相審視，互相問答，剛剛把仇友分辨清楚了，卻把真正的對頭峨眉七雄放鬆了一步。峨眉七雄乘這機會徹底曉得了仇家雲集。頭一個巴允泰，趁著華老與謝黃鶴動手盤詰的時候，忙衝二喬打一暗號，火速地趁亂一溜，三個人同時頓足竄入黑影中。

待到華風樓和謝黃鶴化敵為友，轉身索敵，峨眉七雄已然紛紛奪路潛逃。鐵錨幫群徒也已由姜海青率領著，走祕密甬道，退至別院，登上高臺，開弓發箭。一面抵抗襲來的夜行人物，不教他攻入別院；一面布置援兵，預備死鬥。

只是這些夜行人物並不是剿辦他們來的，因此也就不曾窮追他們鐵錨幫。這些人只糾集群力，窮搜那已經潛逃的巴允泰和喬健生、喬健才，和峨眉派的別人。巴允泰異常狠辣，並不管嫁禍給居停主人，未免有負鐵錨幫，他反而藉著鐵錨幫的抵抗，作為自己避仇的擋箭牌。他和二喬一路狂奔，要去招呼虎爪唐林和海棠花韓蓉，和師姪康海，趕緊地見機而作，甚至甘心叫鐵錨幫頂缸，連陷入水牢的快手盧登，也不暇顧及了。

他們的打算儘管陰險，時間上卻已擺布不開。巴允泰和二喬正在奔尋唐林夫婦，唐林夫婦與康海已然不見了。尋找呼喚，不覺來到水牢前邊，竟劈頭遇上獅林觀的一航道人和胡山巢、戴山松，以及剛從水牢救出來的一粟道人。

當黃鶴謝秋野率眾從正面攻入，那一航道人率眾從旁邊襲入，恰好撲到大廳，恰好碰見鐵錨幫一個幫友，奔到水牢送信。被一航從背後掩過去，掄劍一拍，幾乎跌倒。鐵錨幫友躲過了險招，還想迎敵，卻非對手。一航趕上前，一踢倒，持劍加項，喝問：「一粟道人何在？」這幫友不知道一粟的名字，只說有一個老道落在水牢，臨掉下去，還抓了一個峨眉派的快手盧登，跟他陪綁。一航道人問明水牢所在，胡山巢順手一劍，把人殺死。一航攔阻不及，只得和胡山巢急搜水牢，倉促未能立刻發現，胡山巢這才後悔起來。

一航終於找到水牢的天窗，恰有兩個鐵錨幫友在那裡看守。一航、胡山巢各發一袖箭，把兩人打跑，立即奔到天窗前，往下面窺看。下面漆黑，一無所見。一航急扶窗口，喊出獅林觀的暗號。一粟道人果在其中，發出回報。胡山巢忙點火摺，戴山松忙投飛抓。一粟道人更不客氣，浮在水面上，竟揮利劍，把半死的快手盧登刺死，又割下首級，然後援引飛抓繩，攀上天窗。

窗口太小，人不能出，一粟只能伸出一隻手攀著窗柱，窗柱又是鐵的。戴山松急尋水牢門，胡山巢忙發暗號，催大師兄謝黃鶴快來相幫。

謝黃鶴尋聲找來，這才挺青鏑寒光劍削斷窗上鐵柱。一粟道人這才水淋淋地鑽出來，手提盧登的人頭，不禁仰面長嘆，又覺慚愧。

獅林群鳥兩撥人合成一撥，問了問一粟道人。一粟道人匆匆說了幾句話，便搶先引路，火速地搜拿峨眉七雄。峨眉七雄的面目只有一粟道人一一認準，於是一粟道人做了獅林觀的眼線。

這時候，鐵錨幫的人正在別院糾眾設防，登高窺敵。峨眉派的虎爪唐林、海棠花韓蓉，保護著師姪康海，正在觀望成敗，忽聽得警報頻傳，華風樓動手了，還不可怕，獅林群鳥大舉尋來，卻是不妙得很。不等巴允泰、二喬奔來報訊，他三人立刻互相關照，要暫避鋒芒。虎爪唐林、海棠花韓蓉，各擺兵刃，一個開路，一個斷後，把康海夾在當中。康海便身背著那個極貴重的木匣，三人跳窗戶跑出來，飛奔圍牆西北隅。卻不料他們越牆才遁出，劈頭遇見了前來訪獅林觀，索討寒光劍的鐵蓮子柳兆鴻和玉幡桿楊華、女俠柳葉青，這翁婿夫妻三人。

這翁婿夫妻三人，首先尋訪駱祥麟，得知駱老已被獅林群鳥邀去到白蕩湖，相助獅林群鳥，搜查峨眉派去了。鐵蓮子就率一婿一女，緊追到白蕩湖，來到鐵錨幫的鍋夥附近，頓時望見火光燭天，有三條人影翻過長牆，沿湖邊奔來。

這翁婿父女三人，剛要上前攔阻，打算截住了盤問。突然見湖邊樹後，另躥出五六條人影，先一步迎上去。遠遠聽見喝問了一句話，這三條人影一聲不答，拚命地衝過去，雙方頓時交手。鐵蓮子翁婿夫婦正不知誰是逃人，誰是伏兵，依著柳葉青，便要趕過去喝問干涉。鐵蓮子趕忙攔住了，忙往黑隅中一避，暗叫他一女一婿且觀起落。

這三條人影正是峨眉派虎爪唐林、海棠花韓蓉和康海。火光中，鐵蓮子已看出攔路的五個人，有一個幕面老者，提一支有柄兵刃，和一個持劍的人，穿灰色夜行衣。這二人帶領著三個穿黑色夜行衣的人物，把唐林等三人阻住。那幕面老者並不上前索鬥，只聽他說道：「這就是，這個女的就是！」灰衣人和三個黑衣夜行人頓時怒喝道：「好你峨眉派一群狗賊，你們的報應到了！」頓時捉對兒迎過來，又頓時對鬥起來。

但峨眉派唐林諸人已無心戀戰，連鬥數招，忽然往旁一躥，奪路要走。夜行人奮力疾截，相離很近，又動起手來。忽聽得一聲驚喊：「留神毒蒺藜！」喊聲才過，海棠花韓蓉一聲嬌叱，揚手打出一物，幕面老者如飛的奔過去。灰衣人倏往外一跳，回手從背後取下一物，又衝海棠花韓蓉撲來。

當此時，已有一個夜行人被海棠花韓蓉的毒蒺藜打中。幕面老者急忙把負傷人架住，拖出圈外，大聲說：「留神這女賊，留神她的毒蒺藜！」其餘夜行人勃然大怒，那灰衣人罵道：「好！你峨眉派死到臨頭，還敢行兇！」一手持利劍，一手持氈盾，把海棠花韓蓉攔住。韓蓉連發毒蒺藜，全被氈盾擋開。灰衣人劍法厲害，只幾下，猛聽韓蓉慘叫一聲，往外一躥。灰衣人一手持劍，一手持盾，不知怎的，又發出一件暗器。韓蓉搖搖欲倒，不禁又慘叫一聲，再往外一跳，栽倒在地了，大叫道：「林哥救我，我掛綵了！」

虎爪唐林見愛妻受了傷，把什麼都忘了，拚命地撲來，往愛妻前面一擋，才待扶救，灰衣人掄劍劈到。虎爪唐林轉身和灰衣人拼鬥在一處，且打且喝問灰衣人姓名。

灰衣人厲聲道：「峨眉群賊，我就是獅林觀耿白雁，惡賊快把腦袋全留下。」耿白雁是為恩師報仇，唐林是為愛妻救命，兩個人拚死命苦鬥起來。那負傷的海棠花韓蓉肩中一箭，肋中一劍，咬牙跳起來，連發暗器。三個夜行人猝不及防被毒蒺藜打傷了一個，立刻分出一個人來，也手提氈盾，上來捕捉韓蓉。韓蓉的毒蒺藜遇上氈盾，竟爾失效，況又身受重傷，她剛剛掙扎起來，利刃已到，忙咬牙抵抗，頓時被這夜行人一劍刺通了大腿，栽倒在地，血流如注，再不能掙扎了。

那另一個夜行人恰和康海獨鬥。只聽幕面老者喝道：「釘住了，別叫他跑了。」又聽虎爪唐林也招呼道：「海，海，風緊，扯活，不要管我！」康海猶豫不忍獨逃；當不得幕面老者手中把受傷人救出之後，也撲了來。那一個夜行人刺倒韓蓉，也撲了來。康海背負著那個要命的小箱，兩眼都紅，已看出情勢危迫，若不逃走，便全數覆滅。他就怪吼一聲，掄手中刀，照夜行人一砍，又抖手發出一暗器，嚷道：「看毒蒺藜！」夜行人連忙一退，舉起氈盾，康海趁勢抹頭便跑，大罵道：「獅林群鳥，爺爺認輸了，改日再見！我峨眉派但有一口氣，也要找你們算帳。」口中罵著，腳下如飛的逃下去了。

這時候，獅林群鳥由耿白雁率領的這一夥，僅記得先師是死在毒蒺藜之下，因此苦苦地釘住了海棠花韓蓉和她的丈夫唐林，倉促間竟忽略了背小匣的康海。當下潛伏在暗中的鐵蓮子柳兆鴻和愛女柳葉青、愛婿玉幡桿楊華，在旁觀戰，雖不曾聽得清清楚楚，早已看得明明白白。柳老就心頭一動，容得看明白康海逃跑的方向，立刻招呼婿女，抄小道迎堵下去。

毒砂掌——冤冤相報何時了，不報此生不能笑

作　　者：白羽
發 行 人：黃振庭
出 版 者：崧燁文化事業有限公司
發 行 者：崧燁文化事業有限公司
E-mail：sonbookservice@gmail.com
粉 絲 頁：https://www.facebook.com/sonbookss/
網　　址：https://sonbook.net/
地　　址：台北市中正區重慶南路一段六十一號八樓 815 室
Rm. 815, 8F., No.61, Sec. 1, Chongqing S. Rd., Zhongzheng Dist., Taipei City 100, Taiwan
電　　話：(02)2370-3310
傳　　真：(02)2388-1990
印　　刷：京峯數位服務有限公司
律師顧問：廣華律師事務所 張珮琦律師

定　　價：299 元
發行日期：2024 年 02 月第一版
◎本書以 POD 印製
Design Assets from Freepik.com

國家圖書館出版品預行編目資料

毒砂掌——冤冤相報何時了，不報此生不能笑 / 白羽 著 . -- 第一版 . -- 臺北市：崧燁文化事業有限公司，2024.02
面；　公分
POD 版
ISBN 978-626-357-997-2(平裝)
857.9　　113000678

電子書購買

臉書

爽讀 APP